俺達の日常にはバッセンが足りない

三羽省吾

双葉文庫

俺達の日常にはバッセンが足りない

一　気になるあいつ

東京西部、多摩地区――。家族経営で土建業を営む犬塚《いぬづか》家の朝は早い。

事務所の正式な始業時間は工事現場と同じ午前八時だが、その一時間ほど前から現場に向かう作業員から各種問い合わせがある。したがって朝食と身支度は、七時までに済ませなければならない。

専務である犬塚シンジはその日も六時に起床し、十分後には神棚の前で柏手《かしわで》を打っていた。

朝食を摂《と》りながら、シンジの隣には社長を務める父、前には会長である祖父がいる。

祖父は難しい顔をして新聞に目を通す。建設業界の気になる記事や取引先の人事異動などを見付けると、目を新聞に向けたまま父にあれこれ質問する。代替わりをして三年、まだお前にすべてを任せるのは心もとないという姿勢を示す、朝のルーティンだ。

一方の父はテレビの経済ニュースから目を逸《そ》らさず、分かっているよという態度で言葉を返す。こちらも難しい顔だが、これは主に二日酔いが原因。父はほぼ毎晩、取引先や同業者と遅くまで呑み歩いている。朝食はいつも濃いブラックコーヒー。固形物といえば、たまに果物を数切れ食べる程度だ。

「目の前の数字に振り回されるな。過去を振り返り、現在の足下《あしもと》を見て、それから未来を見るんだ。物事は大局的に……」

「はいはい。そうやって大局的に見てたから、このどん詰まりなんだよな」

そんなふうに軽い口論が始まるが、これは二人の「おはよう」「天気いいね」みたいなもの。

「兼石《かねいし》くんはどうした」

口論が落ち着いた頃、スマートフォンで芸能ニュースを見ていたシンジに祖父が訊ねた。シンジはトーストを頬張ったまま「知らないよ」と即答。

「起きてこないってことは、朝飯いらないってことだろ」

「いいから起こしてこい。腹が減ったままじゃ、午前中の仕事に差し障《さわ》る」

無視しようとしたが、母まで「そうよ、シンジ。用意してるの無駄になっちゃうし」と祖父に加勢するものだから、シンジは手についたパン屑を払い落として無言で立ち上がった。

母屋《おもや》の南側には大きな庭があり、その西側にガレージと倉庫、東側に事務所と単身者用の寮がある。

寮は木造モルタル二階建てで、全二十七室。全室六畳一間でエアコンはなくトイレも共用だが、大浴場が備えられている。シンジが子供だった頃は常に満室で、若い労働者達によく遊んでもらったものだ。入浴も家族の中でシンジだけ、母屋ではなく寮の大浴場を使っていた。泳げるくらい広かったし、身体中に絵が描いてあるお兄さん達は少し乱暴だが面白《おもしろ》かったからだ。

しかし長引く不況と若者の肉体労働離れもあり、現在の入寮者はわずか六人。水道代とガス代が馬鹿にならないし、掃除も大変なので、大浴場はだだっ広いシャワー室になった。

「いくら空き部屋があるからって、あんな奴を住まわせてやることないんだけどなぁ」

ぶつぶつ独り言をこぼしながら階段を上り、シンジは角部屋の戸を乱暴に叩いた。返事はない。引き戸を何度か揺すると鍵……というかただの留め金……は、簡単に外れた。

「起きろ、エージ」

布団をはぎ取り尻を蹴ると、俯《うつぶ》せで眠っていた男は「ん～」と反転して眩《まぶ》しそうにシンジを見上げた。見事に勃起した一物がトランクスを持ち上げている。

「朝飯いらないなら、あと三十分寝てていい」

「喰う、喰うよ、けどあと五分だけ、立ちバックでやってる夢の続きを……」

「くだらねぇよ、馬鹿。おら、食欲か性欲かいますぐ決めろ。五、四、三、二、一！」

「はいはい、起きますよぉ」

ぐずぐずと起き上がった男の名は、兼石エージ。シンジの中学時代の同級生だ。

高校を中退してフリーターになったが「人に使われるのは向いてねぇ」などと言って、なにをやっても長続きしなかった。それから方々で金を借りて移動販売の弁当屋とか、団地で暮らす高齢者の買物代行とかを始めたかと思ったら、寂《さび》れたシャッター商店街の一角でカフェを開いたりで、とにかく思い付くままという感じで様々な商売を立ち上げては「飽きた」と放り出している。

それでもなぜか女にだけはモテるので、ヒモみたいな暮らしで喰い繋《つな》ぎながら三十歳を迎えた。

要するに、馬鹿で短絡的ですくいようのないロクデナシだ。

そのロクデナシが二ヵ月ほど前に街中で喧嘩《けんか》をして、暴行傷害の容疑で逮捕された。

その情報は一人の呟《つぶや》きによって即日旧友に広まったが、心配するリツイートなど一つもなく「いつかやると思った」「出てくんな」「いやいや、その前に貸した金返せよ」

「お前も？　俺も貸してる」「ふざけんな」という反応ばかりで、誰かのどシンプルな「死ね」には、たくさんの「いいね」が付いた。

幸いにもというか残念ながらというか、立件は見送られてエージは二十日後に娑婆《しゃば》に出て来た。しかし愛想を尽かされたのだろう、彼を喰わせていた女は姿を消し、エージは帰る場所を失った。

「だからって、なんでウチに……」

母屋に向かいながらシンジが溜息《ためいき》混じりに呟くと、エージは他人事《ひとごと》みたいに「どうした、心配事か？　大変だな、専務ってのも」と言って笑った。

取《と》り敢《あ》えず寝る場所を確保したいエージは、『犬塚土建』にやって来た。が、労働者として額に汗して働く気などない。寮が空き部屋だらけだということを知っていたのだ。

シンジは追い返そうとしたのだが、事情を聞いた祖父と母が「それは大変だな」「どうせ空いてるんだから、どうぞ」と住まわせることを決めた。おまけに祖父は「現場仕事は経験がないとキツいだろうから」と、やってもやらなくてもいいような倉庫の片付けとか自分の運転手などをやらせ、日当まで与えた。母は母で「エージくん、夜はなに食べたい？」などと、シンジが聞いたことのない声色で訊ねる。

中学生の頃からだが、どういうわけか犬塚家の祖父と母はエージのことがシンジより好きなようだ。

「おはよう、エージくん。今朝はどうする？」

「おはようっす。ん〜と、爺《じい》さんは鮭と納豆で、シンジはトーストとベーコンエッグか……じゃお母さん、Aセット生卵付きで」

「あはは、エージくん、ウチ食堂じゃないんだから」

そんな気持ち悪い会話を聞きながら、シンジは作業員から届いていた二件のメールを確認した。『届いているはずの資材が届いていない』『事故渋滞で三十分ほど遅れそうなので監督に連絡を』という内容だった。資材会社に問い合わせ、現場監督に連絡している間、エージは寝起きとは思えない勢いで朝飯をがっつき、祖父と話している。

父は、エージと入れ違いに事務所へ向かっていた。

「今日から古いコンパネをケレン棒で……」「いや爺さん、悪いんだけど……」「そうか、やりたいことがあるならしょうがない……」「悪いね、ちょっとワケありでさ……」

電話をしながらだったので、詳細までは分からない。だがどうやらエージは、倉庫の片付けという楽な仕事からも逃げようとしているらしい。

「資材置き場にしてるあの土地、売るかもしれないって言ってたじゃん。マジで売るの？」

「あぁ、売ってもいいと息子には言っている。だが値段交渉で揉《も》めているらしく、決定には時間が掛かりそうだ」

「あ、そう」

「ウチも苦しい経営状態でな、まとまった金が必要なんだよ」

電話を終えると、二人の話はシンジも知らない犬塚土建の内情にまで至っていた。

「そんなワケで、出掛けます。夕方には帰るんで、お母さん、晩飯ヨロシクです」

そう言うと、生卵付き焼き鮭定食をきれいに平らげたエージは出て行った。

お情けで与えてやっている仕事を堂々とサボってどこへ行くのか、追い掛けて問い質《ただ》したいところだったが、シンジもそろそろ仕事にかからなければならない。

断りもなく住み込み従業員共用の自転車にまたがって出て行くエージの背中を苦々しく見送り、シンジは事務所へ向かった。

肩書きは専務だが、シンジの主な仕事は実質、事務所の電話番だ。

十年前、ビジネス系の専門学校を出て住宅設備メーカーの下請け会社に営業職で就職したものの、二年でケツをまくった。しばらくブラブラしていたら母が「いい加減に働きなさい」と言うものだから、犬塚土建で事務員として働くことにした。

祖父は「やっと腹を括《くく》ったか、三代目」と歓迎してくれたが、父には「高い学費を出してやったのに経理も出来ねぇのか」と嫌味を言われた。

それから八年、不景気でお抱えの従業員は減り続け、祖父は八十を迎え経営の最前線から退いた。新社長となった父はＩＴ業界とか再生可能エネルギー業界とか介護業界とか、とにかく新しめの業界に共同経営者として名を連ねてみたり、いっちょかみで出資してみたり、土建屋本来の仕事以外に活路を見出そうと躍起になっていたが、どれも上手く行っていない。

祖父は楽隠居など出来ず、旧知の取引先や地元の有力者、地方銀行などを回って仕事と金の工面《くめん》をしている。父は父で、懲りもせず土建屋とは関係のない業種の企業を回っている。前者は現状維持のためで、後者は一発逆転を狙ってのものだ。

そんなわけで、昼間の事務所にはシンジと経理担当のおばちゃんしかいない。

「あの馬鹿、今日はいないんですね」

業績の傾きとともに解雇されていった事務系社員の中で唯一の生き残りである野津《のづ》は、そんなことを言いながら薄い番茶をシンジの前に置いた。賞味期限が近付いた来客用のおかきも添えられていた。

「あ、いただきます。エージの奴、今日は用があるとかで」

「へ〜、劇的に経営状態が良くなる仕事でも取って来てくれるのかしらね」

シンジが子供の頃からいるベテラン経理の野津は、祖父や母とは逆で、エージのことが大嫌いだ。

無理もない、とシンジは思う。倉庫の片付けを言い渡された場合、エージはほとんど事務所でサボっている。シンジに軽口を叩いたり、電卓を叩く野津の後ろで「一、六、三、七……スゲー、全然間違えねぇ！」と騒いだり、静かにしているかと思ったら応接コーナーのソファで眠りこけていたり、パソコンでエロサイトを見ていたり。

「あんな役立たず、いつまで置いてやるつもりなんでしょうね、先代は」

「ええ、まったく……」

野津のエージに対する不満は、遠回しにシンジにも向けられている。彼女に言わせれば、シンジも立派な「役立たず」だ。

電話を取っても、自分で判断して対応は出来ない。祖父か父に電話をし、指示を仰いで折り返すのが精一杯だ。酷《ひど》い場合には『時間がないんだよ。じゃあ、野津さんに代われ』と言われることもある。つまり八年も経って、実質、電話番にもなっていない。

「じゃ、お昼行って来ますね」

十二時七分。野津が事務所を出て行って、シンジは「ふぅ〜」と深く息を吐《つ》いた。

「お疲れ〜っす。あ、おばちゃん、これお土産」

十六時五十六分。エージが勤続二十年の社員みたいな顔をして事務所にやって来て、野津のデスクに小さな包みを置いた。

訝《いぶか》し気《げ》に包みを見ている野津に、エージは「今川焼き。まだ温かいよ」と言い足した。

月末以外は五時きっかりで事務所を出る野津は、若干の不本意さが混じった感じで「ありがと」と呟き、包みを持って帰って行った。

「お前、こんな時間までなにやってたんだよ。今朝、祖父《じい》ちゃんとなに喋《しゃべ》ってた。やりたいことって、なんなんだ?」

エージは「そんな矢継ぎ早に訊かれてもよぉ」と言いながら、父のデスクのノートパソコンを立ち上げた。

「詳しいことはあとで説明してやるから、ちょっと待ってろ」

「親父《おやじ》のパソコンでエロサイトなんか見るなよ。前も変な請求が大量に来たの、俺が誤《ご》魔化《まか》してやったんだから」

「今日は違うよ。ほら、電話鳴ってるぞ」

現場の終業時間前後にはいくつかの報告や、明日の確認と予定変更の電話があり、この時間帯、シンジはけっこう忙しい。

野津に渡した今川焼きは、最寄駅の北口にある古い店のものだった。パチンコなら、南口の再開発エリアの店に行くはずだ。ここ数年ですっかり寂れてしまった北口になど、なんの用事があったのだろう。

「ケージ一つに付き五、六百万が相場か……」

シンジが電話応対しながらあれこれ考えていると、エージが大きく伸びをしながら言った。

「なんなんだよ、ケージって。五、六百万て、どういうことだ」

エージは社長の椅子にふんぞり返って足を組み、パソコンからシンジに視線を向けた。嫌な予感がした。中三の冬、「卒業式をぶっ潰《つぶ》す」と言ったときと同じ目だ。

「俺達の日常にはバッセンが足りない」

「バッセン？」

「バッティングセンターだ」

「それは分かる。そいつが日常に足りないって、どういう意味……あ、お前まさか」

「へへ～、そのまさか」

先週金曜日の終業直後、シンジはエージから「どうせ暇だろ、呑みに行こう」と誘われた。終業後までエージと顔を突き合わせるのは嫌だったが、悲しいことに事実暇で、断わるほどの用事も思い付かなかった。

そのとき、駅の南口で見知らぬ男に道を訊かれた。「この辺りにバッティングセンターがあったはずなんですけど」というその質問に二人は「あぁケンコーか」「あれは北口だよ」と答えた。

いかにも〝元高校球児です〟という感じの、四角い身体の上に浅黒い顔を乗せた男は

「ありがとう」と言って北口に向かった。

再開発で南口に大型商業施設やシネコンが出来る前、シンジ達が高校生の頃までは、北口の方が賑《にぎ》わっていた。古い商店街と市場があり、パチンコ屋、映画館、ゲームセンター、入り組んだ呑み屋街などが、二キロ四方ほどのエリアにぎゅっと詰め込まれていた。

その中に『ケンコーレジャーセンター』という名のバッティングセンターもあった。シンジも小中学生の頃はよく通ったものだ。エージとも、しょっちゅう一緒に行った。もっともエージと行くと、もっぱら古いテーブル型のゲーム機に針金を突っ込んでタダで遊んでいるだけだったが。

「今日行ってみたら、あのバッセンなくなって味も素っ気もねぇコンビニになってた。なんか、道を訊かれたおっさんに悪い気がしたし、そう言えば最近バッセンが軒並み潰れてるって聞いたことあるし、だったら作ろうかってな」

「またいつもの思い付きかよ……」

シンジは溜息を吐き、軽く頭を振った。

ちなみに、卒業式は滞りなく執り行なわれた。何人かが壇上に上って消火器の中身をぶちまけようと計画したが、学校中の消火器がなくなっていることに教師達が気付き、体育館の裏に集まっているところを体育会系教師総動員で取り押さえられた。そこにはシンジもいたが、言い出しっぺのエージはいなかった。

昼過ぎに欠伸《あくび》しながら学校に来たエージは、職員室で絞られたあと、更に仲間達にも小突き回された。恐らくシンジは、仲間達の中で最も堅く拳《こぶし》を握っていた。

あのときと同じ気持ちが、シンジの心中にむくむく湧き上がった。

「いい加減にしろ。弁当屋とか買物代行のときと同じじゃねぇか。これ以上、思い付きで行動して周りに迷惑を……」

「シンジ、街にバッセンがないのだぞ。これは憂《うれ》うべき事態だ。そうは思わないか？」

それからエージは、立ち上がって両手を振り、たまに今川焼きを頬張りながら、南口で再開発が始まった頃から嫌な予感はしていたのだと一席打《ぶ》った。

ごちゃごちゃしたエリアを一掃し、ペデストリアンデッキで歩車分離の動線を確保、そこを取り囲むようにショッピングモールとシネコンと家電量販店を誘致、はい、どこにでもある街の一丁出来上がり。北口への人の流れは途絶え、我らが懐《なつ》かしのラーメン屋もメンチの美味《うま》い肉屋もケンコーレジャーセンターも消えてしまった。

「こんなことで良いのか？」

シンジは何度か口を挟もうとしたが、無駄だった。演説口調で喋り始めると、エージは人の話をまったく聞かない。

「あのな、エージ」

一区切り付いたのを見計らって口を開いたが、今度は突っ込みどころが満載過ぎて、なにから言えばいいのか分からない。

どこにでもあるような街だとしても、大半の人は再開発を歓迎しているし、古い店は淘汰《とうた》されて当然だ。利益とか生産性とかを考えれば、チェーン店ばかりになるのも当然。バッティングセンターなどというものは、野球人口の減少や少子化といった要因もあってもう役割を終えた施設だ。それにあのケンコーの場合、お前がタダで遊び続けていたことも潰れた一因に違いない。だいたい、確認に行くまで潰れた事実に気付かないのなら、お前の日常にバッティングセンターは必要なかったということではないか。

それらはひとまず置いておいて、シンジは最も大事だと思うことを指摘した。

「弁当屋や買物代行と違って、今回の思い付きにはまとまった土地が必要じゃないか。カフェだって、遊んでた空き店舗を借りただけだろうが。さっき言ってたケージ一つにつき五、六百万ってのは、土地があっての話だろ？　いったいどこにそんな土地……」

言い掛けて、シンジは気付いた。

「お前、朝飯んとき、祖父ちゃんに資材置き場のこと訊いてたな」

エージは椅子に戻って両足をデスクの上に置き、「さすが専務、察しがいい」と笑った。

「ふざけんな。なんでウチの会社が持ってる土地を、居候《いそうろう》の思い付きに使わなきゃならねぇんだよ！」

「シンジの土地じゃねぇだろ。お前が怒ってどうするよ」

「エージよぉ……」

さっきの数万倍、突っ込みどころ満載でどこから訊けばいいのか分からない。

再びパソコンに向き直ったエージは「なるほど〜、重要なのは回転率ね」と、自分が針金一本で遊んでいたことを忘れたかのように呟いた。


「俺達の日常にはバッセンが足りない」

その夜、シンジはベッドの上で天井を見上げて考えた。

もう何年も思い出すことのなかった、あのケンコーレジャーセンターのことだった。

小学四年生くらいから通い始め、中学生になると悪い仲間達との溜まり場になった所だ。

東京の郊外にあるこの街には、都心とは別の時間が流れている。シンジが小中学生だった頃は、いまで言う昭和レトロな雰囲気が至るところに残っていた。そんな中でもあの施設は、当時としてもかなり古臭い、ちょっと不思議な空間だった。

バッティングケージは七つか八つ、左打席は一つしかなかった。ゲームコーナーには一ゲーム五十円のテーブル型ゲームと、骨董品みたいな十円玉を転がすタイプのゲームがあった。うどんとラーメンとホットサンドの自販機もあったが、シンジ達はもっぱら隣の小さなたこ焼き屋で六個入りを買い、みんなで分け合って食べていた。

小学四年生の頃、初めてカツアゲをされたのは自販機の脇でだった。中一で初めて女子に告白してフラれたのは、パックマンの席だった。エージと殴り合いの喧嘩になったのは中三の夏で、あいつは凹んだ金属バットを握って駐車場まで追い掛けて来た。

ろくな思い出がない。けれどなぜだろう、酷《ひど》く懐かしい。

内容は思い出せないが、あの場所では色々なことを語り合ったような気がする。同級生ばかりでなく、小学生から高校生まで、たまには仕事をサボったのであろう会社員や正体不明のおっさんなどもいて、様々な世代の様々な人間が入り混じっていた。

家庭とも学校とも関係のない、教師からも親からも隔絶した世界だった。中学生が小学生をカツアゲし、高校生が中学生をカツアゲし、被害者が成長して加害者になる。知らない大人が止めに入ったり、管理員に「出禁だ」と言い渡されたり、「二度と来るか」と言っておきながらこっそり戻ったり。決して褒《ほ》められたことではないが、ゆるやかに世代交替しながら、家庭でも学校でも教えてくれないことをたくさん学んだような気がする。

具体的に思い出されるのは、悔しい思いと恥ずかしい思いばかりだ。だがなぜか、楽しかった、面白かったという印象が勝る。

「くだらねぇ」

自分の考えを打ち消すように起き上がったが、口元には思いがけず笑みが浮かんでいた。

枕元の時計は、午前二時になろうとしている。もう三時間近く、シンジにとって健康とは無縁だったケンコーレジャーセンターのことを考えていたことになる。

カーテンを閉めていない窓の外に目を向けたら、寮の窓に一つ明かりが点《つ》いていた。

エージの部屋だった。

エージがまた資材置き場のことを祖父に訊ねたのは、それから一週間後のことだった。

当たり前のように祖父たちと一緒に夕食を摂っていたエージは、それでも日本人かと問いたいくらい不器用な箸使いで煮魚の身をほぐしながら「あの資材置き場がなくなると、資材はどこいくんだ？」と訊ねた。

「仕事も減ったし、ここの敷地に置けるだけ置いて残りは処分する。そもそもあの土地は、儂《わし》の知り合いが工場をやってた場所で、工員の退職金を立て替えた担保としてもらった土地だから」

「そんじゃ、あの土地どうすんの？　もしアレだったら……」

そのとき、珍しく夕食時に帰宅していた父が「おい」と口を挟んだ。事務の野津ほど露骨ではないが、父もエージのことを快く思っていない。

「あの土地をどうするかは、すべて俺が決める。居候が気にするようなことじゃない」

「じゃあさ、おっさ……ゴメン、親父さん。改めて訊くけど、あの土地、どうすんの？」

父がパシリと箸を置き、隣の母が「あなた」と肘で小突いた。父は小声で「黙ってろ」と言い、エージの問いに答えた。

「デベロッパーがマンション用地として、あの土地を欲しがってる。公示価格から言って三億は堅いはずだが、向こうは工場跡地だからって足下見やがって、二億でどうだと言ってきてる。それで少々揉めてはいるが、売ることは決定的だ」

エージは爪楊枝をくわえて「なるほどねぇ」と頷《うなず》く。シンジの経験から言うと、彼の「なるほどねぇ」は相手の言っていることがほとんど分からないときに出る台詞《せりふ》だ。

「お前、なんだその態度は！　シーシーやめろ！」

父とエージが同席するとだいたいこんな感じなので、誰も驚いたり止めたりはしない。母は「はい始まった」と洗い物に立ち、シンジは溜息を吐き、祖父は近所で犬が吠えたくらいの反応しか見せなかった。当事者に至っては、父の怒鳴り声など聞こえないかのように「ところで爺さん」と祖父に話し掛けた。

「俺はさ、あそこをバッセンにしたいと思ってる。あ、バッセンてのは、バッティングセンターね」

手酌で呑んでいた祖父は、猪口《ちょこ》をくいと空けて「面白いな」と薄く笑った。

「昔はみんな野球好きだったからな、ウチでも従業員を連れてよく行ったもんだ」

シンジもなんとなく覚えている。何ヵ月かに一度、仕事上がりの汗臭いバンに乗せられてケンコーレジャーセンターより大きなバッティングセンターに大勢で行っていたものだ。『ホームラン』のボードに命中させた者には、中元とか歳暮でもらった酒や高級ハムなどが賞品として贈呈された。労働者達はそれとは別に、一ゲーム中に何本ヒット性のあたりを打つかで賭けをしていた。

「あれはいいレクリエーションだった」

「だろ〜。マンション用地なんて、売ったらそれっきりだ。バッセンなら延々と利益が出る。それよりなにより、我らが街にバッセンがないということは憂うべき状況であって……」

「だが、面白いだけじゃ駄目だ」

「え？」

「こうしようじゃないか」

と祖父が続けた。

バッティングセンターを経営して、成功する根拠。そして、最低でも二億で売れる土地をエージに貸したとして、犬塚土建にどんなメリットがあるのか。加えて、土地があったとしても初期投資費用はどう調達するのか。

それらを、デベロッパーとの最終打ち合わせがある前、つまり九日以内にプレゼンせよ。相手は祖父、そして実権を握る父。つまり祖父だけが納得する内容では駄目、父をも納得させるプレゼンでなければ通らない。

「シンジ、お前も明日から兼石くんを手伝え。仕事は休んでいい」

「え～？」

全力で『通常業務より面倒臭《くせ》ぇ！』と叫ぼうとしたシンジだったが、それより早くエージが「いいよ、分かった」と不敵な笑みを浮かべて立ち上がった。

「お母さん、ご馳走さん。そんじゃ、明日から準備に取り掛かるわ」

そう言ってエージが食卓をあとにすると、父も「なんであいつにだけ、そう甘いんだ」と捨て台詞を吐いて出て行った。

「すまんが、もう一本」

「駄目です。一日に三合までって約束でしょう」

祖父は母とそんなやり取りをし、シンジに小声で「お前のお袋は婆《ばあ》さんより厳しい」と囁《ささや》いてから、自室に向かった。

「今回は珍しく、親父の意見に賛成」

一人食卓に残ったシンジがそう言うと、キッチンで洗い物をしていた母が「なんだって?」と訊ねた。水流でよく聞こえないらしい。

「祖父ちゃん、なんであんなにエージに優しいんだろ」

やや声を張って言うと、母は水を止めて手を拭《ふ》き「そうねぇ」と腕組みした。

「そう言えば、あんた達が中学生の頃からそうだったわね。可愛いんじゃない? エージくんのことが」

「息子や孫よりかよ」

母は「そりゃあ」と言って洗い物を再開し、こんなことを話し始めた。父は次々と新しい事業に手を出すが失敗続きで、祖父の築き上げた財産を食い潰しているようなもの。孫は孫で「土建屋は継がないし世話になる気もない」と啖呵《たんか》を切っておきながら、結局は戻って来た。自分が築き上げたものに頼り切って、我が息子と孫ながら二人とも情けない。だから、少々無鉄砲なところがあるものの、一人であれこれやろうとしているエージのことが、若い頃の自分を見ているようで可愛いのではないか。

「俺は別に、祖父ちゃんに頼ってるつもりはない。そりゃ、資格もなにも持ってないけど、ちゃんと働いて……」

「はいはい、そうね。お父さんに比べればマシかもしれない。けど、焦《じ》れったいと思ってるはずよ」

「なにが」

「だってあんた、朝から晩まで電話番してるだけじゃない。いい歳して実家住まいで、上げ膳据え膳で、掃除も洗濯もしないで、彼女の一人も連れて来ないでさ」

「女のことは関係ねぇだろ。とにかく俺は俺で、誰にも迷惑を掛けずに真面目《まじめ》に……」

言い返しながら、またいつもの口論になってしまったと思っていたら、玄関の方から「おーい、シンジー」とエージの声が聞こえた。

「ほら、呼んでるわよ。相談でもあるんじゃない？」

母に促され、シンジは「なんだよまったく」と立ち上がった。

「ちょっと呑もうや、俺の部屋で」

「俺の部屋って言うな。ってか、さすがに不安になったか？　俺から祖父ちゃんに断ってやろうか？」

寮に向かいながら、エージは顔も向けずに「ちげーよ」と笑った。

「自信はある。売るほどある。ただ、一つ問題がある」

「だったらなんだよ。お前らしくもねぇ、はっきり言え」

エージは振り返り、柄にもなく照れ臭そうに「ん〜」と頬をかき、言った。

「プレゼンて、なんだ？」

妙案とか奇策はないにしても、珍しく気弱な台詞でも聞けるのかと思っていたシンジは、膝の力が抜けそうになってしまった。

「最初は、爺さんが俺にあの土地をプレゼントしてくれるって話かと思ったら、どうもそうじゃないみたいじゃん?」

「お前、そこからなの? 野球やろうぜって言って、打ったらどっちに走るの? みたいな質問だな」

「う〜ん、野球とバッセンがカブってて、あんま上手い喩《たと》えじゃねぇな。いいから俺の部屋で一杯やりながら、プレゼンてのを教えろ」

「だから、俺の部屋って言うな」

エージはケラケラ笑い、シンジは深く溜息を吐いた。

その翌日からシンジはエージと、朝早くから夜遅くまで、営業中のバッティングセンターを訪ねて回ることにした。

都心ではあまり参考にならないので、JRと私鉄沿線の多摩地方に絞ると、五ヵ所しかなかった。予感はあったものの、記憶にある施設が軒並み潰れていることは、シンジにとって少なからずショックだった。

更にショックだったのは、残っている施設の中に瀕死《ひんし》状態のバッティングセンターがあったことだ。ケージが六つしかなく、そのうち二つは故障中、しかも貼り紙の色褪《あ》せ具合から察するに、修理する気はないようだった。そこの管理員はヨボヨボの爺さんで、こちらの質問の半分は聞き取れていないみたいだった。

そのほか、そこそこ繁盛していそうなところでも、月々の売上げや設備のメンテナンス料などについては、詳しいことを教えてもらえなかった。

ただ、ホームラン競争や野球教室などのイベント、近隣の少年野球チーム所属選手への優遇、常連客へのサービスなど、参考になる話はいくらか聞けた。モニターでピッチャーの映像を映す設備を備えているところでは「近隣に競合店がないなら、バーチャルピッチャーなんかいらない。その金をストラックアウトやスピードガンコーナーに使うべきだ」という助言ももらえた。

帰宅後は事務所のパソコンで、バッティングセンターに限らずスポーツ系レジャー施設の全国的な動向を調べた。

「よし、現状は一通り把握出来た。あとは金だな」

バッティングセンターを回り終えた四日目の夜、三本目の缶ビールを呑み干したエージが大きく伸びをした。

プレゼンまであと五日。情報をまとめるのに最低でも一日は掛かるとして、動き回るのは残り三日しかない。

エージは、旧友の中から力になってくれそうな三名の名前を挙げ、シンジにアポを取るように言った。エージからの連絡では無視されることを、本人も分かっているらしい。

一人は山室《やまむろ》アツヤ。現在の職業はホスト。東京の田舎ホストではあるが地域ナンバーワンで、二十代半ばから二台の高級外車を所有し、タワーマンションに住んでいる。靴も時計もスーツも、エージ曰く「チョーだっせぇ」のだが、常に二、三百万円を身にまとっているらしい。

二人目は葛城《かつらぎ》ダイキ。かつての悪友の中では最も成績がよく、大学を出てベンチャーキャピタルだか経営コンサルタントだか、そんなのをやっている。シンジも何度か仕事の内容を聞いたのだが、正直言うとよく分からない。ただ「店でも始めるなら相談してくれ」と言っていた、ような気がする。

三人目は阿久津《あくつ》ミナ。現在は地元の信用金庫でシレッと窓口担当をやっているが、中学時代は最強のヤンキーだった。中二までは女子最強と呼ばれていたが、倍以上体重がある男子高校生を五秒で昏倒《こんとう》させた瞬間、称号から女子の二文字が取れた。一時期、エージと付き合っているという噂《うわさ》が流れたが、シンジも確かなことは知らない。

「こういうときに頼れるのは友だよ、やっぱ」

事務所内を歩き回り、自信満々で四本目のプルタブを開けるエージだったが、シンジは不安を隠せなかった。

エージが留置場に入れられている間、アツヤとダイキとはLINEでやり取りをした。二人とも別の誰かの「死ね」ツイートに「いいね」を返していた。聞けば、アツヤは十数万円、ダイキは「思い出したくもない」くらいの額を、エージに貸していると言う。

「あの馬鹿から連絡あったら、ぜってーシカトしようぜ」

二人のその言葉にシンジも「リョーカイ」と答えたのだが、実家に直接やって来られてはシカトのしようがない。

ミナには何年も会っていないし、LINEも既読スルーされ続けている。だが、もしも元カレ・元カノの話が本当なのだとしたら、アツヤとダイキ以上にエージを避けることは間違いない。

「あいつらもケンコーにはかなり思い出があるからな。ぜってー乗って来るって」

お前のその自信はどこで売ってるんだ。頼むから教えてくれ。

そんな台詞をビールで流し込み、シンジは命じられるがまま三人に「ちょっと真面目な話がある。二、三日以内に会ってくれ。日時は任せる」と、メールを送った。

その後、シンジはプレゼンのために情報の整理を続けた。エージは事務所内を歩き回りながらビールを呑んでいたが、三十分ほど経ち、今晩中にメールの返信はないと判断したのだろう、「ほんじゃ、お疲れ」と事務所を出て行った。

「シンジ、ちょっといいか」

エージが寮に戻り一時間ほど経った頃、祖父がやって来た。一升瓶を抱え、湯飲みを二つ指先で挟むように持っていた。

「ごめん、こんな時間まで。電気代も馬鹿にならないよな」

「いや、それくらい構わんよ」

壁の時計は、午前一時を指そうとしていた。

隣のデスクの椅子に座り、祖父は「母さんには内緒な」と、二つの湯飲みに酒を注いだ。

「それでどうだ、あっちの調子は」

「うん、まぁ、厳しいよ。祖父ちゃんの言った課題はクリア出来そうにないかな」

「そうか」

目の前に置かれた湯飲みを手に取り、シンジは祖父と同じように目の高さに掲げた。

苦手なので少ししか口に含まなかったのだが、重い日本酒はズシンと胃の腑《ふ》に落ちた。

「あいつは、面白い奴だなぁ」

背もたれを抱くように座った祖父は、寮の方を振り返って笑った。

「祖父ちゃん、昔からエージのこと好きだよね」

シンジは中学校でエージと出会った。遅刻や授業妨害は当たり前、喧嘩も盗みも日常茶飯事、補導も年に数回。それでもいつも笑っているエージのことを、思春期ならではの鋭敏な感性が「こいつ面白ぇ」と思わないはずはなかった。

それで家にも呼ぶようになり、一緒に夕食を食べたり、そのまま泊まって行くようにもなった。祖父は時折、そんなエージに声をかけて二人で楽しそうに笑っていた。

「あぁ、見てて飽きない」

「昔の自分と、重なるから？」

「儂とか？　いや、それはないな」

祖父はゆっくりと酒を呑み下し、熱い息を一つ吐いてから「シンジ」と、やや改まった口調で言った。

「いままで、お前には言っていなかったが……」

祖父はそう前置きをして、こんな話を始めた。

シンジとエージが中学生だった頃、母は民生委員をやっており、祖父は何らかの罪を犯して刑に服した者を何人か雇い入れ、保護司も引き受けていた。

そういった関係で、シンジには言えないエージの生育環境を、祖父と母だけは知っていた。

エージの家庭は、いまで言うネグレクトだった。父親は遊び人で定職に就かず、暴力を振るった。母親はスナックで働いていたが金はすべて自分のギャンブルと男遊びに使い果たしていた。

エージは小学校低学年の頃からスーパーやコンビニで食べ物を盗み、飢《う》えをしのいでいた。何度も捕まったものの、当時は警察も学校も児童相談所も事を荒立てたくないからか、何事もなかったかのように両親の下に戻した。

「けど、エージみたいな家庭環境の奴、ほかにもけっこういたよ。なんであいつだけ面倒見るの？　たまたま俺のツレだったから？」

シンジのその問いに、祖父は「それもあるかもしれんが」と答え、続きの言葉を探す間を作るように湯飲みを口に運んだ。

「彼は、なにがあっても凹まないだろう。つい懐かしくなってな、応援したくなる」

「懐かしい？　やっぱ、祖父ちゃんの若い頃と重なるってこと？」

「いや、そうじゃない。儂とは違う。なんて言えばいいのか……」

祖父はそこでまたじっくり間を置いて、話を続けた。

自分が土建屋の社長に納まったのは、成り行きだった。昭和三十年代初頭、祖父は東北から出て来た一労働者だった。本格的な高度経済成長前夜で、仕事は腐るほどあった。最初は日雇い労働者の集団でしかなかった仲間達が、会社を興した方が効率がいいし収入も増えると言い始めた。仲間のうちリーダー的な存在だった奴は、良くも悪くも熱くなりやすい自分の質《たち》を分かっており、みんなに付いて行くタイプだった祖父に社長になることを勧めた。

仕事は増え続け、気付けば従業員百数十人を抱える土建屋の長になっていた。

高度経済成長が落ち着き、二度の戦争特需もなくなり、オイルショックがあり、これからは安定路線だと思い始めて十年ほど経った頃、あのバブル景気が始まった。あらゆる業界が浮かれ騒いだが、中でも不動産業界は異常なトランス状態となった。古くからの仲間達と祖父は冷静だったが、会社の若い世代は「なに守りに入ってるんですか」と、その異常な波に乗ろうとした。土地の転売ならまだ分かるが、土建業とは無関係のゴルフ会員権の売買、美術品・骨董品の売買など、本業以外のことに疎《うと》い祖父らを言いくるめて手を出し始めたのだ。当時働き始めたばかりのシンジの父も、その一人だった。

「親父、変わってねぇんだ。未《いま》だにやってるもんな」

重い日本酒が美味《おい》しく感じられ始めた頃、シンジは苦笑しながら口を挟んだ。祖父に同意したつもりだった。だが、

「いや、あいつはあいつで、儂と同じなんだよ」

「え?」

「儂が成り行きで社長に納まったのと同じ。つまりな、儂も始まりがバブル期だったなら、同じようなことをやっていたと思う。高度経済成長期は、幸か不幸か他分野には手を出さないのが普通だったから、やらなかっただけだ」

「普通……」

俯《うつむ》いてそう呟くと、祖父も「そう、普通だ」と繰り返した。そして「いいか？」と確認するように言った。

「これは息子には言えない、孫にだから言える、ジジィの弱音だ。一度しか言わないぞ」

シンジは「うん」と、湯飲みをデスクに置いた。

「儂が今の時代にお前の年齢なら、やはりお前と同じように、うずくまったままだと思う」

「俺は別に、うずくまってなんか……」

「いいから聞け。儂から見れば、お前はうずくまっているよ。失敗ばかりでも、取り敢えず動き続けるお前の親父の方がマシだ」

何も答えられずにいると、祖父は自分の湯飲みに酒を注ぎ足そうとした。シンジは一升瓶を取り、両手で注ぎ足した。ついでに、自分の湯飲みにもなみなみと注いだ。

「説教をするつもりはない。世の中に情報が多過ぎて身動きが取れないことは分かってる。選択肢が多過ぎると、そうなる。そしてこれは、お前個人の問題じゃない。時代に合わせながら、周りの声に応えながら行動する、犬塚家の血だ」

それからしばらく、無言のまま二人で酒を呑んだ。空いた湯飲みに二度ずつ酌《く》み交わす間、壁掛け時計の秒針の音が聞こえるくらい静かだった。

「じゃ、エージを見てて懐かしいってのは？」

沈黙を破ったのは、シンジの方だった。

「あぁ、そうだったな。話が逸れた。彼は、なんて言うか……」

祖父はまた間を置いてから「足掻《あが》いてる」と言った。

祖父が言うには、昔はそういう人間がいくらでもいた。国民全員がそうだったとも言える。誰もが、いまよりも良い生活を目指して足掻くのが「普通」だった。祖父の目から見たシンジのように、うずくまって身動き取れないことが「普通」の現在では、足掻くように生きることは難しい。

ではなぜ、あのエージだけが足掻くことが出来るのか。

「そこには恐らく、彼の生まれと育ちが関係している」

貧しい家庭に生まれた子は貧しいまま、教育を受けられなかった親の下に生まれればそれなりの教育しか受けられない、日常的に暴力を受けたり目撃していれば自分も暴力的になる。そういった「普通」を覆したい。だからエージは、足掻き続けている。

「そんなはずはない、ふざけるな、変えてやる。そんなふうに足掻き続けているように見えるんだよ、儂にはあいつが」

祖父の言い分に、シンジも納得出来る部分はあった。だが、祖父よりもずっと近くでエージを見て来た身としては、「だからって」と反論せざるを得ない。

「みんなを巻き込んで迷惑を掛けたりしていいってことにはならないよ。俺はうずくまってるのかもしれないけど、少なくともここで真面目に働いてる。誰にも迷惑は掛けてない。それが社会人として最低限の在り方だろ」

祖父は「ああ、そうだな」と答えて立ち上がった。

「ただ、今回のことは最後まで付き合ってやれ。結果はどうあれ、お前にとって学ぶことは少なくないはずだから」

シンジは祖父の真意が分からなかった。一応、自分の意見は肯定されたのに、心はちっとも晴れない。

事務所を出て行こうとする祖父になにか言わなければと思ったが、口から出たのは「おやすみ」だった。

翌日、葛城ダイキから返信があった。「三十分くらいなら時間を作ってやる。今日の夕方四時に会社へ来い」という恐ろしく上からな感じで、会社のURLが添付されていた。

ダイキの会社がいわゆるインテリジェントビルの中にあることは、シンジも話には聞いていた。だが実際に足を踏み入れてみて、かなりビビった。

一階の受付であれこれ記入させられ、少し待たされ、首からぶら下げるパスを渡され、駅の改札みたいなのを通れと言われ、ショップフロアとオフィスフロアに分かれたエレベーターにちょっと迷い、しかも上層階のオフィスまで一回乗り換えがあり、着いたら着いたでエレベーターホールから薄汚い北口エリアを見下ろすことが出来、その間シンジは、驚き半分呆《あき》れ半分で複雑な気持ちだった。

エージはと言えば、一階で「業者さんでしたら裏口へ」と言われたことも意に介さず、「こういうとこのBGMって、だいたいジョビンかゲッツだよな」「う〜、耳キーンてする」「どんだけ遠いんだよ」「うひょー、北口きったねー」と、はしゃいでいた。

「おいコラ、シンジ!」

シンジが受付でアポを取っている旨を告げていると、ガラス張りのフロアの奥の方でダイキが叫んだ。高そうなスーツを着ているが、インナーはラフなロックTシャツだった。

ズカズカ近付いて来る彼の視線はシンジではなく、受付嬢に「何時に終わんの?」と訊いているエージに向けられていた。

「この馬鹿が来るとは聞いてねぇぞ。お前が真面目な話だって言うから、貴重な時間を作ってやったのに」

エージは馬鹿呼ばわりされたことに憤慨《ふんがい》するどころか、ゲラゲラ笑いながら「変わんねぇな、この野郎」と、ダイキの肩を何度も叩いた。

「いや、悪い。エージも込みで、真面目な話なんだ」

シンジのその言葉に、ダイキは「んなこと俺に関係……」と言い返そうとしたが、途中で呑み込んだ。

普段は見せない態度だったのだろう。受付嬢もガラスの向こうの社員も面喰らっていることに気付き、ダイキは「こっちだ」とシンジ達を応接室に招き入れた。扉を閉める直前、ダイキが近くの女子社員に「十分で終わる。お茶はいらん」と言っているのが、シンジの耳に届いた。

「申し訳ありません。私、ただいま名刺を切らしておりまして」

会議室に入るなりエージが慇懃《いんぎん》に言い、ダイキの名刺を催促した。

ダイキは「ハナから持ってねえだろうが」と言いながら、トランプでも配るように二枚の名刺をテーブルの上にすべらせた。

「ほぉ、アナリストを」

中小企業診断士・公認会計士・起業コンサルタント・経営アナリスト等々、肩書きが多過ぎるダイキの名刺を見詰めていたエージが、ニヤニヤしながら訊いた。

「下ネタじゃねぇからな」

ダイキは先回りして答えたが、その顔は仏頂面《ぶっちょうづら》のままだ。

「そういや臨海学校で、スケジュール表のビーチクリーン活動ってのを見たときも、お前は一人で〝楽しみー！〟とか騒いでたな。アナリストもビーチクリーン活動も下ネタじゃねぇから」

エージは「懐かしいな、うひひひ」と笑ったが、シンジは内心、駄目だこりゃと覚悟した。

「ったく、三人とも使えねぇな。美味しい話にまぜてやるっつってんのによぉ！」

二日後の夜、エージは事務所に入るなりチューハイの空缶をゴミ箱に投げつけながら叫んだ。

三日連続でダイキ、ミナ、アツヤに会い協力を頼んだのだが、色よい返事はもらえなかった。それどころか三人とも、エージ絡みの話であることをメールで伝えていなかったシンジに「まだ騙《だま》されてんのか」「あんた馬鹿？」「目を覚ませよ」と哀《あわ》れむように言った。

「言ったら、会ってもくれねぇだろ」

シンジのその言葉には、異口同音に「当然じゃん」と返された。

三人とも一通り説明を聞いてくれただけでも、シンジには驚くべき辛抱強さだと思われた。

「お前の言い方も酷かった。特にダイキ。あいつが怒るのも無理はない」

言ってもせんないことだと知りつつ、シンジの口からふとそんな言葉が溢《あふ》れ出た。

二日前、ダイキに「協力は難しい」と言われた直後、エージは応接室を見回して「なるほど立派な会社だ。辞めるのを止めるのも、無理ねぇや」と嫌味を言った。

二年ほど前、シンジとエージを含む何人かで集まって久々に呑んでいるとき、ダイキは近況報告で「独立を考えてたんだが」という話をした。得意先の担当者に「私が独立したら仕事を回して頂けますか」と確認したところ、「君のことは買っているが、それはバックに会社あってのことだから」と断わられたので会社に残ることにした、という話だった。

そのときエージは「チキン」だの「ビビり」だの言っていたが、ほかのみんなも笑っていたので、ダイキも笑って聞き流していた。

だがそれを数年経って改めて、しかも会社の中で持ち出され、ダイキは冷静ではいられなくなった。

「誰がお前なんかに協力するか！　とっとと出てけ！」

そう怒鳴られると、エージは「てめぇ、パンクが好きだとか二度と言うんじゃねぇぞ」と、よく分からない捨て台詞を吐いて応接室を出た。

「独立を考えるとき、得意先に相談するのは普通のことだよ。チキンでもビビりでもねぇし、ダイキが着ていたクラッシュのTシャツも関係ない」

シンジは一応ダイキを庇《かば》うようなことを言ったが、エージは聞いていない。

「しょうがない、ダイキは諦めよう。ミナとアツヤで、いくら調達してくれるかなぁ」

「いやいや……」

ミナとは信用金庫の窓口、アツヤとはホストクラブの近所の喫茶店で話をした。ダイキと違って声を荒らげることはなかったが、それは周りの目があったからだ。二人の「分かったから、今日は取り敢えず帰って」と「考えさせてくれないか」は、決して承諾の言葉ではない。

「言葉のまんま取るなよ。雰囲気で分かるだろう」

「いいや、あの二人は大丈夫だ」

謎の自信満々で、エージは事務所の冷蔵庫を勝手に開けて缶ビールを二本取り出し、その一本をシンジに放り投げた。

「なぁ、もう諦めた方がいいんじゃないか？」

「なんで？　まだ始まってもないのに」

「金と土地がどうにかなったって、俺達じゃバッセンの経営なんか……」

「やる前からそんなこと考えて、どーすんだよ！」

エージはブンブン両腕を回し、また演説を始めた。その中には、また「俺達の日常にはバッセンが足りない」という言葉があった。

アツヤとミナとダイキにも、ぶつけた言葉だ。ダイキは「それがどうした」という反応だったが、なぜかアツヤとミナはこの言葉に「分からんでもないが」「確かにそうかもしれないけど」と、やや肯定的な反応を見せた。

俺達の日常にはバッセンが足りない。

この言葉にどれほどの説得力があったのか、シンジには分からない。ひょっとしたら、二人とも別々のことを考えていたのかもしれない。

それはともかく、初期投資費用の目処《めど》が立たないことは……少なくともシンジの中では……はっきりした。

だが、プレゼンを取りやめることだけは出来ない。それが、祖父との約束だ。

プレゼンはその翌々日、野津が退社したあとの事務所で行なわれた。

「え〜と、じゃあまずは、立地検証からバッティングセンター誘致の有効性を……」

プレゼンなどやったことはないが、シンジは『なんとなくこんな感じかな』と、一夜漬けでまとめた資料を読み上げ始めた。

建設予定地となる資材置き場は、昔の工場街に位置する。近隣には分譲マンションと賃貸マンションが増えているが、昼間人口は少なく工場もいくつか残っており、騒音はさほど気にしなくて良い。最寄駅からは徒歩二十五分と遠く、主要ターゲットは近隣住民と近隣小中高校の生徒、及び成人野球愛好家。半径十キロ圏内に競合店がないため、車での来店もある程度は見込まれる。

自転車で通える範囲の小学校に、軟式野球チームは三つ。中学高校の野球部は四つ。ソフトボール部は二つ。硬式のリトルリーグとボーイズリーグ所属チームも一つずつある。小中高校の野球・ソフト人口は、都心に比べれば少なくはない。草野球チームは、リーグに登録されているだけで近隣三市に三十七チームあり、二十代から五十代の野球愛好家も決して少なくはない。

三百坪弱の資材置き場に駐車場を八台から十台分設けると仮定すると、バッティングケージは十二から十五となる。三つの差は、左打者専用ケージを設けるか左右両打席を複数設けるかによる。

但し、似たような立地環境で利益を上げている他店の例を参考にすると、ゲームコーナーの売上げが全体の二十五パーセントから三十パーセントを占めており、これを充実させるスペースを確保するとなると、ケージは十から十三が妥当な数と思われる。

「続いて、既存店の開店から五年間の収支内訳の例ですが……」

ところどころつまずきながらシンジが説明している間、祖父は腕組みをして頷《うなず》いていた。父はメモを取っていたが、途中でペンを置いて貧乏揺すりを始めた。何度かシンジの話に割り込もうとしたが、それは祖父が止めてくれた。

エージは隣で、応援のつもりなのか「うむ」「なるほど」「ほぉ」と、邪魔にしかならない合いの手を入れていた。シンジが何度か足を蹴ったが、こちらは止まらなかった。

「これによると、初年度の利益は一千万弱、二年目からは一千四百万から六百万で推移し、おおよそ五年で初期投資の七千万弱を……」

「まるごとネットの情報じゃないか」

説明が三十分を過ぎた頃、もう我慢出来ないという感じで父が言った。

「そのサイトなら俺も見た。めちゃくちゃ上手く行ってる例なんか参考にならん。それより、何年で二億を稼げるのか、そっちを説明しろ」

二億――。デベロッパーがあの土地を買うと言っている額だ。

「あ、うん、え～と……」

父が言う「めちゃくちゃ上手く行ってる例」でも、二億を稼ぐには十五年前後、設備の維持管理費や人件費を考えると、二十年前後が必要だろう。

正直にそう言うと、父は「はは」と力なく笑って席を立った。そして冷蔵庫から缶ビールを取り出して一口呑み、席に戻って一言「話にならん」と断じた。

「シンジ、その頃に祖父ちゃんが生きてると思うか？」

生きていれば、祖父は百歳を超えている。なんとなく余裕で生きているような気もするが、現実的に考えれば……。

「儂のことはどうでもいい」

シンジが逡巡《しゅんじゅん》していると、祖父が腕組みを解いて言った。

「別に、儂個人に二億を払えと言ってるわけじゃないからな。それより、三十年、四十年、五十年経っても残るなら、シンジの子や孫の世代まで利益を与えてやることが出来る」

「いやいや親父、この二十年を見てみろよ。バッティングセンターが軒並み潰れてるのは、なにも経営が下手だったからってわけじゃないぞ。マンション建てて、一階にコンビニでも入れて、そこのオーナーの権利でも貰った方がよっぽどいいって」

父が冷静に言う。世の中の仕組み、特に商売のことなどなにも知らないシンジでも分かる理屈だ。

もう諦めるしかないのだろう。この九日間、結局は無駄なことに労力を使っただけだ。いや、エージに思い通りに行かないこともあると教育出来ただけ、意義があったとでも考えようか……。

シンジがそんなふうに思っていると、隣で「うひひ」と嫌な笑い声が聞こえた。

「分かってねぇよ、親父さんは。それからシンジも。この件の肝《キモ》をちょっとだけ分かってくれてんのは、爺さんだけだ」

エージのその言葉に、父が「てめぇ」と立ち上がろうとしたが、また祖父が止めた。

「珍しく黙ってると思ったが、やっと喋ったな。兼石くんにとって、この件の肝ってのはなんだい」

「またまた。爺さんは分かってるくせに。俺達の日常にはバッセンが足りない。そういうことだよ」

「バッセンというのは、君にとってなんだい」

エージはそこで「ん〜」と考えてから、「溜まり場？」と答えた。

拍子抜けしたのか、祖父は「溜まり場……」と繰り返しただけだった。その反応に父が声を立てて笑い、エージに「そいつはなんの役に立つんだい」と訊ねた。

「なんつーか、無くなってるじゃん、ああいう場所。大人は赤ちょうちん、子供は駄菓子屋……これも絶滅危惧種か……そういう住み分けがない、子供も大人も他人同士が混ざり合っちゃうようなゴチャッとした空間」

「だから、それがなんの役に立つんだよ」

「役に立つか立たないかなんて、そんなに重要か？　あった方が面白いかどうかなんじゃね？」

「やっぱり、話にならんな」

父は同意を求めるように祖父を見たが、祖父は何事か考え込んでいた。エージの説明に、なにか感じ入る部分があったのか。それとも、あまりにも中身がないので幻滅しているのか。

シンジが探るように祖父の様子を見ていると、父が「おいおい、親父」と訊ねた。

「まさか、この馬鹿の言い分に納得してんじゃないだろうな」

「誰が馬鹿だよ」

「馬鹿で悪けりゃ、ただ飯喰いの穀潰しだ」

「爺さんとお袋さんには昔っから世話になってるけどなぁ、あんたにはこれっぽっちも世話になった覚えはねぇぞ！」

「なってるだろうが、現にいま！」

両者立ち上がり「なんだコラ！」「やんのか！」と、デスクを跳び越えようとした。シンジは慌てて「お前が悪い」とエージを止めた。すると祖父も「お前が悪い」と父を止めた。

誰がどう見ても、悪いのはエージだ。シンジは父と同時に祖父を見た。

「なんでだよ！」

「お前は熱くなり過ぎる。そんなことだから、デベロッパーとの話もまとまらないんじゃないか」

思い当たるところがあったらしい。父は口をへの字にして椅子に座り直した。それを見て、エージも「ふん」と椅子に戻った。

「この分だと、明日の話し合いも結論は出ないだろう。あの資材置き場に関しては、儂が結論を出す。いいな」

祖父のその言葉に、父はなにも言い返さなかった。シンジは「それって……」と口を挟もうとしたが、その続きをかき消すように「ヒュ～」とエージが口笛を吹いた。

「決まりじゃん。さすが爺さん」

「決めてはおらん。それより話を続けろ。初期投資費用をどうするのか、まだ聞いてないぞ」

そうだった。祖父が命じたプレゼンの議題はまだ残っている。だがそれはダイキとミナとアツヤには断わられてしまった。土地はあっても金がない。祖父の気持ちは有り難いが、やはり敗北宣言をしなければならない。

シンジはそんなことを考えながら「それなんだけど……」と、説明しようとした。

「そっちはノー・プロブレム！」

椅子の上で大きく仰《の》け反《ぞ》り、エージが自信満々で言った。

「え？」

「え、じゃねぇよシンジ。お前も一緒だっただろ」

「一緒だったから、無理だって分かってんだよ」

「か～、じゃあいいや、黙ってろ、俺が説明する。あのね、爺さん……」

俺達は、三人の旧友に金を貸してくれと頼みに行った。その内の一人はチキンでビビりだから、乗って来なかった。だが、あとの二人は乗り気だ。

一人は、信用金庫に勤務している。そいつ自身は金を持っていないが、大金に囲まれている。なにも犯罪を犯すわけではない。あの世界には専決権限というものがあって、支店長クラスの判断一つで信用貸しが可能らしい。旧友は支店長クラスではないが、間違いなく力になってくれる。

もう一人は地域ナンバーワンホスト。高級外車を二台所有しタワーマンションに住んでいる。スーツも時計も超が付く高級品をいくつも持っている。そのうち半分でも売り払えば、数千万円は融通出来る。太客《ふときゃく》に「面白い投資話がある」とでも言えば、なにも売り払わなくても済むかもしれない。

「そういうわけで、二人合わせて六千万から八千万は堅いんじゃねぇかな。な？　シンジ」

よくもまぁ、それだけ淀《よど》みなく嘘《うそ》を吐けるものだな。

そんなふうに思いつつ、シンジはつい「あ、うん、そうだな」と相槌《あいづち》を打った。もうどうにでもなれ、という感じだった。

「よし、分かった。結論は、明後日伝える」

祖父が言い、つまらなそうにエージの話を聞いていた父は「ふん」と吐き捨てて事務所から出て行った。

「じゃあ、楽しみに待ってな」

祖父はゆっくりと立ち上がり、あくびを嚙《か》み殺しながら事務所を出た。

二人が出て行き、シンジは深く溜息を吐いたが、エージは「前祝い前祝い」と言いながら冷蔵庫に向かった。

エージがなぜバッティングセンターにこだわるのか、なんとなく分かったような気がする。

その日の夜、シンジはベッドの上でそんなことを考えていた。

祖父から聞かされたエージの生育環境に、その原因はある。

孤独で辛い幼少期を過ごしたエージにとって、小学五年生くらいから高校を中退するまでの七、八年間は、人生の中で最も楽しい期間だったのだ。

嫌な思いをする家には、我慢して帰らなくていい。食べるものも寝る場所も、どうにかなる。父親に殴られそうになれば、反撃するくらいの力も得た。

なんだ、生きるのって、けっこう楽しいじゃん。

きっと、そんなふうに思ったのだ。

その時代、学校と家の間には溜まり場があった。その代表がケンコーレジャーセンターだ。

高校を中退したあとは、飯を喰うことで必死だったこともあってケンコーのことは忘れていたのだろう。どんどんつまらなくなって、古い友人達にも避けられるようになって、それで二十代のほとんどは荒れた生活だったのだろう。

だがそんなある日、知らない男に道を訊かれた。それであのケンコーを思い出した。たぶんエージは、この街にバッティングセンターが復活すればケンコーみたいになると思い込んでいるのだ。シンジが、アツヤが、ミナが、ダイキが、またそこに集う。バッティングセンターさえあれば、またあの日々が戻って来る。エージは、そう考えているのだ。

「けど、それは違うよ、エージ。俺達はもう、大人だ……」

天井の染みを睨《にら》み付けながら、シンジは呟いた。

人生には、決して取り戻せないものがある。

資材置き場にバッティングセンターを作ったとしても、そこがケンコーレジャーセンターみたいになったとしても、誰も戻っては来ない。

あの時間は、もう戻って来ないのだ。

今日の調子だと、祖父は資材置き場をエージに貸すことを了承するのかもしれない。けれど、それは止めなければならない。今度こそ、エージを止めなければならない。

金なんかないだろう。嘘ばかり吐くな。誰も金を出してくれないし、バッセンが出来たとしても誰も戻っては来ないよ。お前にとって掛け替えのない月日だったのかもしれないけど、取り戻そうとしても無駄だ。誰も過去には戻れないんだよ。お前も、新しいものを見付けなきゃ。

シンジはエージにはっきりと、そう言ってやらなければならない。

自分自身、新しいものなどなに一つ見付かっていないのに。

祖父の口から結論が出たのは、二日後の夕食の席だった。

シンジはデベロッパーとの打ち合わせに同席しなかったので、それがどういう話だったのかは知らない。ただなんとなく、祖父の心中は分かったつもりでいた。

資材置き場は売らずにバッティングセンターにする。その経営はエージとシンジに任せる。そういう結論に至ったのだろう、と。

エージも母もほとんど喋らず、いつも以上に静かな食卓で、あらかた食べ終えた祖父が手酌で酒を呑みながら「資材置き場の件だが」と切り出した。

エージの箸が止まり、父は〝パシン〟と音を立てて箸を置いた。シンジも箸を置き、姿勢を正した。

「いまのいままで悩んだんだが、やはり売るよ」

真っ先に「え？」と言ったのは、父だった。もちろんシンジも、たぶんエージも驚いてはいたが、それよりも父の方が意外そうだった。

「理由は、こうだ」

このまま行けば、犬塚土建はそう遠くない将来、畳まなければならない。ジリ貧になっても家業にしがみつき、借金まみれになった同業者をいくつも見て来た。そうならないように、ゆるやかに会社を畳むためには、やはりまとまった額の金が必要だ。もちろん、今後持ち直す可能性がないわけではないし、そうなれば自分も嬉しい。

「もしそうなれば、余った金は新規事業に使うなり、それこそどこかにバッティングセンターを作るなりすればいい」

頭の中で何度も考えていたのだろう。祖父は淀みなくそう言い、「以上だ」と話を終えた。

「そっか〜」

一通り祖父の話が終わった頃、エージが伸びをしながら言った。

「残念だな〜。ミナとアツヤ、金なら出すって言ってくれたのにな。今度は代わりの場所探しだぞ、シンジ」

どれだけ強がりなのだと言いたいのをこらえ、シンジは黙っていた。

父も黙って、ビールを苦そうに呑んでいた。

母はカウンターの向こうからこちらの様子を窺いながら、洗い物を始めた。水の音は、通常より小さかった。

自分の言い分が通ったにも拘《かか》わらず、父は苦い顔のまま自室へ向かった。

しばらくして、エージも「お母さん、ごちそうさま」と言って寮へ向かった。

洗い物を終えた母も、わざわざ「あら、明日、燃えないゴミの日だわ」と言って勝手口から外へ出た。

「シンジ」

それを待っていたように、祖父が空の猪口に目をやったまま静かな声で言った。

「え？」

「友達には悪いことをしたな。場所を探すなら、儂の知り合いにも声を掛けてみる」

「いいよ、どうせ金の目処なんか付いてない。あいつは適当なことを言っただけだ」

「そうなのか？」

「あぁ、ホストやってる奴と信用金庫に勤めてる奴ってのは実在するけど、二人にはやんわりと協力を断わられたんだから」

「そうか……確かか？」

「確かもなにも、俺、同席してたんだから」

「兼石くん、ああ見えて適当なことは言わないタイプだと思うぞ。彼はまだ諦めてない」

シンジは「いやいや」と笑い、徳利を取って祖父に酌をした。祖父は「お前も呑め」と、一口で空けた猪口をシンジに差し出した。

事務所で呑んだ冷や酒よりも苦手な熱燗だったが、断わることは出来なかった。

「親父、不機嫌だったね。エージに〝ざまぁ見ろ〟とでも言うかと思ってたけど」

「あぁ、それはな……」

父は、デベロッパーとの打ち合わせのあとに「バッセンも面白いかもな」と祖父に言っていたという。

「溜まり場って、いまの子供達には確かにないもんな。利益度外視でそういう場を提供することも、社会的には意味があるのかもしれない」

父のその言葉を聞いて、祖父はデベロッパーに売ることに決めたと言う。

「これは儂の歳だから思うことなのかもしれんが、ガキってのはそんなにヤワじゃない。軍国少年だった儂も、実は周りのガキどもと溜まり場は見付けていた。バッティングセンターはもちろん駄菓子屋もない時代だったが、寺や神社の片隅とか誰かの家の納屋とかな。それと同じで、いまのガキどももけっこう強《したた》かに溜まり場を作ってるものだよ。コンビニの、ほら、なんだ？　イートインコーナーか？　そういう場所とかな」

シンジは「なるほど」と言ったが、内心ではまったく納得していなかった。

溜まり場云々《うんぬん》の話は後付けだ。恐らく、エージがもっと執拗《しつよう》に食い下がった場合に備えて用意していたものだ。

祖父の決断はやはり、息子と孫が不甲斐ないために導き出したものだ。遠くの可能性とか意味とか理想なんかよりも、家族が路頭に迷わぬようにと下した判断だ。

なめんじゃねぇ、ジジィ。俺らは俺らのやり方で、犬塚土建を盛り返してやらあ。

シンジには、それが言えない。言えるわけがない。

屈辱だった。

きっと、父も同じ気分だったに違いない。そう考えれば、さっきの苦虫を嚙み潰したような表情も理解出来る。

祖父が資材置き場をバッティングセンターにしようとしていると思い込み、一応の理解を示したあとで「金を残す」と言われたのだから、その屈辱はシンジ以上のものがあったことだろう。

祖父が築いた土台があるから、父は好き勝手なことが出来る。それを見て育ったから、シンジは出来るだけ大人しくしている。

結局、どちらも同じではないか。

「ごめんな、祖父ちゃん」

「なにを謝る」

「いや、バッセンのことだけじゃなくて、これまでのこと色々」

祖父は「ふん、殊勝なことを言うじゃないか」と笑い、背後の食器棚から新しい猪口を取り出してシンジの前に置いた。

そこに酒を注ぎながら「この間お前に言った兼石くんに関する話なんだがな、ちょっと訂正したい部分がある」と、声のトーンを落として喋り始めた。

祖父が話し始め、シンジは猪口で四杯の酒を呑んだ。母が戻って来て「あらシンジも？ 珍しいわね」と、一本追加でつけてくれた。

それから更に二十分、シンジは五杯を重ねた。だが、いっこうに酔えなかった。

そして三十分後には、「嘘だろ……」と呟いていた。

その翌日から、エージはまた祖父の運転手や倉庫の片付けなどを始めた。シンジも野津にあれこれ小言を言われながら、事務仕事に精を出した。

気持ちを入れ替えたつもりではあるが、日々の仕事にその気持ちを反映させることは難しい。現場からの各種問い合わせは、やはりシンジの判断で差配は出来ない。経費の計算も、劇的にスピードアップするわけではない。

何事もなかったように、代わり映えしない日常が始まっただけだ。

「お疲れ～、今日もいい汗かいた～、ビール美味い～」

野津が帰ったのを見計らって、エージがいつものように事務所にやって来て、勝手に冷蔵庫のビールを呑み始めた。一本を投げ渡され、電話でやり取りしていたシンジも缶を掲げた。

あのプレゼンから、一週間が経っていた。

「アツヤとミナから、連絡ない？」

シンジが電話を終えると、応接コーナーのソファにだらしなく座ったエージがテレビをザッピングしながら訊ねた。

「あるわけねぇだろ」

「おかしいな。俺とはLINEもメールも通話も断ってるから、お前んとこに連絡あるはずなんだけどな」

シンジはまだ、アツヤとミナが金の工面に努力してくれていると思い込んでいるらしい。

だが、それはない。少なくともシンジにとっては、犬塚土建の経営状態が好転することよりも、あり得ない話だ。

プレゼンから二日後の祖父の話に驚かされはしたが、それでもあり得ない。

祖父が「ちょっと訂正したい」と言ったのは、前回はエージの生き様を「足掻いている」と表現した部分だった。

「あいつは、けっこうな食わせ者かもしれん」

祖父がそう思ったのは、エージがかつて立ち上げた移動販売の弁当屋、団地の買物代行、シャッター通り商店街のカフェが、その後どうなっているか調べたからだった。

弁当屋はいわゆるランチ難民に大好評で、いまではライトバン七台を使ってかなり繁盛している。飲食店やコンビニがない工事現場近くにも出店しているので、犬塚土建の関係者にも利用客は多い。買物代行は足腰の弱った独居老人に重宝され、簡単な家電の修理や大掃除なども請け負うようになった。それをシステマチックにして、いまや都内に三つの支店を持つ会社組織になっている。カフェの方は、最初は暇を持て余している商店街の住民の溜まり場だったが、不要な本やDVDを自由にやり取りするようになると、それが口コミで広がって高校生や大学生も集うようになった。それにより商店街も賑わうようになり、いまでは全国のシャッター通り商店街から視察団まで来るらしい。

「じゃあじゃあ、なんであいつ、あんなに金欠なんだよ」

「それは分からん。恐らく〝飽きた〟というのは本当で、ノウハウやなんかをただで譲ったんだろう」

「つまり?」

「つまりだなぁ」

計算ずくか偶然かは分からない。ただ、エージが過去に立ち上げた仕事はすべて彼が「飽きた」あとに上手く行っている。手放したのは、利益が出始めて金の臭いを嗅ぎ付けた人間が加わり、目的が変わってしまったからだ。

「彼は、自分の居場所が欲しいだけだ。それについては、儂の考えは変わらない。ただ、それらを始めたのは単なる思い付きではなかったような気がするんだよ」

シンジは頭を整理するために「うんうん」と何度も頷き、猪口を何杯も空けた。だが頭の中は整理されるどころか、続々と新たな謎で溢れる。

「祖父ちゃん、なんでそんなこと調べたの？」

「物事は、過去を見て足下を見て未来を見る、だ」

「うん、そうか、そうだったね。じゃあさ、そうすると、あいつの未来ってのは？」

「分からん。分からんから、儂は彼の話に乗ることが出来なかった。安全策の方を取った。この判断はひょっとしたら、とんでもない損だったのかもしれん」

「それはない、と思うよ」

自分の判断が間違っていて欲しいなどとは、祖父も思っていないはずだ。だが祖父は、少しだけそちらを期待しているようでもあった。

「なに、その笑み」

「いや、もし儂の判断が間違っていたとすれば、バッティングセンターの話には、まだ続きがあるぞ」

夕方のニュース番組を観ながら「この女子アナ、ぜってークソエロいぞ」と言っているエージの後頭部を見詰め、シンジは「まさか〜」と、五日前の祖父に対して呟いた。

そのとき、スマホが震えた。デスクの上で〃ヴヴヴ……〃と唸る音を聞いて、エージがテレビに目を向けたまま「ほい来た」と指を鳴らした。アツヤからだった。

シンジは電話に出るなり「アツヤ？　嘘だろ？」と言ってしまった。

『なんだよ、その第一声』

「お、おう、ごめん。こないだは悪かったな」

『まぁ、エージ絡みならいつものことだ。それはいいけど、あの件、どうなった』

「あの件ってバッセン？　なんで？　どういうこと？」

アツヤは、もしバッティングセンターの話がまだ生きているなら、いくらか金を融通してもいいと言った。車を二台持っていても身体は一つだし、時計をいくつ持っていても腕は二本だし、それ以外にも投資家をやっている客が少しばかり興味を持っている。そんな話をした。

「そっか。いや、でも残念だけど……」

シンジが土地の話がなくなったことを伝えようとしたそのとき、エージがスマホを奪い取って「おう、アッヤ！」と、ほとんど怒鳴るように言った。

「おせーよ、もっと早く連絡しろよ！　え？　おう、なるほど。ほうほう……」

シンジに、アッヤの言葉は聞こえない。だがどうやら、いくらか金を融通出来ると報告しているらしい。

「いますぐどうこうって話じゃなくなったんで、目鼻が付いたらシンジから連絡させるから」

勝手に話を終わらせて、エージは「ほい」とシンジにスマホを返した。

「なんだって？」

「一千万くらいは、どうにかなるらしい。投資家のおばちゃんに詳しい説明をすれば、更に二千万は出せるかもって」

「つまり、三千万？」

「あぁ。けど、足りねぇよな」

「いやいや、担保もなしで三千万も借りられるなんて……」

エージは「なに驚いてんだよ。最初っから言ってるだろ。アッヤとミナは大丈夫って」と、またソファに戻って行った。

「なんなんだよ、これ……」

そう言えば、数日前からシンジのスマホには見覚えのない固定電話番号からの着信が何度かあった。

シンジは慌てて、その番号にリダイヤルした。すると信用金庫お客様窓口の、時間外である旨を伝える音声案内が流れた。ミナの職場だ。

続いてミナのスマホに掛けると、スリーコール後に『はい』と本人が出た。窓口で喋ったときとは異なる、恐ろしく低い声だった。

『やっと掛けて来た。番号見てピンと来いよ、シンジ』

「うん、ごめん。あのさ、なに？」

『はあ？　話を持ち掛けて来たのはそっちだろうが』

「うん、そうだな、ごめん」

『ホントに、お前は昔っから謝ってばかりだな。謝れば全部が丸く収まるとでも思ってんのかよ』

「そうだな、ごめ……違う。うん、分かった。で、なんの話？」

『なんの話って、なに言ってんだよ。決まってんだろ、こないだのバッセンの話。詳しい事業内容を聞かないとはっきりしたことは言えないけど、上限三千万で話を通しといたから』

「え〜〜〜〜！」

『だから、なに驚いてんだよ。お前らが持ち込んだ話だろうが！』

開いた口が塞《ふさ》がらなかった。

これはある意味、ダイキなんかに頼むよりも凄《すご》いことだ。アツヤとミナ、二人合わせて六千万円。ベンチャーキャピタルとか投資ファンドなら経営に関わって来るだろうが、二人の場合それがない。

「ミナか？」

電話を切ると、エージがすべてお見通しみたいに訊いた。

「うん、ミナ。めっちゃ機嫌悪かったけど、支店長に会わせてくれるって」

「ふん、不機嫌なのはいつものことだろ」

エージは睨むようなコックアイでシンジを見詰め、片頬を吊り上げて不敵に笑った。

その笑みを見ながら、シンジは祖父の言葉を思い出した。

この話にはまだ、続きがあるのか……。

「こうなると、問題は土地だな〜」

前科は付かなかったものの逮捕歴のある宿無し、或《あ》るいは借金まみれの穀潰し、もしくは商売の大天才かもしれない男が、大きく伸びをしながら事務所の中を歩き回っていた。

二　二人だけの秘密

『あけぼの信用金庫』――通称『ぼのしん』多摩東部支店。

阿久津ミナはここでテラー係、いわゆる窓口担当として働いている。

大手金融機関ではきっちりとした役割分担があるらしいが、信用金庫の中でも規模が小さいぼのしんでは、テラー係は何でも屋だ。出納《すいとう》係、フロア係、渉外担当への連絡係、融資課や本店への案内係からお茶汲《く》み係まで、二刀流でもてはやされる野球選手が羨《うらや》ましいくらい携わる仕事が多い。

ミナは一般職として入庫し、勤続十年になる。七年目からリーダーという肩書きが付いたが、これは警察における巡査長みたいなもので、給与面や待遇面はなにも変わらないまま新人の教育係やら上からのお叱りやら、責任ばかりが増えるポジションだ。

更に女性テラー係は警察官と違い、名札に付く『LEADER』の文字が〝ペーペーではありませんよ〟であると同時に〝ピチピチってほど若くはありませんよ〟的な印にもなる。顔馴染《なじ》みの個人商店主などは「ミナちゃんもリーダーか。いくつになった？」など、デリカシーの欠片《かけら》もない笑顔で訊いて来る。

とにかく就業時間中は息つく暇もないくらい忙しく、上司と客からはセクハラ・パワハラ・モラハラ、なんでもありだ。

それらの点については、ミナも「なんだかなぁ」と思わないでもないが、だからと言って辞めてしまおうとは思っていない。

同僚は全員がいい人ではないものの、まぁマシな方だと思う。常連客の中には、毎日のようにやって来ては世間話ばかりするしんどいタイプの人もいるが、彼らのいなし方も慰め方も、軽く注意するコツも、身に付けることが出来た。

金にまつわる悲喜こもごもを日常的に目撃出来る環境は、人生経験を積むという意味では、これほど相応《ふさわ》しい職場はないのではないかとすら思っている。

なにより、それほど優秀でもない短大卒で入庫出来たことを、ただただラッキーだと思っている。

高校と短大を奨学金で出ているミナは、年間二十万円ほどをあと五年間、返済し続けなければならない。年収は三百万円余りで今後劇的に増える可能性はほぼゼロだが、とにかく安定収入を得ることが重要だった。

「満期までの期間がご心配でしたら、年金を受給されている方向けに一年満期のものがございます。こちらの金利、通常の定期預金よりは低いのですが、普通預金に比べますと……」

「ATMの使い方ですね。いまご案内します。あ、おばあちゃん、暗証番号を通帳に書いちゃ駄目ですよってこの間も……」

その日の午前中も、ミナはテラー係リーダーとしての業務をそつなくこなしていた。

昼休みは交替制で、この日は正午過ぎからになった。

内勤者は近隣住民と必要以上に親しくなってはならないという内規があって、洒落《しゃれ》たカフェでランチというわけにはいかない。もっとも多摩東部支店の周辺には寂れた商店街しかなく、洒落たカフェなど見当たらないのだが。

昼食はいつも自前かコンビニの弁当を、支店内の会議室兼休憩室で食べる。

「カエデちゃん、もう限界かもね」

たまたま一緒になった同期のユミコが、入庫二年目の若いテラー係の話を持ち出した。

「なにかあった?」

「トイレで泣きつかれちゃってさ」

「あぁ、ノルマのこと?」

ミナもついさっき、給湯室で西野《にしの》カエデから弱音を聞かされた。今期も新規定期預金のノルマをクリア出来そうにない、どうすれば先輩のようにスラスラと説明出来るのか、そもそも人と喋ることが得意でない私にテラー係は無理だ、という内容だった。過去にも何度か聞かされており、そのときの再放送を見ている感じだった。

テラー係に限らずどんな仕事でも、初めからそれに向いている人間など存在しない。人は多かれ少なかれ、仕事に合わせて変化しなければならない。

そんなことを言ってやりたい気もするが、ミナはいつも言葉を呑み込む。カエデの人生に責任を持てないし、そんなことは自分で気付かなければ意味がないと思っているからだ。

「ノルマって言っても、ウチなんかゆるいもんなのにねぇ」

コンビニの冷やし中華を食べ終えたユミコが、サクランボを口に放り込んで言った。

確かに、銀行や大手の信用金庫に比べれば、ぼのしんのテラー係のノルマなどかわいいものだと思う。一応、個人ごとの数字は設定されているが、良くも悪くも査定には影響しない。ベテラン勢やリーダー格が頑張って預金課全体でクリアすれば、若手にも臨時ボーナスが出ることとすらある。

「そもそもの部分が分かってないのかなぁ」

「あぁ、そうかも」

信用金庫は、そもそも営利団体ではない。営業地域が限られ、地元の中小企業や個人に融資する、地域社会発展のために存在する金融機関だ。慈善団体でこそないが、目の前にいる客のことだけを真剣に考えて対応すればいい。ミナに銀行勤務の経験はないものの、それは銀行に比べれば随分と楽な大前提だと思う。

ユミコは「でも元凶はテランチョだよ」と、カエデを庇《かば》うようなことを言った。

融資課長の寺内《てらうち》、通称テランチョは、昭和時代を引き摺った五十歳過ぎ、セクハラもパワハラも当たり前で、女子職員の間では性格の悪い上司として殿堂入りしている。

そういう人間にありがちなことで、特定の女子職員にはやけに優しかったりする。ベテラン職員の話によると、過去に何人もの女子職員に手を出しているらしい。

窓口で融資の依頼を受けてしまった場合、テラー係は寺内と直接やり取りせざるを得ない。融資に関して、支店長よりも大きい権限を持っているのも扱い難い理由になっている。

ある程度免疫があれば、肩に手を置かれるのも「今夜どう」と誘われるのも挨拶みたいなものだと思えるし、その時々の気分で高圧的な態度になるのも『はいはい、始まりました』と受け流すことも出来るが、カエデには無理なようだ。

「テランチョに〝こんな決算報告書で融資なんか出来るか。俺のところに持って来る前に判断しろ〟って言われたんだって。酷いと思わない？」

確かに基本的には、どれだけ融資が難しい客であってもテラー係に門前払いをする権限はない。そういう意味ではカエデは間違っていない。彼女を庇うユミコもそうだ。

警察や役場の福祉課などの窓口で酷い目に遭ったということが、たまにニュースになる。経験のないテラー係が個人の判断で門前払いなどすれば、それと似たようなことが起こり得る。

だが同時に、とミナは思う。

すべての融資申し込みを、最終決定権を握る寺内一人が差配することなど物理的に不可能だ。

だからこそ、自分達は個々の事情をしっかりと把握し、融資希望者の提出書類に不備があれば丁寧に説明し、一人一人に辛抱強く付き合っていかなければならない。

しかしミナは、それら個人的な考えをユミコに伝えることなく「可哀想だねぇ」と適当な相槌を打っておいた。

「カエデちゃんてメガネで地味系だけど、商店街のおじさん達にはけっこう人気あるんだよね。用がなくても彼女の顔を見に来る人もいるし、残って欲しいんだけどな」

「マスコット的な意味で?」

「違う違う。雑談の流れで、ゆうちょとかから口座移していいって人の紹介になることもあるんだよ。あの子はちょっと抜けてるから、ほとんど気が付かないんだけど」

適当な相槌で済ませるつもりだったのだが、そのときは反射的に「早く辞めさせた方が本人のためかもよ」と言ってしまった。

「うわ〜、阿久津リーダーは本日もドライだ〜」

ユミコがケラケラ笑ってくれたおかげで、それ以上は深い話にならずに済んだ。

新たなテラー係が「お疲れ〜」とやって来た。昼休みに入って、既に五十分が経っていた。歯を磨き、化粧を直すのに十分は必要だ。ミナはユミコと「お先で〜す」と応えて席を立った。


いつも以上に疲れていた。

早く帰ることが出来る日はジムに寄るのだが、この日のミナはすぐにも風呂に入って眠ってしまいたくて、まっすぐ自宅コーポへ向かった。だが、

「お帰り」

玄関前で、アキラが待っていた。

大きなレジ袋を携えたアキラは「ごはん作っとくから」と笑った。

ここ半年ほど、アキラは突然やって来る。予《あらかじ》め電話で『行ってもいい？』と確認すれば、ミナが必ず『ダメ』と答えるのが分かっているからだ。

正直、会う気分ではなかったのだが、アキラの笑顔を見てミナはつい「ありがと」と部屋の鍵を開けた。

キノコたっぷりの鮭のホイル焼き、ジャコと潰した梅干しを絡《から》めた水菜のサラダ、揚

げとホウレンソウとジャガイモの味噌汁、小鉢にはヒジキ煮と冷や奴。シャワーを浴びて髪を乾かし終わると、三十分弱で作り上げたとは思えないような料理が食卓に並んでいた。

「すごいね、相変わらず」

「この程度なら簡単だよ。鉄分、多めにしといた」

二人で食事を摂り、一緒に後片付けをし、小さなソファに並んで座ってテレビを観る。その間、特に会話らしい会話はない。

ミナがアキラと付き合い始めて二年が経つ。会話がないのは、二年も経てば互いに言葉を交わさずとも意思は通じる、ということではない。

かなり前から、ミナは別れ話を切り出していた。アキラの方も、一応は納得してくれた。

理由は、アキラに家庭があるからだ。息子が二人おり、上はもう大学生だ。会ったことのないその息子はミナと十歳ほどの年齢差で、アキラとミナは二十歳以上離れている。

スッパリと別れられなかったのは、解決すべきことがあったせいだ。アキラが手切れ金を渡そうとしており、ミナはそれを断わろうとしていた。そのことについて話し合うために、アキラはいまも週に一度はミナの部屋を訪れる。

この状態が、既に半年以上続いている。ズルズル続く関係は良くないという意見は一致しているのに、結局ズルズルだ。ミナはその状態を『しょうがないかな』と思っている。

「職場で、なにかあった？」

たいして観たくもないバラエティー番組が終わりニュースが始まったタイミングで、アキラが訊ねた。

「なんで？」

「なんか、そんな気がしたから」

「テラー係のことなんか、気にしてないでしょ」

「そんなことない。ちゃんと見てるよ」

「そう……」

アキラと出会ったのは約十年前、ミナがぼのしんの面接を受けた日のことだ。面接官にアキラがいた。

新人テラー係として働き始めて二年ほど経った頃、融資課長として多摩東部支店に異動して来たアキラから食事に誘われるようになった。最初は仕事上の不安や不満を打ち明けるだけだったが、すぐに個人的な悩みを相談し合うようになった。

そんな関係が六年余り続いたあと、二人はより深い関係となった。

ニュース番組がスポーツコーナーに入ると、アキラは「ごめん、そろそろ」と立ち上がってジャケットを羽織った。

「癖になってる。別に謝ることないよ」

玄関先まで送りながらミナが言うと、アキラは「あぁ、うん、そっか」と扉の外で俯いた。

「ごちそうさま。美味しかった」

ミナはそう言って、扉を閉めた。しばらく耳を澄ましていたら、十秒ほどして階段を下りる音がした。

もう慣れたはずなのに、ミナはその足音を聞くと涙が溢れそうになる。

初めから結婚することなど望んではいないし、二人の関係が終わっていることも十二分に自覚している。

シンク脇の水切りラックに洗ったばかりの食器が並んでいた。皿も茶碗も汁椀も箸も、全部二組ある。それが、たまらない。

たった一人残されるこの瞬間の孤独を、アキラは知らない。

嫌いになって別れるわけではないし、手切れ金のことは半分言い訳で、二人で同じ時間をもう少し過ごしていたいと望んでいることも事実だ。

だがこの瞬間だけは、どのようなかたちでもアキラに仕返しをしたいと思ってしまうミナだった。

犬塚シンジからメールがあったのは、それから数日後のことだった。

『真面目な話があるから、近々会ってくれ。都合はそっちに合わせる』

そんな内容だった。

シンジは、中学時代の同級生だ。ただ、ミナはシンジのことをあまり知らない。当時は、女子同士でツルんでいるのがつまらなくて、なんとなく男子と遊び歩いていて、そういう仲間の後ろの方に引っ付いて歩いている奴、自分からはなにがやりたいどこへ行きたいとは言わず、いつも人の後ろに引っ付いていたタイプ、くらいの印象しかない。

数年前、昔の仲間うちでLINEのグループを作ったが、シンジのはほぼ既読スルーしている。大人になったシンジの顔は記憶にあるので、何度か呑み会で顔を合わせているような気はする。実家の土建屋で働いていることも知ってはいるが、それをどこで知ったのかは覚えていない。

そんなシンジではあるが、LINEではなくメールで『真面目な話がある』と言われると、さすがにスルーは出来ない。

『こっちは話なんかないんだけど。私も色々あるんで、職場に来るなら会ってもいいよ。犬塚土建様もチョー小口の会員になってるぼのしんの多摩東部支店、九時から十五時の間ね』

思い切り嫌味を込めて返信すると、すぐに『じゃあ明日、たぶん二時くらいになる』と返信があった。

そして、当日。

「はい、印鑑証明書は確かに。あとは使途確認書……これは、なににいくら必要かっていう内訳ね」

ミナは和菓子店の店主から、融資の相談を受けていた。商店街に古くからある小さな店で、過去にも何度か融資はしているのだが、七十半ばを過ぎて手続きが難しくなったらしく、既に三回もやり取りしている。この日も、前回と同じ説明に一時間近くを要していた。

「そうか、忘れちまってたか。じゃあ出直そう。ミナちゃん、これみんなで食べて」

見慣れた『笹の屋』の紙袋を差し出して、店主の佐々木《ささき》はニッコリと笑った。

ミナは業務モードを解除して「ね、佐々木のおじいちゃん」と優しく語り掛ける。

「この間も言ったでしょ。昔と違って、こういうの窓口じゃ受け取れないの。今度お店に行くから、そのときサービスして」

仕事帰り、ミナは月に何度か笹の屋に行く。最近ではコンビニでも和菓子は充実しているが、笹の屋のどら焼きは生地に焼きむらがあるところも含めて絶品で、ミナのお気に入りだ。

だが最近の佐々木は、私服に着替えたミナに気付いてくれないことが多い。

「おじいちゃん一人じゃ難しいかもしれないから、次は息子さんと一緒に来たら?」

「あいつは、もう帰って来ない。俺と婆さんで店もしまいにするつもりだが、身体が動くうちはお得意さんのためにと思って……」

「ごめんごめん、悪いこと言っちゃったね。うん、私も融資出来るように頑張るから、おじいちゃんも頑張ろうね」

近い将来、閉店することが分かっている店に運転資金を融資することは難しい。いまの会話は心に留めておかなければならない。

紙袋を指先にぶら下げて帰って行く佐々木の背中を見送ると、午後二時を過ぎていた。きっちり一時間、応対していたことになる。

「はぁ……」

周囲に聞こえないよう小さく溜息を吐くと、佐々木と入れ違いにシンジがやって来た。違う意味の溜息が出そうになったが、

「ビージ!?」

シンジの後ろにいたもう一人の男を見て、ミナは思わず叫んでしまった。

「エージだよ」

兼石エージが、シンジの後ろでニヤニヤ笑っていた。

ビージとは、中学時代の担任教師がエージに付けたあだ名だ。もっとも、大人になって数年に一度の呑み会で未だに使うのは、ミナだけだが。

ミナは〝他の窓口を御利用下さい〟のプレートを出し、隣のカエデに「予約のお客様だから」と言って立ち上がった。

「こちらへ」

シンジとエージを促した先は、窓口の並びではあるが客の方にも椅子が用意された『ご相談窓口』のカウンターだった。

おいコラ、シンジ。騙すような真似《まね》してんじゃねぇぞ。ビージが一緒だなんて、言ってなかっただろうが。

座るなりそんな言葉が飛び出しそうになったが、ミナはなんとか呑み込んだ。

「あの、犬塚様、お一人でのご予約では？」

「いや、エージが一緒だって言うと、会ってくれないんじゃないかな～って思ってさ」

「当たり前でございます」

「あのな、ミナ。真面目な話ってのは本当で、そこにはエージも絡んでるんだよ」

シンジとミナの会話を聞きながら、エージは備え付けのボールペンの柄で耳の穴をほじくり始めた。親に連れて来られた小学生でもやらない。

ミナは無性に腹が立ったが、周りの目と耳を気にして「どういうことでございますか？」と訊ねるしかなかった。

「実は俺達……って言うかエージが商売を始めようとしてて、俺は祖父ちゃんに言われて付き合わされてて、まぁそれはどうでもいいんだけど、土地の目処は付いてるっつうか、付きそうっつうか、そんな感じで……」

どうにも要領を得ず、何度も質問を差し挟んで話が行ったり来たりしたが、要するに二人はバッティングセンターを開業したいということのようだった。

現在、土地を借りるための交渉中なのだが、その交渉の中で初期投資費用をどこでどう都合するかを明確にしなければならない。そこで相談に来た、らしい。

ややこしい話だったら「仕事中だから」と追い返すことが出来ると思い職場を指定したのだが、それはどうやらこっちの失敗だったようだ。融資の相談なら、ひとまず話だけは聞かなければならない。

と思ったが、シンジは事業計画書や許認可証といった書類はおろか、印鑑証明書すら持参していない。その初期投資にいくら必要なのか訊ねても「ケージ一つあたり五、六百万円らしいんだけど」と、ざっくりにもほどがある数字しか答えられなかった。

ミナはずっと我慢していた溜息を深く吐いた。

昔からそうだが、シンジはエージに利用されっ放しだ。人がいいのも行き過ぎると不《ふ》憫《びん》だ。不憫も度を超すと、腹立たしい。

両サイドの衝立《ついたて》に隠れるようにして、ミナは「あんたさぁ」と小声で言った。怒っていることも呆れていることも充分に伝わったらしい。シンジは慌てて「いやいや、だからさ」と先回りした。

「手続きとか分かんないから、今日のところはこういう計画があるってことだけを伝えて、そんで、融資の手続きに必要な書類とかなんとか、そういうのを教えて欲しかったんだよ」

「融資もなにも、あんた達はうちの会員じゃないでしょ」

「へ？　会員？」

「そこからなの？　信金で融資を受けるには、基本的に会員にならないと駄目なの。まぁ例外はあるんだけど、あんた達はそれに当てはまらない。もちろん会員になっても、過去にどれくらいの取引があったかが融資の可否に大きく影響するから、今日この場で会員になったとしても融資を受けられる可能性は限りなくゼロに近いってこと」

「じゃあじゃあ、うちの会社だったら？　親父の代になってからはご無沙汰だけど、祖父ちゃんの頃はけっこう取引あったらしいじゃん。犬塚土建の新規事業ってかたちにすれば？」

「かたちにすればって、いま思い付いて適当に言ってんじゃないの？」

「それはまぁ、そうなんだけど……」

ミナは更に声を潜め、再度「あんたさぁ」と囁いた。

「いつまでビージに振り回されてんの？」

耳掃除を終え、振込み依頼用紙に無数のニコちゃんマークを描いていたエージが「だからエージだって」と、久々に口を開いた。

「あんたもあんただよ、ビージ。いい歳して、人を振り回すのもいい加減に……」

「偉くなったもんだなぁ、あのミナが」

「え？」

エージは意味深な笑みを浮かべ、ミナを見詰めた。ほんの数秒だったが、いくつもの忘れかけていた思い出がミナの脳裏を過《よぎ》った。

「なによ」

「うん、まぁいいや。とにかくな、ミナ、俺達の日常にはバッセンが足りない」

「は？」

「金をどうにかしなければならないから、取り敢えず金融機関に勤めてるお前に相談しに来た。そんだけだ。考えといてくれや」

「考えるもなにも、私にそんな権限あるわけないでしょ」

エージはボールペンを器用に回しながら「う～ん」と唸《うな》って天井を見上げた。シンジは不安そうな目で、ミナとエージを交互に見ていた。

「ほら、あれあるじゃん。支店長決裁っての？　俺、ドラマで観たことあるぞ。それで三千万円くらい、チャチャッと通してくれよ」

一頻《ひとしき》り考えてから出たエージの言葉に、ミナは『出たよ』と思った。支店長決裁、正確には専決権限と呼ばれるものは確かに存在する。けれどそれは、大きな取引になる可能性があるものの、煩雑な書類の手続きを行なっている時間がない場合、或いは過去の恩恵に報いるために通常では通らない依頼を通すのに存在する、いわば支店長だけに許された必殺技だ。

もちろん、それがぼのしんの不利益につながれば支店長の立場が危うくなる。一テラー係であるミナが、どうこう出来るものではない。

それらの事情をどう説明してやろうかと考えていると、エージが「お？」と言ってミナの背後に目をやった。

その視線を追って振り返ると、支店長室から三人の男女が出て来たところだった。立派なスーツに身を包んだ白髪の男が「では」と頭を下げ、帰って行く。小柄な女性と大柄な男性がその後を追い、自動ドアの外で深々と頭を下げた。

首を百八十度回して三人の様子を見ていたエージが「あのデカいのが支店長か」と訊《き》いた。

「ミナ、あいつ色仕掛けで落とせよ。そうすりゃ、三千万くらい簡単なもんだろ」

ミナはまた溜息を吐き、「違うよ」と言った。

「女性の方が添田《そえだ》支店長。男性は、寺内融資課長」

「マジか？　だったら、添田のおばちゃんは俺が……」

「馬鹿じゃないの？」

急激に、なにもかもが面倒臭くなった。

「それでは、犬塚土建様が新規事業立ち上げ資金の融資をご要望ということで、承《うけたまわ》りました。一週間ほどお時間を頂きますが、こちらからのご連絡をお待ち下さい」

ミナはやや声を張って言い、付け足すように「バッセンが足りないって部分は、なんとなく分かった。分かったから、今日は取り敢えず帰って」と小声で言った。

シンジとエージが帰ったあとも、ミナは『ご相談窓口』でぼんやりしていた。ただボーッとしているだけだと怪しまれるので、書類を精査している感じでエージが描き残したニコちゃんマークを数えていた。

「阿久津さん、どうかした？」

いつの間にか、寺内が背後に立っていた。

「いえ、なんでもないです」

「悩み事なら言ってよ。いつでも相談に乗るから」

肩に手を置かれ、ミナは男性経験のない少女のように首をすくめて「はい」と答えた。

「バッセンかぁ……」

久々にジムで汗を流し、帰りに銭湯に寄って湯船にゆったりつかっていたら、そんな言葉が口から漏れた。

久し振りに会ったエージに数秒間見詰められたことで、あまり思い出したくもない中学時代の思い出がよみがえってしまった。

「あのミナが」

あの言い方は、嫌な感じだった。〝あの〟が、何かのスイッチのように封印したはずの思い出をこじ開ける。

ミナは小学生の頃から、父の勧めで空手を習っていた。小四から小六にかけては、三年連続で組手の全国大会にも出場した。

進んだ公立中学校に空手部はなく、ミナは町の道場に通い続けた。中学生女子四十五キロ以下の部でも、しばらくは東京西部には敵がいない状態が続いた。

小学生の頃は〝元気な女の子〟と呼ばれていたのが、中学生になって〝男勝り〟に変わった。

そして中一の冬。突然、東京西部はおろか道場内の組手でも不覚を取ることが増え始める。

自分ではまったく原因が分からなかったのだが、師範は「クラムジーだな」と断言した。

「過去にも何人かいたよ。成長期に入って、骨格の急な変化に体を動かす感覚がついていかないんだ」

確かに、ミナの身長は一年で十センチ近く伸びていた。長くなった手足をこれまで通りに動かせなくなるのは、当然のような気がした。

それをきっかけに、道場から足が遠退《とおの》いた。

空手を嫌いになったわけではない。そもそも、空手という競技のことは好きでも嫌いでもなかったように思われる。

ただ、自分よりも大きな男子を蹴ったり殴ったりすることが好きだっただけだ。それが上手に出来なくなって、組手は控えるように言われ、型の反復や神社の石段上りといった地道な練習ばかりになって、つまらないと感じたのだ。

それからしばらくは、普通の女子中学生のように友達と遊び歩いた。だがこれは、地道な空手の練習よりもつまらなかった。

クラスの誰のことが気になるとか、どのアイドルが格好良いとか、そんな話が退屈でしょうがなくて、エージ達とつるむことが多くなった。道場は父に相談することなく辞めた。ちょうど中二になった春のことだった。

何年か前に潰れてしまったケンコーレジャーセンターというバッティングセンターが、いつもの溜まり場だった。

「ミナ、クラミジアなんだって？　ガキのくせに男遊びもほどほどにしろよ」

「クラムジーだ、馬鹿」

エージとそんな下らない会話をし、みぞおちに中段突きを見舞ってやったのもケンコーでのことだった。

そしてあの出来事も、ケンコーで起こった。

その頃のミナは、勝手に道場を辞めたことや男友達と遊び歩いていることについて、父から繰り返し小言を言われていた。家に帰るのが嫌で、ますますエージ達と行動を共にするようになった。

その日もエージとシンジを含む五人でケンコーに行き、うだうだ喋ったりゲームをしたり、たこ焼きを食べたりしていた。いつものように、誰もバットを握ろうとはしない。

ケージの一つには、四人の高校生グループがいた。賭けでもしているのか「よっしゃ～、空振り～」「かすったよ、チップチップ」などと、大声で騒いでいた。

すると、順番待ちをしていた小学五年生くらいの男の子が、恐る恐るといった様子で高校生の一人に声を掛けた。ジャージを着て、マイバットを持っている。ミナも何度か見掛けたことのある野球少年だ。

「なんだ、コラ?」

会話の内容は聞こえなかったが、高校生達が少年を店の隅に追い詰めた。ミナが座っていたゲームの椅子からは、少年が震えながら財布を出そうとしているのが見えた。あの店では、カツアゲなどよくあることだった。だがそこには、せいぜい三学年くらい下の者までをターゲットにする、という暗黙の了解があった。

それが守られていないことが気に入らなかったのに加え、父のことで苛《いら》ついていたせいもあったのかもしれない。ミナは立ち上がって高校生の中で最も体格のいい奴に「やめろよ、みっともない」と声を掛けた。

「おいおい、ガキが口出すなよ」

「そのガキよりもっと小さいガキに、あんたらはなにをしてんだよ」

ミナは三人に囲まれ、そこにケージから出て来たもう一人も加わった。

「あんたも震えてないで、とっとと逃げろよ」

少年はペコリと頭を下げて駆けて行った。

「おい、ミナ」「やめとけって」「ヤベーよ」

少年と入れ違いにやって来た仲間達が止めようとしたが、エージだけは「やれやれ、ただし一対一だ」と煽《あお》った。

「なんだ、このガキどもが」

さっきまで少年の襟首を摑《つか》んでいた、酷くズボンをずり下げた男が言ったが、体格のいいのが「やめとけ」と止めた。

「やんのかよ、クソガキビッチ」

その男の身長はミナより二十センチ以上高く、体重は倍くらいありそうだった。ただのデブではなく、筋肉がみっしり詰まった巨漢で、四番ファーストという感じだ。

「クソガキは認めるけど」

そう言いながら、半歩だけ男に近付く。

「誰がビッチだっ」

男の顔を見上げたまま、ミナは「だっ」と同時にノールックで股間を蹴り上げた。グニッという感触が、スニーカー越しにも伝わった。

男が股間を押さえて前傾した。ミナは床を蹴り、ガラ空きの顎にカウンターで膝を見舞う。だが男は、必死にミナの腰に組み付き抱え上げた。

ミナは男の眉間《みけん》目掛けて肘を打ち下ろすが、男は背後にいた仲間達に「どけ！」と叫びながら、ミナを投げ飛ばそうとした。

宙に浮いた状態で、ミナは男の額、鼻、人中《じんちゅう》へと肘を見舞う。更に足を絡め、なんとか投げ飛ばされないようこらえる。

「だっ！」

何度目かの人中への肘で、男は「かっ……へっ……」と変な声を漏らし、それと同時に腕の力が緩んだ。その隙にミナは腕から逃れ、大きく仰け反って宙をまさぐりながら後ずさる男の腹へ、思い切り前蹴りを見舞った。

男は受け身も取れずに、後ろにひっくり返って起き上がらなかった。ミナの止《とど》めの一撃というよりも、コンクリートの床で後頭部を強かに打ったことにより、気を失ったようだった。

「カッケー、瞬殺じゃん！」

エージが盛大に拍手をし、高校生達は男に駆け寄って抱き起こそうとした。

「なんだ、騒々しい。お前ら打たないならとっとと帰れよ」

係員の年寄りがやって来て、誰か……たぶんシンジ……が「逃げろ！」と叫び、ミナ達五人は駆け出した。

「カッケーけど、パンツ丸見えだったぞ」

逃げながら、エージはそう言って笑っていた。

恐らく、そのときのことに尾ひれが付いて広まったのだろう。もともと少なかった女子の友達が、ガクンと減った。そしてミナはますます男子グループとつるむしかなくなり、ますます父から小言を言われるようになり、ますます家に帰りたくなくなった。

「懐《なつ》～」

銭湯の壁に描かれた昔ながらの富士山を見上げて、ミナは知らず知らずのうちに微笑んでいた。

数年振りに思い出した中学時代の思い出は、大人になってサンマの内臓を美味しいと思えるみたいな感じだった。

心がザワつく。けれどその理由は、よく分からない。ただ、エージとの再会がきっかけであることだけは確かだ。

のぼせる寸前まで湯船につかり、着替えて扇風機の前で缶ビールを一本。三百五十ミリリットルなら、一息で呑み干せる。これがあるから、銭湯はジムのシャワールームより数倍心地好い。

「〝俺達の日常にはバッセンが足りない〟か……」

おっさんみたいに盛大なゲップを一発したあとで、そんな言葉が漏れ出た。

コーポに帰ると、アキラが階段の下に座っていた。

「お帰り、遅かったね。ジム？」

アキラはそう言って、ミナを軽くハグした。

「あ、石鹸の匂い。銭湯、寄ってたんだ」

酒の臭いがした。ミナがジムと銭湯に寄っている間に、アキラは仕事絡みの食事会だったらしい。

「上がっていい？」

「うん」と答えながら、しかしミナはこれまでのように『しょうがないかな』とは思えなかった。

部屋に上がるとすぐに、アキラは「ちょっと考えたんだけど」と、手切れ金の話を始めた。

「ただお金を渡されるってことに抵抗があるのは、無理もないと思う。だったら、奨学金の返済を立て替えるという名目で受け入れてくれない？　使途が曖昧《あいまい》なお金だと、一緒に過ごした時間を買われているような気がするかもしれないけど、奨学金の返済だったら……」

「ごめん、やっぱ今日は帰って」

ミナが言うと、アキラは酔いが一気に冷めたみたいに、意外そうな顔をした。

「どうしたの？　なにか気に障った？」

「名目とか使途とか、そんな言葉使わないで。なんだか、ビジネスライクな関係だったみたいで」

「あ、ごめん、つい習慣で。言葉の選び方が悪かった」

「謝ることないけど」

結局、アキラはなにも分かっていないのだ。ミナはそう思った。

残りの奨学金は、百万円余り。アキラなら、ポンと出せる額なのかもしれない。

だが、そういうことではない。

奨学金で高校と短大を出たのは、ミナが自分で決めたことだ。だから、十数年掛けて自らの収入から返済することは、ミナが社会に出て生きていく上での不文律だ。

アキラは、それを分かっていない。

とはいえ、もし手切れ金を受け取れば、それを奨学金の返済に充てるであろうことは間違いない。

年間二十万円ほどの返済は、正直言って厳しい。入庫十年も経つのに、築三十数年のボロコーポから引っ越しも出来ない。外食を控え、呑み会の誘いも三回に二回は断わり、私服もファストファッションばかりで、海外旅行はおろか国内の温泉旅行も行けない。

最近では、ちゃんとしたところに就職したのに奨学金の返済が滞って自己破産する人が増えているという報道も目にした。

一刻も早く完済したい。それは偽らざる心情だ。

ならば、いまこの胸の奥からふつふつと湧き上がる嫌悪感は、なんなのだろう。

「ごめん。でも、一応考えておいて」

考え事をしていたら、アキラはそう言って帰って行った。

食事をせず、流しに二組の食器がなかったからか、この日ミナはあのどうしようもない孤独をまったく感じなかった。

数日後の午前中、ミナは詳しい部分は伏せつつ、新規バッティングセンター立ち上げへの融資は可能か否か、寺内融資課長に相談してみた。

「バッティングセンター？　この時代に？　コインパーキングの方がマシなんじゃない？」

そんな反応に、やはりこの話は無理だと観念したミナだったが、寺内の話はそこで終わらず「ちょっといいかな」と、使っていない会議室へ呼ばれた。

過去二十年ほどで、単独のバッティングセンターは軒並み潰れ、ボウリング場やゴルフ練習場に併設されたタイプもほかの施設に代わっている。多摩東部支店の営業区域内にもケンコーレジャーセンターがあったが、十数年前にひっそりと閉店した。

少子化、野球人口の減少、趣味の多様化、ほかのレジャー施設の台頭など、原因は色色考えられるが、寺内曰く「要するに役割を終えた施設」だ。

「少年野球やソフトボールのチームは、どんどん減ってる。しかも一チーム当たりの子供の数も減る一方なんだよ」

以前にも、似たような融資依頼があったのかもしれない。寺内はそれら融資出来ない理由をスラスラと並べ立てた。

ミナも個人的に調べていたので、すべて知っている話だった。

「すみません、お忙しいのにお時間をとらせてしまって」

そう謝って席を立とうとしたが、寺内に「ただね」と止められた。

「複合レジャー施設の中に、バッティングセンターがあるという形なら、なくもない。小中学生を持つ親の年代は二十代から五十代まで幅広くなってるし、今後ますます広がるかもしれない。その親の世代を取り込めば」

つまり、ケンコーのような溜まり場ではなく、親と子が一緒に楽しめる施設だ。

それでは駄目だ。まったく、話にならない。

シンジからもエージからも、なぜバッティングセンターなのかという話は聞いていない。だがミナには、親と子が仲良く楽しむ施設という部分だけは絶対に違うという確信があった。

家とも学校とも会社とも無関係、しかし子供から大人まで多くの他人が出入りするような場所でなくては、意味がない。

「急速に減り過ぎたという感も否めないし、需要がまったくないわけでもない。でもね、この話は……」

寺内の話は続いていたが、ミナは「分かっています」と遮った。

一度否定しておいて「自分が融資を受けるなら」と小さな可能性を述べる。これは寺内のいつもの癖だ。要するに、知識をひけらかしたいのだ。

そしてミナは、この続きも分かっている。

「〝先方からそういう話が出ないのであれば〟ですね？」

「あ、あぁ、そうだよ。どこの誰からの話なのかは、聞かないでおく。面倒だし、私のところに上げる前に窓口の判断でよろしく頼むよ」

つまり断われということだ。明確に「断われ」と命じないのも、寺内のいつもの言い回しだ。

ミナは「分かりました」と一礼して席を立ったが、今度は「ねぇ」と止められた。仕事モードを解除したような、嫌な柔らかさのある声だった。

「ここ数日、なにか考え込んでるみたいだったけど、このことだったの？」

扉の手前で振り返ったミナは、数秒考えてから「いえ」と答え、会議室を出た。

その日の帰り道、ミナはふとバッティングセンターへ行こうと思い立った。

スマホで検索すると、最寄の施設は二駅ほど離れた町にあった。行くべきか否か少し迷ったが、ジム代わりみたいなものかと思い、足を延ばすことにした。

ビルの屋上にあるボロボロのバッティングセンターで、ミナのほかにはカップルが一組いるだけだった。

二ゲームだけして、あとはベンチでぼんやりしていた。来てみて気付いたことだが、バットを振りたいというよりも、バッティングセンターの雰囲気にひたりたいという欲求の方が大きかった。だがここには、ミナが求めていたケンコーのような騒々しさや猥《わい》雑《ざつ》さはなかった。

古いにも程がある、よく経営が成り立っているな、という感じの施設だった。ケージの二つに『故障中』のフダが掛かっている。打った軟球のいくつかは〝パカン〟と、明らかに亀裂が入っている音がした。

はしゃいでいたカップルは帰り、代わって五十歳前後の会社員が一人でやって来た。

「お姉ちゃん、筋がいいね」

「え？」

見上げると、管理人らしき老人が「ほい」とスポーツドリンクを差し出していた。

「あ、すみません、いただきます」

「フォームはめちゃくちゃだけど、取り敢えずバットに当てるのは上手い。動体視力がいいんだな。卓球とかテニスとか、やってたんじゃないか？」

「いえ、なにも……」

老人は「そうかい」と言って、ミナの隣に腰を下ろした。

そうに笑った。

「景気はどうですか？」

沈黙が苦しくて適当に訊ねただけだったが、老人は「へへ、ご覧の通りだよ」と嬉しそうに笑った。

「バッティングセンター、かなり減ったでしょう。行き場を失ったお客さんが流れて来るなんてことは？」

「ないねぇ……そんなことより、お姉ちゃん、どこかで会ったような気がするんだが」

ミナは「まさか」と言いそうになったが、少し考えて「勘違いでしょう」と答えた。

ここは、あのケンコーレジャーセンターほどではないが、ミナが幼い頃に何度か来たことのある施設だった。

約二十年振りに訪れたそこは、きっちり二十年分、ボロくなっていた。管理人も想像力で二十年分若返らせると、「お嬢ちゃん上手だね。これどうぞ」とジュースを渡してくれた人に似ている。

とはいえ、十歳の少女の二十年後を見て「あのときの」と気付く人など、いるはずがない。昔のドラマみたいに、ストレス発散に一人で来た女性客を見掛けたときの、老人の挨拶なのかもしれない。

そう思ったのだが、老人は空振りばかりしている会社員のケージに目を向けたまま「昔、いたんだよ。小ちゃい子でさ」と続けた。

「お姉ちゃんと同じで、当てるのだけは上手な子だった。お父さんと一緒に来てな、遊んでると言うよりもなにかのトレーニングみたいに見えた」

確信した。挨拶などではない。この老人は、二十年前のミナのことを覚えているのだ。恐らく外見ではなく、バッティングフォームで。

だがミナは「そうですか」と曖昧に返事をした。

空手を習い始めた頃、父に連れられてよくここへ通った。遊びではなく、それこそ動体視力を鍛えるためだった。

「お父さんは、元気かい」

勘違いだと言っているのに、老人はそう訊ねた。

父がどこでなにをやっているのか、現在のミナは知らない。

高校に入ってすぐ、父は女を作って姿を消した。母には連絡があったらしく、ミナの知らないところで離婚していた。

空手の有段者で、会計事務所職員という堅い仕事を真面目に続け、箸の上げ下げにもうるさかった父が、女を作って逃げるように母と娘の下から去った。

ミナは空手を辞めたのをきっかけに父と険悪な仲になっていたから、特に寂しいとは思わなかった。実は空手をやっているときから、好きではなかったような気もする。

それはともかく、親が離婚したという感傷にひたっている暇などなく、経済的な問題が目の前にあった。高校は奨学金で出て、そのまま就職することも考えたが、将来的なことを考えて短大も奨学金で出た。

そして、阿久津ミナの現在がある。

「ごちそうさまでした。ストレス発散になりました」

父のことには答えず、スポーツドリンクを飲み干してミナはベンチから立ち上がった。嫌なことを思い出させてくれてありがとう。そう付け足そうと思ったが、ふと、嫌なことではないと思った。

「また来なよ」

老人のその言葉に、ミナは少し考えてから「はい」と答えた。


色々なことが頭の中で氷解していくような気がした。

中学二年生から三年生、ケンコーレジャーセンターに足繁く通っていた頃、エージの家庭もややこしい事情を抱えているようで、彼は家に帰ろうとしなかった。

ミナは父と顔を合わせるのが嫌で、仲間達が帰ったあともなんとなく二人で数時間を過ごすことが多かった。

そのせいで、ミナとエージが付き合っているのではないかという嬉しくない噂が出回ったりしたが、二人とも否定も肯定もしなかった。

「あんたって、なんで家に帰らないの？」

いつものように夜の町を二人で歩いているとき、ミナはストレートにエージに訊ねた。エージは話をはぐらかそうとしたが、しつこく訊くと「お前だけに言うんだぞ」と前置きして教えてくれた。

家に帰ってもたいてい両親はおらず、金も食べ物もない。たまに父親がいれば、殴られたり蹴られたりする。だからどうしようもなく眠りたくなるまで、俺は家に帰らない。どこかで食い物を万引きするとか、気のいい酔っ払いにラーメンをおごってもらうとか、そんなふうにして夜を過ごしている。温かい眠る場所を見付ければ、そのまま帰らないことも多い。

小学生の頃から万引きで何度も捕まり、けれど警察も学校も児童相談所も、大きな問題にしようとしなかった。だから俺はいまでも、腹を満たすことも温かい寝場所も、自分でなんとかするしかないのだ。

「おまえだから教えてやるんだぞ。これ、二人だけの秘密だからな」

エージは念を押すように、最後にそう言い添えた。

「へぇ～」

その頃のミナは、その程度の感想しか持てなかった。可哀想だが、自分とは関係のない話だ。そんなふうに思っていた。

だが高校生になり自分の父親がいなくなってから、少しだけ分かったような気がした。経緯はまったく違うけれど、路頭に迷うかもしれない状況に置かれてみて、想像力が及ぶようになったのかもしれない。

エージは、小学生の頃から一人で立っていたのだ。

人の優しさに付け入って、利用出来るものをすべて利用し尽くすなんて、とんでもないことだ。もちろん、物を盗んだり人を騙したりすることも。

けれど知識も経験もないが故に自分が置かれた状況を把握することも出来ない少年が、そうすることで生き延びて来た。

凄いな……。

素直に、そう思った。

大人になってから、エージとは何度か呑み会で再会している。しかし「あのときのパンツ、色気なかったなぁ。いまはどんなの穿《は》いてんだ？　見せろ」などと言うエージに「あんた凄いね」とは、どれだけ酔っ払っても言えなかった。

けれど改めて思った。兼石エージは、凄い奴だ。

奨学金返済のことも、アキラから金を受け取らないことも、同年代の女性達が当たり前のようにやっていることを、私は違うからと達観したように見ることも、すべては自分が社会の中で一人で立てていることを実感するための行動であり思考であったような気がする。

そこにエージが関係しているとは考えたこともなかったが、認めなければならない。

この生き方を選んだのは、エージから聞いたあの話のせいだ。

そしてもう一つ、認めなければならない。ミナ自身、バッセンを求めている。自分の日常にも、バッセンが足りない。

バッセンとは、なにもバッティングセンターとは限らないのかもしれない。

ではなにかと問われても明確に説明することは難しい。あの頃の時間とか空間とか経験とか、苦くて酸っぱくてジャリジャリしたすべての大切なものどもの象徴だ。

エージは未だに、一人で立つために必死に足掻いている。その手助けを出来るなら、なんとかしてやりたい。

それは寺内が言ったような複合レジャー施設などではなく、屋上の寂れた施設でもなく、あの懐かしいケンコーレジャーセンターのような場所でなくてはならない。

ただ、融資の可能性が限りなく小さいことも嫌になるくらい分かっている。

寺内が言った複合レジャー施設案をこっそりシンジとエージに教え、融資依頼が通るように誘導してやろうか。だがそのままでは寺内に気付かれる。そもそも数千万円単位の融資を通すだけの説得力ある提出書類を、あの二人が用意出来るとも思えない。書類作成に手を貸すことは可能だが、完璧なものを作り上げるには犬塚土建の経理面も把握しなければならない。通常業務をやりながらでは何ヵ月も掛かってしまうし、現実的ではない。

ほかに方法はないか。なにか、自分に出来ることはないのか……。

コーポに着くと、階段にアキラの姿はなかった。

「ふぅ」

小さく息を吐き、ミナは部屋に入った。

なにか、自分に出来ることはないのか……。

忙しく通常業務をこなしながらそのことばかり考えていたら、あっと言う間に五日が経った。

その日、ミナはふと笹の屋の佐々木がしばらく顔を見せていないことに気付いた。

前回はエージ達が来た日だったから、既に一週間が経っている。これまでは三日にあげず来ていたので、かなり間が開いていることになる。

「佐々木のおじいちゃん、最近見ないね」

閉店後の午後三時過ぎ、小切手締めや伝票計算をしながらユミコに訊ねると、彼女はなんでもないように「見たよ」と答えた。

「え？　いつ」

「ん～と、三日くらい前かな。あ、ミナが昼休み入ってたときだ」

ユミコはほかの客に対応していたため、佐々木がなにをしに来たのかは知らないと言う。誰が対応したのかも、覚えていない。

そのとき、ユミコの隣にいた西野カエデが、電卓を叩く手を止めた。

「カエデちゃん、対応した？」

ミナに問い質すつもりはなかったが、カエデはぎゅっと両手を握り締めた。

「笹の屋のおじいちゃん、対応した？」

もう一度訊ねると、カエデは「はい……」と消え入るような声で答えた。

「おじいちゃん、私を探してなかった？」

「そうなんですけど……」

嫌な予感がした。そしてそれは、すべて当たっていた。

カエデは使途確認書を持参した佐々木に「これでは、何度来て頂いてもご融資出来ません」と伝えたという。

ミナは〝ガタン〟と音を立てて立ち上がった。ユミコが「ちょっと」と止めようとしたが、そんなことに構っていられなかった。

「あなたにそんなこと言う権利、あるの？　手続きの工程をお伝えして、必要な書類を用意するようにご依頼する。それが私達の仕事！　融資課長に依頼内容を伝える前に判断する権利なんて、私達にないでしょ！」

「す……すみません。でも、私……」

「でも、なに！」

「ちょっと、ミナってば」

ユミコが再度止めようとしたが、ミナは自分を止めることが出来なかった。

「相手が高齢者だから、佐々木さんだから、自分の言葉でも諦めると思ったんでしょう。テランチョ……寺内課長と話したくないからって、いくらなんでも酷いんじゃない？」

カエデは俯いて、絞り出すような声でまた「でも」と言った。同時に、手の甲に涙が落ちた。

「課長だって、面倒な融資の話は持って来るな、窓口で判断しろって……」

この子は駄目だ。いくら怒鳴っても、なだめすかしても、ずっと駄目なままだ。きっと、どんな仕事をするにしても。

そしてもっと駄目なのは、寺内だ。

あいつは、自分がなんのために世の中に存在しているのか分かっていない。

融資課の方へ目を向けると、寺内がミナのことを見ていた。

「なんだい、私の話か？」

寺内がそう言ったとき、彼の背後の扉が開き添田支店長が顔を出した。支店長室とはいえ薄いパーテーションで仕切られただけで、ミナの大声はしっかり届いたらしい。

添田はチェーンの付いた老眼鏡を外し、胸元にぶら下げた。普段から化粧は薄くスッピンに近いのに、この日は濃いめのメイクだった。これからどこかで会合でもあるのかもしれない。

ミナを見る彼女の目は、どこか怯《おび》えているように見えなくもない。

その目を見て、ミナは昔の口調で『なんだよ』と言いそうになってしまった。

「阿久津さん、私になにか話があるのか？」

改めて寺内に言われ、ミナは顔を動かさず目の焦点だけ数メートル手前に戻した。

「いえ、ありません。いまは」

「いまは？　どういうことだい」

セクハラとパワハラとモラハラをやめろ、若い職員のやる気を削《そ》ぐな、自分はけっこうイケているという勘違いを改めろ、笹の屋への融資を通せ……。言いたいことは山のようにあるが、それはいまではない。

テラー係リーダーであるミナは、テラー係リーダーの方法で闘う。笹の屋への融資だけは、真っ当な方法で通してみせる。

寺内は「そうか」と一応納得し、浮かしかけた腰を椅子に戻した。

そのときミナは、自分の脳内の言葉であるにも拘わらず、笹の屋への融資だけは、という部分に引っ掛かった。

どういう意味？

自問するが、答えは出ない。

「ミナ、あんた最近ちょっと変よ。考え込んだり、急に怒鳴ったり。なに苛ついてんの？」

ユミコに肩を摑まれ、ミナは椅子に座り直した。

「別に、苛ついてなんか」

まだ泣いていたカエデは、ほかの若いテラー係にトイレに連れて行かれた。

「そんなに笹の屋のおじいちゃんのこと、大事？」

小声ではあったが、ユミコはいつになく厳しい口調だった。

まったく話にならない融資の依頼を窓口で断わった経験は、ユミコにもある。笹の屋の件にしても、何度も説明しているのにそれが出来ないことを踏まえれば、手続き云々以前に融資すべきではないのではないか。

そして、ほかのすべての融資希望者に通常業務以上の労力を使って対応しないのであれば、笹の屋だけ特別に便宜《べんぎ》を図るのは間違っている。

「便宜って、私が笹の屋さんを特別扱いしてるって言うの？」

「してるでしょ。おかしいのはカエデちゃんじゃなくて、ミナの方なんじゃない？」

すぐに「そうかもね」とでも返せば、その場はなんの問題もなく終わっていたのかもしれない。だが、聞き流すことは出来なかった。

ミナが笹の屋の融資依頼を通そうと丁寧に説明するのは、この街に老舗《しにせ》の和菓子店が残っていて欲しいと願うからだ。それは、あけぼの信用金庫の理念にも適《かな》っているはずだ。

物忘れが多くなった老人に対する対応が丁寧過ぎる、特別扱いだと言うのなら、

「ユミコの方こそ、おかしい」

「え？　なんでよ？」

相手の表情や態度や言葉遣いによって、仕事に対する力の入り方は変わる。心から手を貸してあげたいと思えば、通常業務以上の労力で対応する。相手が笹の屋の佐々木でなくても、ミナは常にそうしているつもりだ。

融資を申し込む側の立場から言えば、テラー係に心から手を貸してあげたいと思わせることが出来るかどうか、そこから交渉は始まっているのだ。

おかしいのは、表情、態度、言葉の端々にまで神経を配らない、心の機微まで汲み取ろうとしない、機械のような対応しかしようとしない奴らだ。

「昔、テラー係のお局《つぼね》さんに言われたのと一緒じゃん。〝どうせ給料は変わらないんだから流せるところは流してスピードを重視しなさい〟とか〝変に頑張ると周りも同じ対

応を求められるから迷惑だ〞とか。私達、はいはい言いながらも〝そういうの、なんかやだね〞って言ってたじゃない」

ユミコが「なにそれ」と口元を緩めた。笑おうとしているようだが、目はちっとも笑っていない。

「じゃあなに？　カエデちゃんとミナ、どっちが担当になるかでお客様は損したり得したりするの？　そんなのおかしいじゃない。お客様は、担当テラーを選べないのに」

「そんなのどこだって同じでしょ。役場の窓口も、病院の医者やナースも、担任教師も部活の顧問も、職場の上司も……」

親だってね。

そう言おうとして、ミナは言葉を呑み込んだ。

「ごめん、ユミコ」

「え？」

「笹の屋さんの件、ユミコにそう見えたのなら、そうだったのかもしれない。ちょっと冷静になるから」

急に揚げられた白旗に、臨戦態勢だったユミコは面喰らって「いや、その、まぁ」と口ごもった。

ミナの頭の中で、まったく無関係だった二つの事柄が〝バチン〞と音を立てて繋がった。繋がってしまった。

親だって選べない。その考えが頭に浮かんだ瞬間、ユミコとの話が突然エージとバッセンのことに繋がった。

バッセンへの融資は、ぼのしんの事業融資規程に当てはまらないどころか、検討の俎《そ》上《じょう》に載せることすら出来ない。

だが、究極の特別扱いというものがある。

あった……私に出来ること……。

「ちょっとミナ、あんた本当に変だよ。どうしたの？」

白旗を揚げたと思ったら今度は考え込んだミナに、ユミコが優しく言った。ミナはその言葉を無視して椅子から立ち上がった。支店長室の扉の前で、添田がまだこちらを見ていた。目の怯えは、さっきより色濃くなっている。

「ごめん、ちょっと」

ユミコに謝り、ミナは席から離れて真っ直ぐ支店長室に向かった。

途中にいた寺内が「な、なんだよ」と慌てたが、ミナはなにも言わずに脇を素通りした。

「ちょっと、中でいいですか？」

添田が静かに頷き、ミナは支店長室に入って扉を閉めた。

寺内を含め、フロアにいた全員が注視している。ミナは声を潜めて「お願いがあります」と切り出した。

添田の目から怯えの色が消え、なにかを覚悟したように見えた。

「融資のことなら、寺内課長に……」

「違う。融資じゃない」

確信犯的にタメグチを使うと、添田は静かに両目を閉じた。そして少ししてから目を開けると、ややふらつく足取りで窓際のデスクに向かった。

窓にはブラインドが下がっていたが、閉められてはいない。沈もうとする夕陽が、支店長室全体をオレンジ色に染めていた。

ミナは椅子に座った添田の正面に立ち、静かに言った。

「お願いは、支店長にじゃなくアキラに」

添田アケミ、ミナの前ではアキラを名乗る支店長は、懇願するような目で「やめて、ミナ」と言った。

「手切れ金、もらうことにした。けど百万じゃ足りない。三千万、出して」

「そんな大金、無理に決まってるでしょ」

「専決権限で出せるでしょ」

添田は「専決……」と言ったまま続きの言葉が出ず、ミナに背を向けた。

「ごめん。二人の関係は仕事に持ち込まない約束だったのに。でも、お願い」

「一体なにに使うの？ 専決権限とは言っても、通常の手続きは必要よ。あなた個人に渡すことなんて出来ない」

「私じゃない。私は一銭も受け取る気はない」

「じゃあ誰に？ なんのために？」

添田がこちらに向き直る。

「馬鹿だけど、ガキの頃から一人で立ってる奴に。使い道は、バッセン」

「バッセンって……バッティングセンターのこと？」

自分が知らなかった……本当は知っていたのかもしれないが、知らない振りをしていた……自分のことが、アキラと付き合うことでよく分かった。そのことには、とても感謝している。

——マイノリティーであること自体は病ではない。ただ、それについて必要以上に思い悩むことが病なのだ。ＬＧＢＴＱと言ってもその境界は曖昧だし、ほかにもインターセックス、アセクシャルなど、様々なマイノリティーが存在する。私の場合、時代のせいもあったのだろうが、気付かない振りをして結婚して子供をもうけた。そのことにまったく後悔はないし、むしろ夫にも子供達にも感謝している。ミナの場合は父親の影響がありそうだし、一時的なことかもしれない。急いでどこかのカテゴリーに当てはめる必要はないのではないか――。

それらの言葉には、特に感謝している。だが、もういい。もう分かったから。

ありがとう。でももう、大丈夫だから。

本当は、それを伝えたかった。けれど、言えなかった。

感謝の言葉を口にしてしまうと、「ごめん、いまのなし」と支店長室を飛び出してしまいそうだ。

それほど、アキラとの二年間は心地好いものだった。

「担保も確証もないけど、これは成功する……成功させなきゃならない事業なの。私も可能な限り経営に首を突っ込んで、きっちり回収出来るようにするから」

黙っていると「ありがとう」という言葉が出てしまいそうで、ミナは早口にそう付け足した。

「少し、時間をちょうだい。なんとか考えてみるから」

俯くアキラの横顔が夕陽に照らされ、男、女、母、妻、支店長、少年、少女と、めまぐるしく変化するようにミナには見えた。

この人は夫に、もう大学生と高校生だという息子達に、どんな表情を見せているのだろう。

普通の結婚と出産と子育てを経験し、しかもそれを継続させながらミナと付き合う。

そのことを、ミナはどこかでズルいと思っていた。

けれど、そうではないと分かった。

苦しくないわけがない。

マイノリティーであること自体は病ではない。ただ、それについて必要以上に思い悩むことが病なのだ。

それはきっと、アキラ自身が必要以上に思い悩んでいたからこそ辿り着いた言葉だ。

俯くアキラに対して、ミナは初めてそんなことを思った。

ブラインドの隙間から、夕陽が低く長く差し込んでいた。

三　男の約束

葛城ダイキから電話があったのは、春の終わりのことだった。

『しかしアツヤがホストとはなぁ。いや、俺らの中ではダントツでモテ系だったことは認めるよ。でもさぁ、大学辞めてまで続けるような仕事か？　けっこういい大学入ったのに、もったいない』

「久々に電話してきて、そんな話かよ。下らねぇから切るぞ」

そう言うと、ダイキは慌てて『いや実はさ……』と切り出した。

兼石エージがまとまった金を借りに来た。犬塚シンジも一緒だった。お前のところにも行くのではないか。そんな話だった。

『俺はもちろん断わったよ。アツヤも相手にするんじゃねぇぞ。癖になるからな』

「エージは野良犬かよ」

『野良犬でも、もうちょっと遠慮ってものがある。あいつは馬鹿みたいに口をぱくぱくさせてる池の鯉か、ガーガーうるさいアヒルってところだ』

ダイキのそんな言葉に「上手いことを言うな」と笑い、山室アツヤは電話を切った。と同時に、昨日シンジから『近々会いたい』とメールがあったことを思い出した。

ダイキもエージもシンジも、アツヤの古くからの友人だ。エージはトラブルメーカーで、シンジはいつもそのトラブルに巻き込まれていて、頭のいいダイキは事が大きくなる前にフッと姿を消していた。

そしてアツヤは、もう一人の仲間である阿久津ミナと一緒に「なにやってんだか」という感じで、他校との喧嘩沙汰や教師とのいざこざなどを遠目に眺めて楽しんでいた。

大人になってからも、この関係性は変わっていない。

常に金欠のエージが会う度に「金、貸しておくれ」と言うのは、挨拶みたいなものだ。子供の頃は二、三百円、高校生くらいになると二、三千円、大人になってからは二、三万円と、その額は順調に（？）大きくなっている。そして、貸した金は返って来たためしがない。

ましてやいま、エージは留置場から出たばかりだ。金欠具合も相当なものだということは、アツヤも察しが付いていた。

ただ、ダイキが言ったまとまった金とはいくらくらいなのか、その金でエージがなにをしようとしているのかが気になった。

「ま、シカトするわけにもいかねぇか……」

アツヤはそう独りごち、シンジに『開店前の打ち合わせが午後五時からなんで、その前なら時間が作れる』と返信した。

そして二日後、アツヤは職場近くの喫茶店でシンジ達と落ち合った。

「よぉ、ディージ。お勤めご苦労さん」

アツヤが確信犯的にそう言うと、エージは「お前もかよ。シーはどこ行った」と、片頬だけ上げて笑った。

「お前もってことは、ミナには会ったんだ」

「あぁ、昨日な。元気そうだったよ」

懐かしい名前に、アツヤの頬も緩んだ。

「二年振りだっけ？　アツヤ、なんか雰囲気変わったな」

シンジがそう言って、視線を上下させた。

「前はアニメのキャラみたいな髪型だったよな。服もさ、ビジュアル系バンドみたいだったのに、いまはなんつうか普通のリーマンみたいじゃん、無精髭を除いて」

「ああいうのを好む人を、もう相手にしなくてよくなったからな」

「そうなの？　あ、靴も尖《とが》ってない」

たっぷりシロップを注いだアイスコーヒーを飲んでいたエージが、テーブルの下を覗《のぞ》き込むシンジを「うっせーな」と小突いた。

「なんだよエージ。お前もアツヤに会うの久し振りだろ。少しはイジってやれよ」

シンジは不満そうだったが、アツヤが「時間がない。本題に入ってくれ」と促すと、エージは「だよな」と再度笑った。

「二、三千万、貸しておくれ」

笑顔をキープさせたまま、エージはなんでもないように言った。

アツヤは「千……？」とスプーンを回していた手を止めた。

シンジが「あのな、実は」と説明しようとしたが、アツヤはそれを制して「ゼロ、一気に三つも増やすなよ」と笑った。引きつったような笑顔であることが、自分でも分かった。

「そんな大金、なにに使う」

アツヤのその問いに、エージは笑みを消してこう答えた。

「俺達の日常にはバッセンが足りない」

「バッセン？」

煙草に火を点《つ》け、ゆっくり煙を吐き出すと、エージは「この店、吸えるのか。じゃあ一本おくれ」とねだり、ねだったくせに「いまどきゴロワーズかよ。匂いキチーよ」と文句を言いながら輪っかの煙を吐き出す。

シンジは不安そうに、エージとこっちを交互に見ていた。

夕暮れ時、繁華街の外れにあるその喫茶店は、遅い昼食を摂る営業マン、ルーズなジャージ上下のチンピラ風三人組、同伴出勤の待ち合わせと思しき若い女達で、かなり混雑していた。

午後四時五十三分。普段からスタッフに遅刻厳禁を厳命している手前、アツヤはすぐにでも店に向かわなければならない。

煙草一本分の沈黙のあとで、アツヤの方から単刀直入に訊いた。

「強請《ゆすり》のつもりか？」

そこだけは、どうしても確認しておきたいところだった。

煙草を灰皿に押し付けていたエージが「は？」と顔を上げ、シンジは「なに？　強請って、どういうこと？」と、視線を動かす速度を上げた。

エージは思い当たったのか「あぁ」と薄く笑った。

「俺ぁ、そんなに小さくねぇよ」

シンジが「どういうこと？」と繰り返したが、アツヤはそれを無視して答えた。

「考えさせてくれないか」

エージは「へへへ」と笑い、アイスコーヒーの氷を口に含んでゴリゴリ音を立てながら噛み砕いた。

それから半年が過ぎ、季節は冬を迎えようとしていた。

「レオとシュウトは同伴、ガイは二部のあとでアフターが入ったので二十時入り、セツナは担当の誕生会に出るので入り時間がハッキリしませんが、新規客を三人は連れて来る予定で……」

スタッフのスケジュール管理を任せているリュウから一通り説明を受け、アツヤは七人の男達の前に立った。

『メンズクラブ　ストレイキャッツ』

アツヤは、この店の雇われ店長をやっている。

男性が女性をもてなす店だが、ホストクラブではない。メンズキャバクラ、略してメンキャバと呼ばれる業態だ。サービス内容はホストクラブと大差ないが、支払いシステムと営業形態が異なる。

料金は時間制、売掛けなし、指名制度はあるが一度指名したら変更できない永久制ではなく、入れ替えがある。また、午前零時から六時の営業は風適法で禁じられており、その代わりストレイキャッツでは午前六時から十二時まで、夜の仕事をする女性向けの、いわゆる朝キャバも行なう二部制を取っている。

「本日、予約のお客様は二十一時より春日《かすが》様、二十二時より横内《よこうち》様と坂本《さかもと》様。春日様は今週末が誕生日だけど、誰も当日の来店は確認してない？　じゃあ今日、花とケーキの用意を。あと、トイレは完璧だったけど、洗面台の鏡が少し曇ってた。あとで誰かよろしく」

アツヤの言葉に、全員が黙って手帳やスマホにメモを取る。ホストクラブでよくある、指名数の多かった者の表彰とか、売上げ目標の連呼とか、「絶対惚《ほ》れるな惚れさせろ」的な言葉の唱和などはない。

「じゃあ以上。本日も、極上のサービスをご提供しましょう」

普通の飲食店の朝礼のような締めの言葉と同時に、ある者は洗面所に走り、ある者は花とケーキを買いに走る。フロアの照明と音響のチェックが始まる頃、アツヤはリュウを隅のボックス席に呼んで気になる点を再確認する。

「ガイがアフターした客って、例の？」

「はい、福田《ふくだ》様です。やはり、止めますか？」

リュウは、アツヤより三つ上の三十三歳。指名が掛かることがほとんどないスタッフだが、アツヤにとってはとても重要な大番頭的な存在だ。若いスタッフの面倒見がよく、勘が鋭く、数字に強い。そして、人を見る目が確かだ。

そのリュウに言わせると、最近ホストクラブを辞めてストレイキャッツに入店したガイという男は、「あまり当店には向いてないかと」ということらしい。

福田という客はガイに入れ込んでおり、店に通い詰めている。リュウが心配しているのは、ガイが「借金してでも店に来てくれたら嬉しい」などとそそのかしているのではないか、ということだ。

かつて新宿の歌舞伎町でホストをやっていたアツヤとリュウだから分かることだが、ガイはまだメンキャバとホストクラブの違いを理解していない。

ホストクラブでは、太客を見付けたら徹底的に金を搾《しぼ》り取る。公務員や会社員であれば、金がなくてもツケで遊ばせ、ボーナスが出たときにまとめて払わせる。それでも追い付かなくなると、消費者金融で借りさせ、信販会社でキャッシングをさせる。どこも貸してくれなくなれば、闇金を紹介する。職場に取り立てが行って仕事を解雇されると、実家や親戚に泣きつかせ取れるだけ取ったあとで水商売を紹介する。若くてきれいならキャバクラかデートクラブ、そこそこならヘルスかデリヘル、普通以下ならソープ、どうしようもなければSMやスカトロ系の特殊風俗店、それでも駄目ならタコ部屋に詰め込んで出会い系詐欺や昏酔強盗をやらせる。

そこまで落ちてもほとんどの女性達は、少し自由になる金が出来ると、やはりホストクラブに通う。

飛び切りの美人が単体でAVに出演し、数千万円の借金を一年ほどで完済するという離れ業をやってのけることもあるが、そんな話は伝説に残るくらいのレアケースだ。

たいていの場合は自己破産して姿をくらませるか、性感染症を患ってゴミのように捨てられるか、精神を病んで自殺するかだ。だから多くのホストは、最終的にそうなることを知りつつ、出来るだけ長持ちさせるべく「愛してる」だの「いつか一緒になろう」だのと囁き続ける。

歌舞伎町時代に嫌というくらいそういう例を見て来たアツヤは、ダイヤというキラキラの究極みたいな源氏名を捨て、地元に戻った。そして商売を始めるとき、敢えて時間制で売掛けなしのメンキャバという業態を選んだ。

遊び方を知らない客がドツボにハマるのを防ぐためであり、同時に、若いスタッフ達を真っ当なホスト＝もてなし人に教育するためでもある。

最初の面接でガイにその旨は伝えているが、彼としては「所詮《しょせん》はホスト、やることは一緒っしょ」とでも受け止めているのかもしれない。

「一度、私から言っておきます」

「すみません。ガイの奴、自分のことは舐《な》めちゃってて。アツヤさんから言ってもらえると助かります」

そんな話をしているうちに、午後六時、開店の時間を迎える。

開店直後にやって来る客は、仕事前のキャバ嬢が多い。売れっ子なら同伴出勤の客と食事の時間帯なので、あまり人気のないキャバ嬢が仕事前に軽く酒を引っかけるという感じだ。

八時頃から仕事を終えた会社員やショップ店員などが増え、十時から閉店までの二時間は常連の年輩者が多くなる。

リュウが言っていた通り、レオとシュウトは同伴客を連れ、セツナも新規客を予定を大幅に上回る八人も引き連れて入店した。ガイも九時過ぎにやって来て、アツヤは二言三言説教をした。ガイは唇を尖らせたまま聞いていたが、一応は「うぃっす」と頷いた。平日にしてはそこそこの集客だったが、新規客は入店無料なのでそこは差し引いて上がりを計算しなければならない。

接客しながら頭の片隅でそんなことを考えつつ、アツヤは七つのボックス席を均等に回っていた。

「アツヤさん、森村《もりむら》様がいらっしゃいました」

その女性がやって来たのは、午後十時半を過ぎた頃だった。

スタッフ十三名に対して客はまだ十八人おり、アツヤは馴染み客がいるボックス席で接客をしていた。客に詫《わ》びて、アツヤは急いで店の出入口へ向かった。

「いらっしゃいませ、ハナさん」

ほかの客の目に触れないルートを使い、アツヤは常連中の常連しか座ることのないカウンター席へ女性を案内した。

森村ハナ、五十六歳。多摩地域で手広く飲食店やセレクトショップなどを展開する人物で、ストレイキャッツのオーナーでもある。

「バーボンでいいですか？　ハナさん好みの梅酒もありますけど」

「じゃあ、梅酒をロックでもらうわ」

景気はどうか、トラブルはないか、変な具合にハマっている客はいないか。ハナは週に一度くらいの頻度で来店し、そんな質問をして三十分ほどで帰る。だがこの日は、一時間経っても席を立とうとしなかった。

「あのことですか？」

アツヤの方から水を向けると、ハナは「それもあるけど」と、珍しく言葉を濁した。

「なんですか？　なんだか、いつものハナさんらしく……」

そのとき、奥のボックス席から「おいコラ、アツヤー！」と怒鳴り声が聞こえた。アツヤがさっきまで就いていたボックスだ。各ボックス席はフリンジカーテンで緩やかに視界を遮っているのだが、その客は立ち上がってカーテンの隙間から顔を出し、フロア中を見回していた。

「マキちゃん、まだ来てるんだ」

そっと背後を振り返り、ハナが言った。

谷口《たにぐち》マキ。ハナに連れられてこの店に来て、アツヤに入れ上げてしまった四十代半ばの客だ。エステやネイルスタジオをいくつも展開し、金はそこそこあるようなので有り難い客ではあるが、酔っ払うと必ず絡むので扱い難《にく》い存在でもある。

「そこにいるのは分かってんだぞ！　早くこっちに来い！」

対応していた若いスタッフが「まぁまぁ」と落ち着かせようとしたが、逆効果だった。

「おい、森村のババアといちゃついてんのか！　早く来ないとブチ殺すぞ！」

フロアとカウンター席の間もフリンジカーテンで仕切られているが、人がいる気配は伝わる。

ハナは「おお恐い」と笑ったが、直後に「ごめんね」とアツヤに謝った。

仕事絡みでマキと知り合い、ほんの出来心で店に連れて来た。そのとき、アツヤは既にホスト然としたファッションではなかったのだが、それが逆にこういう店で遊び慣れていないマキには気に入られたらしい。それに対する詫びだ。

「いや、ハナさんが謝ることなんか……ちょっと行って来ます」

「じゃ、私は帰るから。家で待っててていい？」

アツヤは「もちろん」と答え、奥のボックス席へ向かった。ハナは合鍵を持っている。アツヤが住んでいるタワーマンションも、乗り回している高級外車二台も、彼女に贈られたものだ。

「いつまで待たせるんだよ！」

席に着くなり、マキは氷を投げつけた。酷いときは顔に酒を浴びせられるので、この日の酔い方はレベル2といったところだ。

「また森村のババアの相手かよ！」

こういう場合、普通のホストなら「なになにマキちゃん、機嫌悪いの？」とでも言って、肩の一つも抱けばいい。だがいまのアツヤは、それをやってしまうと負けのような気がしている。

「いえ、ちょっと事務の方で手が離せなくて。失礼しました」

マキは口紅の落ちた唇を歪《ゆが》ませ、低く「たかが男芸者の分際で」と吐き捨てた。

午前二時過ぎ。自宅の玄関を開けると、淡い出汁《だし》の匂いがアツヤの鼻をくすぐった。

「夜食、パスタやラーメンは重いと思って、お吸い物だけ作ったの。溶き卵、入れる？」

十月中旬にしては早くも肌寒さを感じる夜で、アツヤは「うん、ありがとう」と答えた。

森村ハナは、アツヤが歌舞伎町でホストを始めた直後から、目を掛けてくれていた。当時のアツヤは大学在学中の二十歳過ぎで、ハナは四十代半ばだった。江戸中期から続く菓子店の次女で、死別した前夫は銀座の洋食店の社長。双方の家から縁は切れているが、彼女には数十億円の金が残った。

それを元手に始めたネットビジネスや輸入雑貨店、飲食店などもことごとく成功している。ストレイキャッツもその一つだ。ほかにも知人が立ち上げた商売に投資を行なっているのだが、そちらでもかなりの利益が出ており、資産は減るどころかいまこうしている間にも増え続けている。

そんな女性がいきなり、ホストとしてキャリアもスキルもないド新人の太客になり、ほんのバイト感覚で始めたはずなのに、アツヤはトップクラスのホストに駆け上がった。

そういった関係性もあり、ハナから「食べるでしょ？」と言われると、ガイにスタ丼屋でこんこんと説教をしたあとでも、お腹一杯とは言えない。

「明日は？」

「二部はリュウさんに頼んだ。十一時には行って、引き継ぎしないといけないけど」

湯気を立てるお椀を手にキッチンから出て来たハナは「じゃあ少しだけ話を……」と言い掛けて、

「あら、またなの？」

ダイニングテーブルの上にあったピザの箱に気付いた。アツヤはなにも答えなかったのだが、ハナは中を見て「ほら、一切れしか食べてない。いらないのに、買い取ったんでしょ」と指摘した。

一年余り前から、アツヤの家には頼んでいないピザや寿司が配達されるようになった。

五回ほど続いてからは、配達地域に入っている各種デリバリー店に「うちからオーダーがあったら、お手数ですが確認の電話をお願いします」と依頼した。

それでしばらくは落ち着いていたのだが、今日の出勤前、新たに出来たピザ店から配達があった。

頼んでいないことを伝えると、バイトくんは「え～？」と泣きそうな顔で項垂《うなだ》れた。アツヤに非はないが、なんとなく可哀想になって買い取ったのだ。もちろん、今後は面倒でも本人確認をしてくれと頼んだ。

「車への悪戯《いたずら》もあるんでしょ？　けっこう執拗《しつよう》ね。やっぱり警察に届けたら？」

「うん、もうちょっと続くようなら」

「迷うっていうことは、犯人の見当は付いてるってこと？」

ハナが暗に、犯人は谷口マキだと言っていることは分かった。なかなかなびかないアツヤに痺《しび》れを切らし、可愛さ余って的な行為に走る可能性は、充分にあり得る。

だがアツヤは「さぁ」ととぼけた。

「確証ないし。だいたい、ウチなんて敵だらけだよ。このご時世にそこそこ繁盛してるし、近くのホストクラブから流れて来る客もスタッフも多いから」

とぼけつつも、ハナが納得するような真実も織り交ぜた。

メンキャバという業態がまだ珍しい地域だったこともあり、ストレイキャッツは開店して間もなく人気店となった。

同じ額を払うならホストクラブより長く遊べるし、時間制なので、とんでもない額を請求されることもない。そしてスタッフは、教育が行き届いている。

更にはホスト、特に太客を持たない者達にとっても魅力的な職場だ。五千円前後の日当プラス出来高制をとるホストクラブと違い、時給プラス出来高制としていることが大きい。基本は六時間で六千円、連続で一部と二部、二部と一部に出勤した場合は、十二時間勤務で一万五千円を出している。ここに指名料や新規客の獲得報酬が加われば、日当三万円以上になる場合もある。

ホストクラブには月収数百万円という強者もいるが、一攫千金を狙うか安定を確保するかの二者択一となれば、後者を選ぶ者が多いのも無理はない。

アツヤは、店を立ち上げたときを除いて、他店からのホストの引き抜きはやっていない。彼らの多くは、自らの意思でストレイキャッツにやって来たのだ。だがそれでも、周辺のホストクラブはストレイキャッツを目の敵にしている。

「まぁ確かに敵だらけけねぇ」

ハナの方もマキの名前は出さず、ちょっと面白がっている感じで悪戯っぽく笑った。

アツヤは、鼻にクシャッと皺《しわ》が寄るこの笑顔が好きだった。

満腹のはずなのに、溶き卵入りの吸い物は不思議なくらいすんなりと胃袋に収まっていった。

「で、話ってのは例のバッセンのこと?」

一息吐いて、アツヤの方から水を向けた。

「うん、途中経過くらい聞いておこうかと思って」

アツヤは、エージの依頼を受けることにした。外車の一台と高級時計を手放して一千万円、ハナに投資の一環として二千万円を用意してもらい、三千万円を調達する目処は付いた。

ハナは「そんな面倒なことしなくても、まるまる三千万円出してもいいのよ」と言ってくれたが、そこはアツヤにとってギリギリのプライドだった。車も時計もハナに与えられたものだが、自分もなにかを手放さなければ筋が通らない。そんな気がしたのだ。

「実は、場所の当ては付いたらしいんだけど、金はもう少し先でいいらしい」

半年前、エージとシンジが目星を付けていた土地はなんらかの理由で手に入らず、金はすぐに必要ということではなくなった。しかし最近になって、入手の可能性がある新たな候補地を見付けたという。

「どうやら居抜きらしいんだけど」

「あら、潰れたバッティングセンター?　それなら三千万円も必要ないのかもね」

「うん、それがね、かなり老朽化が激しくて、しかもビルの屋上なもんで補強工事にかなり金が必要らしくて、やっぱり六千万……半分はもう一人の旧友が用意するんだけど……それくらいは掛かるんだって」

「ふ〜ん」

アツヤの対面《トイメン》で頬杖をついていたハナが、さきほどのクシャッとは違う、柔らかな笑みを浮かべていた。

「なに？　その笑顔」

「なんだか楽しそうだな〜って」

「そう？　別に……」

「ううん、楽しそう。不安はいっぱいあるんだけど、それより、その先にある可能性の方に興奮してるって感じ」

「あぁ、うん、まぁ……」

「特別な友達？　そのエージって子」

「いやぁ、別に。腐れ縁っていうか、なんていうか……」

歯切れの悪いアツヤを見て、ハナはクシャッの方の笑顔を見せた。そして、やや唐突に「バッティングセンターって、いいよね」と呟いた。

「え？　あぁ、そうだね。うん、だから俺も乗ったわけだけど」

「懐かしいね、あそこ」

歌舞伎町に二つあるうちの一つ、あのバッティングセンターのことを言っているのだと分かった。

ホストにはテリトリーがあって、足を踏み入れてはならないエリアがある。アツヤが勤めていたホストクラブでは、区役所通り沿いではなく、ホテル街にあるバッティングセンターしか利用出来なかった。

アツヤとハナには肉体関係があるが、それは片手で数えられるほどの回数だ。当時四十代後半だったハナの方から「こういうんじゃないんだよね」と言われ、そういう関係を終えた。

「君にはさ、もっと凄い可能性を感じるんだよ。だから男女の仲じゃなくて、私の投資対象になってくれない？」

当時のアツヤには意味が分からない言葉だったが、いまから思えば、それがストレイキャッツの開店に繋がっていたのだ。

身体を合わせなくなってから、二人はよくバッティングセンターでデートをした。スーツやドレス、時には和装で、ハナは「おりゃ！」「くそっ！」「んなろー！」と叫びながらバットを振った。そして、だいたいいつも「爪割れたー！」と叫びながらケージから出て来て、アツヤはその様子を手を叩いて笑いながら見ていた。

深夜ではなく、アツヤの出勤前に落ち合って食事を済ませたあとに行く場合、あのバッティングセンターはある意味カオスだった。

野球部っぽいイカつい学生ふうもいれば、会社員もキャバ嬢もオネエもいる。暖をとっているホームレスがいるかと思えば、下の駐車場ではなにやら怪しげな取引をしている外国人もいる。明らかにその筋っぽい人が切ない表情で肩を落としている隣で、丸坊主の中学生同士がバッティング理論について熱く討論していたりする。

「ホント、なんでもあり。ああいう場所って、貴重よね」

「うん、俺もそう思う」

「私にとってバッティングセンターといえばあそこだけど、アッヤくらいの世代だと、小中学生の頃にも思い出あるんでしょ？」

「うん、まぁ……」

バッティングセンターにまつわる思い出は、確かにある。それについて言うべきか黙っているべきか逡巡《しゅんじゅん》していると、ハナはスマホを見て「あら、こんな時間」と立ち上がった。もう午前三時半を過ぎていた。

「バッティングセンターの件は、進展があったら教えて。居抜きの件なら、不動産関係の知人にアドバイスをもらえるかもしれないし。お金を出すんだから、それくらい聞く権利あるでしょ？」

「あぁ、そうだね。確認しとく」

「じゃ、帰る。タクシー呼んでくれる？」

アツヤの「泊まっていけば？」という言葉に、ハナは静かに微笑んで首を横に振る。半ば儀式化しつつあるやり取りのあとで、アツヤはタクシーを呼んだ。

帰り支度を済ませ、特になにをするでもなくタクシーを待つ数分間。この時間、アツヤは自分とハナの関係が、ホストと客ではなく、雇われ店長とオーナーでもなくなるような気がする。

息子と母親のようなものだろうか。そんなふうに感じ、酷くどぎまぎしてしまう。

タクシーは五分ほどで来て、ハナは玄関口で靴を履きながら、ついでのように「腹、括りなさい」と言った。

「なにそれ。括ってるよ、とっくに」

ハナは「だったらいいけど」と言い、柔らかい方の笑顔を残して帰って行った。

「どういう意味だよ」

小さく独り言を呟くと、直後にこんな言葉が頭を掠《かす》めた。

――これほどしてもらうだけの価値が、俺にはあるんですか？

閉じられた玄関扉を数秒見詰めていると、ストレイキャッツを開店してから何度も言おうとして言えなかった言葉だったような気がした。

五日連続で一部と二部にフルタイムで出勤していたので、この日は久々に六時間以上眠れる日だった。

だが残念なことに、その電話は午前八時にあった。

『あぁ、この時間だと出るんだ』

着信を受けると同時に、相手は名乗りもせずにそう言った。

「今日はたまたまだ。普段なら働いてる」

何度か着信やLINE、メールもあったが、ずっと無視していた妹のカンナからだった。

「前にも言ったよな。時間に余裕があるのは、午後二時から五時の三時間だけだって」

『そんな時間、会社勤めが私用電話出来るわけないでしょ。LINEで伝えてるはずだけど』

カンナはアツヤの四つ歳下だが、八歳と四歳の時点で口では敵《かな》わないことは分かっている。仰向けのまま喋っていたアツヤは、頭を掻きむしりながら上体を起こした。

「悪かったよ。で、なんだ？　親父が生き返ったのか？」

『笑えない』

「はいはい、悪い悪い。マジで、なんだよ」

ベッドから這うように降りて冷蔵庫を開けたが、いつも起き抜けに飲む水が切れていた。指先を泳がせ、トマトジュースで我慢することにした。

『お母さん、倒れた』

口元に運ぼうとしたペットボトルが止まった。

「貧血かなにかか？」

『違う。精密検査の結果待ちだけど、たぶん重い病気。お父さんが死んでから、ずっと心労が絶えなかったからね』

自分を落ち着かせるつもりで故意に間を取り、ゆっくりとトマトジュースを飲むと、いつもより鉄分を強く感じるような気がした。

二人の両親は共働きで、父親は大学職員、母親はフリーの絵本作家だった。家は庭付きの一戸建てで、アツヤは子供の頃から周囲の友人達を見ていて、自分達が経済的にかなり恵まれていることを分かっていた。

ところが、アツヤが大学二年生、カンナが高校一年生の夏に父親が病に倒れ、途端に生活が苦しくなった。

治療費は保険で賄《まかな》うことが出来たが、看病のために母親は仕事がほとんど出来なくなり、日々の方便《たずき》も立たない事態に陥った。

その頃のアツヤは歌舞伎町でホストを始めており、既にハナに出会い、自分でも分不相応と思うような暮らしをしていた。ただ、たまたま新宿を歩いていてスカウトされ、割りのいいアルバイト感覚でやっていることだったので、実家には黙っていた。とにかく金に困っている、大学は休学してもらうことになるかもしれない、カンナも進学は難しい。

母親からそんな報《しら》せを受け、アッヤは当時持っていた高級時計やアクセサリーなどを売り払い、三百万円を実家に送った。

当然、両親はその金の出所を気にした。

そこでアツヤは初めて、歌舞伎町でホストをやっていることを打ち明けた。

父親も母親も、カンナまでもが、アツヤが送った金を「不浄の金」と言った。三百万円は送り返され、アツヤは勘当された。

「人間は、良くも悪くも社会的な生き物だ。一人ではなにも出来ない。ならば食べていくためには、人は社会に貢献しなければならない。父さんは教授達の研究の手助けをすることを通じて、広く人類の未来のために働いている。母さんは未来を担う子供達に、夢や希望を与えている」

幼い頃からそんなことを繰り返し言っていた両親にとっては、特定の人を対象としたサービス業というものは、認められないものだったのだろう。

当時二十歳だったアツヤは、激しく反発した。

ホストという仕事は、それほど穢《きたな》いものなのか。見もしないで決め付けるな。大学職員など、学校という閉ざされた世界しか知らない専門馬鹿ではないか。絵本作家にしても、子供の頃の平和で優しくてふわふわした世界を大の大人がなぞっているだけだろう。

どちらも空虚だ。それに比べてホストの世界は、嘘も裏切りも騙し合いもあるリアルな世界だ。それを不浄というのなら、現実社会はほとんどすべてが不浄だ。

父母と最後に顔を合わせたとき、アツヤはそんなことをまくし立てた。ホストという仕事について真剣に考えたことはなかったのだが、それらの言葉はすらすらと口から出た。

勘当を言い渡された衝撃で思い至ったことなのか、前々から心の奥底に漠然とあった考えなのか、アツヤ本人も分からない。

ただ、自分が父母とは違うリアルな世界の住人なのだというあの自覚は、それ以降もずっとアツヤの中に生き続けている。

勘当を言い渡されたあと、父親はいくらか持ち直したが、それから五年後に亡くなった。

アツヤは葬儀に駆け付けたが、父に線香を上げることはおろか母とカンナに会うことも親戚によって阻《はば》まれた。

金をどのように都合したのかアツヤには知らされなかったが、実家を売り飛ばすこともなく、カンナは四年制大学に進学し中堅証券会社に就職もした。

それ以降、アツヤは母と会ってもいないし電話でも話していない。実家に住みつつ都心の会社に通うカンナから月に一度くらい電話があり、年に一度か二度、食事を共にするくらいだ。

『お母さん、ホストを辞めるなら、見舞いに来てもいいって』

「来てもいいって、随分と上からだな。俺の方から会いたがってるみたいじゃないか」

『お父さんのこともあったし、どちらかが折れないとしょうがないでしょ。私が説得して、なんとかそういう条件を引き出したんだからね』

スマホ片手にブラインドを開けると、眼下を流れる川に反射した陽光が室内を満たし、アツヤは思わず目を細めた。

ふと、五年前の葬儀のことを思い出した。

「エージは、母さんの容態が悪いこと、知ってるのか?」

中学時代のエージは悪い意味で地域の有名人だったし、たまに街中で偶然出くわすと「おう、カンナちゃん」「あぁ、どうも兼石さん」程度の言葉は交わしていたそうなので、四歳差でも見知った関係ではあった。

『エージって……あぁ、兼石さん? そう言えばこの間、家に電話があったけど』

「なんの用で? どんな話をした?」

『なんだか分かんないけど、久々に私の声が聞きたくなったとかで。あとは、お父さんが亡くなったあとのウチの経済状況はどうかとか、お兄さんとの関係はあの頃のままなのかとか……あ、お母さんのことは言ってないよ。どうして兼石さんが出てくるの？』

「いや、別に」

父が亡くなったとき、母もカンナも親戚達も、アツヤには連絡して来なかった。アツヤが葬儀に駆け付けることが出来たのは、エージが迎えに来たからだ。

歌舞伎町の店で接客中、店長に呼ばれた。兼石という男が店の前で待っている、なんでもお父さんが亡くなったらしい、という。とにかく帰れという店長の言葉に支度をして店を出ると、久しぶりに見るエージの顔があった。

「お前、なにやってんだよ！　早く乗れ！」

エージが挨拶もなくいきなりそう言い、アツヤは古いライトバンに押し込まれた。新宿から実家に向かう車中でエージはこうなった事情を時系列を無視して語った。

この前夜、エージはシンジの家に泊めてもらっていた。そして今朝、新聞を読んでいたシンジの祖父が地方版の『お悔やみ』欄にアツヤの父の名があることに気付いた。シンジの祖父は、中学から高校時代にかけて孫とつるんでいた「山室くん」を覚えており、シンジに訊いた。シンジは自宅の住所や職業からアツヤの父親だとし、それを夕方になってシンジから聞いたエージが、歌舞伎町まで来たというのだ。

車は、エージがいま稼ぎの種としてやっている買物代行サービスで使っているもので、ホストクラブの名前はここに来る前にアツヤの実家に寄り、カンナから無理やり聞き出したそうだ。

「なんかラメってるけど、取り敢えず上下黒だから良しとしようか。途中コンビニ寄ってやるから、黒いネクタイだけ買え。そのピョンピョン撥ね散らかった髪も、もうちょっとなんとかしろよ」

父の容態は密かにカンナから報せを受けていたので、アツヤは父親の死自体にはそれほど驚かなかった。だが、いつになく真っ当なことを言い、血相を変えているエージの様子には驚かされた。

『ねぇ、兼石さんがどうかしたの？』

アツヤは「いや、なんでもない」と答え、目を閉じた。

しかし銀色に輝く川面の光は、目蓋を通じて容赦なく眼球に届く。目蓋裏の毛細血管なのか、銀色に、うごめく赤黒いものが混じる。

『そりゃ妹としては、お兄ちゃんがホストやってるなんて自慢出来ることじゃないけど、お店は軌道に乗ってるんでしょ？　本当に辞めなくてもいいと私は思ってる。でも、辞めたふりくらいしてくれたっていいじゃない？』

声色が、濡れているような気がした。微《かす》かだが洟《はな》をすすり上げる音も聞こえる。風邪かとも思ったが、どうやら違う。

仕事柄、女の涙はいくらでも見たことがあるが、呑み明かした場合を除けば朝から泣く女は珍しい。

年齢だけは大人でも、カンナにはまだまだ幼いところがある。これは兄だからそう感じるという次元ではなく、アツヤがこれまで接して来た数百人と客観的に比較して感じることだ。

母が倒れ、精神的に不安定になっているのかもしれない。

そんなふうに思いはしたものの、アツヤは「辞めたふりなんか出来るかよ」と突き放すように言った。

『なんでそんなこと言うのよ！』

朝から感情的に叫ぶ女も珍しい。カンナがこんなふうになるのは、昼間でも真夜中でも、もっと珍しい。だが、

『ポーズくらいいいじゃない！　お母さん、死んじゃうかもしれないんだよ！　そしたら私達、二人だけになっちゃうんだよ！』

怒鳴り続けるカンナの声を、アツヤはほとんど聞いていなかった。

なんでだ？　なんで、俺の親父の死にそれほど血相を変えるんだ？

あのときエージに訊けなかった言葉が、改めてアツヤの脳裏を過っていた。

その後もアツヤは、週に五日を十二時間、一日を六時間、アフターや同伴を含めればプラス三時間働き、完全休養日は一日だけという日々を過ごした。

「俺達の日常にはバッセンが足りない」

忙しい日々の中、喫茶店でエージが言ったあの言葉が、アツヤの頭の中で日に日に大きくなっていくような気がした。

そしてある日の仕事前、シンジを例の喫茶店に呼び出した。

「あの居抜きはペンディング。もう一つ、潰れたガソリンスタンドも候補地に上がってさ、エージはそっちの方がイケるって言い張ってて……」

コーヒーフロートのアイスをストローでくるくる回しながらしゃべるシンジは、少しやつれているように見えた。

「ガソリンスタンドって、バッセンほどじゃないけど軒並み潰れてるじゃん？ けど跡地になにか作るなら、地下のタンクを取り出して土をきれいにしないといけないんだってな。住宅を建てるほど厳しくはないんだけど、やっぱレジャー施設を作るにも条件があって……」

やつれて見えるわりに、舌の滑りは前回会ったときよりも数段滑らかだった。

「どこぞの学校みたいに、九億を一億に負けてくれるなんて景気のいい話はないもんかね？」

結局アイスもコーヒーも口に運ばず、シンジは仰け反ってゲラゲラ笑った。

「なんか楽しそうだな。ちょっと、エージがうつってるぞ」

アツヤが言うと、シンジは「いやいやまさか」と否定したが、少し考えてから「まぁ」と言い直した。

「エージは意図してないだろうけど、あいつと行動してると、弱小土建屋の三代目としては勉強になることが多い。さっきのガソリンスタンドの件にしても、バッセンのことがなければ積極的に調べはしなかった。偶然の産物って部分は差し引いても、感謝はしてるかもな」

シンジはそう言ってから「けどエージには絶対言うなよ。あいつ、図に乗ると世界最強だから」と、予想通りのことを言い添えた。

「で、エージ抜きでの話ってなんだよ」

「うん、まぁ、例の居抜きのことがメインだったんだけど……」

なぜバッティングセンターなのか。本人ではなく、最も近くにいるシンジに確認したかったのは、それだった。

「アツヤ、ケンコーって覚えてる？」

「あぁ、ケンコーレジャーセンターか。お前らからバッセンの話が出た時、真っ先に思い出したよ。懐かしいな」

シンジは、エージがケンコーのような場所を再現しようとしているのではないかと言った。そうすれば昔の仲間が集まって、あの頃みたいな時間を取り戻せると、あいつは思っているのだと。

アツヤが「いやいや」と言うと、シンジは「もちろん」と先回りした。

「俺だって、あの日々が戻ることなんてないと分かってる。俺としちゃ、戻って欲しくもない。けどその一方で、あの馬鹿の〝俺達の日常にはバッセンが足りない〟って言葉には一票を投じたい」

「え？」

あのケンコーには、野球好きは当然のこと、暇を持て余した近隣の年寄りや、ストレスを溜めた会社員や、行き場のない不良中高生など、男性の比率がやや高いものの老若男女と言っていい人種が行き交っていた。

そこは親からも教師からも隔絶された〝社会〟で、良いことも悪いこともたくさん学ばされたような気がする。

「ま、役に立たないことが圧倒的に多かったけど」

シンジはケラケラ笑い、いまのところ役に立っていないことの例を三つも四つも挙げていった。

話が阿久津ミナの大立ち回りのことになった頃、シンジはやっとアツヤの反応が鈍いことに気付いてくれた。

アツヤが考え込んでいると、改めて前傾してコーヒーフロートに口を付けながら、シンジの方から「ところで」と訊ねた。

「前にこの店で喋ったとき、アツヤ〝強請のつもりか？〟って言ってたよな。あれって、どういう意味？」

あれから半年以上が経っている。その間、シンジは何度かエージに訊ねたという。だがエージはその都度「忘れた」だの「そんなこと言ったっけ？」だの、まともに返事をしないらしい。

アツヤは数秒だけ考えて、シンジになら伝えてもいいかと判断した。そして「八ヵ月ほど前のことだ」と話し始めた。

およそ八ヵ月前、アツヤは夜の部の仕事を終えた深夜、エージと呑んでいた。直接会うのは二年振りくらいで、エージは歌舞伎町時代からかなり変わったアツヤの容姿について、さんざん「ダセぇ」だの「イケてねぇ」だの言って笑った。

居酒屋とバーをはしごして、時刻はあっという間に午前三時をたっぷり回った頃合いとなった。路地で立ち小便をするエージに、泊まるところがないならウチに来るかとアツヤが言おうとした、そのときだった。

エージが入ったのとは逆の路地から五人の男達が出て来て、いきなりアツヤに殴り掛かって来た。

最初の一発を顎に受けて膝をつきそうになったが、重いパンチではなかったおかげでなんとか耐えた。だがすぐに、死角から背中に蹴りを喰らった。

前につんのめって顔を上げたところに、別の男の膝が迫っていた。

ヤバい、かわせない。

そう思い奥歯を噛み締めた次の瞬間、

「んなろぉ！」

チンコを出したままのエージが、膝を突き出していた男に横からタックルをかました。

膝の一万分の一くらい柔らかいエージのチンコが、アツヤの頬を掠めた。

片足立ちだった男と絡み合いながら、エージはゴミ袋の山の中に突っ込んだ。

先に立ち上がったエージは、チンコを仕舞いながら「アツヤ、お前は引っ込んでろ」と言い、残りの四人を睨《ね》め回した。

「お前ら、どこのホストだ」

エージのその言葉で、アツヤも気付いた。恐らくその五人はストレイキャッツに客やスタッフをとられたホストクラブの従業員、もしくは安い金で雇われた者達だ。

一人、見覚えのある顔があった。『ゼノン』とかいう、あまり評判の良くないホストクラブの下っ端だ。

「こいつには母ちゃんがいる。あの母ちゃんを悲しませるようなことは、こいつが許しても俺が許さねぇ」

エージはそう言って、一番近くにいた奴にドロップキックをかました。たまたまに違いないが、ゴミ袋から立ち上がろうとしている奴のところにそいつが転がって、二人がゴミ袋の山に埋もれた。

残るは三人。

アツヤは、小学生の頃から幾度となくエージが喧嘩する場面に遭遇している。客観的に評価すると、エージは決して強くはない。

ただ、めちゃくちゃ喧嘩慣れはしている。

「んなろー!」

偶然が重なったとはいえ二人がうずくまっている状況に、残りの三人はたじろいでいた。そこを見逃さず、エージは近くにあったスナックの看板を持ち上げて、振り回し始めた。

酒造メーカーのロゴ入り看板は電柱に当たって砕け散り、アルミフレームはねじ曲がり、中の蛍光灯は周囲に飛び散った。周辺の店で呑んでいた者達も、通行人達も、なんだなんだと集まって来る。

こうなると、上から言われてしょうがなくアッヤを襲っている者達にしてみれば「ヤベーのに関わった」としか思えなくなる。

恐らくエージの方でもそれは計算尽《ず》く。喧嘩慣れしているからこその好判断と言えた。

四人は逃げ去ったが、うずくまっていた一人は足首を捻《ひね》ったらしく逃げられなかった。

「もういい、アッヤ。お前はすぐに消えろ」

うずくまる男を無理矢理立たせ、壁に押し付けながら、エージは狂気の目でアッヤを睨んだ。

「と、まぁ、そういうことだ」

アッヤが説明を終えると、シンジは「え？　え？　それって、つまり……」と、言葉を探した。

「そうだよ。あの逮捕は俺を庇ったから。だから、二、三千万円貸せと聞いて、強請かと思ったんだ」

これはアッヤもあとから知ったことだが、近所からの通報で警察官がやって来て、エージは事情を訊かれた。当然、正当防衛を訴えたが、目撃者はエージが一方的に暴れている姿しか見ていない。足首を捻った男は顔面から出血しており、看板を壊したのもエージ。それだけの状況を見れば、エージが暴行と器物損壊で現行犯逮捕されてもしょうがないことだった。

「へぇ……」

半分ほど減ったコーヒーの上に浮かんだアイスは、少しばかり窮屈そうにくるくる回っていた。

口を歪めて何秒か考え込んでいたシンジが「そっか、それでアッヤは〝強請のつもりか？〟なんて言ったのか」と、自分を納得させるように頷いた。

「俺はさ、エージがバッセンにこだわる理由、なんとなく分かる気がするんだ」

ゴロワーズに火を点け、アツヤは話を変えた。

シンジはまだ気持ちの整理が付いていないのか、細長いグラスの中でコーヒーに浸食されていくアイスクリームを見詰めながら「ん？」と、気のない感じで訊ねた。

「けど、それは言わない。おまえやダイキやミナが知らない、俺だけが知ってる小学生時代の兼石エージに関わる部分だから」

シンジは「なんだよ、それ」と表情を固くした。

「俺だって、アツヤの知らないエージの情報、あるんだからな。何回、泊めてやってると思ってんだ」

「例えば？」

「例えばだなぁ……」

恐らく、普段は見えないホクロの位置だとか傷痕だとか、一緒に風呂に入ったときに知ったことが頭を過ったのだろう。シンジは何度か「いやいや」「これ違う」「あれもどうでもいい」などと呟き、「う〜ん」と考え込んでしまった。

「やめよう、なんか気持ち悪い」

アツヤは笑ってそう言ったのだが、そこでシンジが「そうだ」と顔を上げた。

「エージが思ってるアツヤのこと、聞きたいだろう」

「俺のこと？」

「そう。〝いちばん身近な女を気持ち良〜くしてやれないで、なにがホストだ〟だとよ」

確かに初耳だった。同時に、いかにもエージが言いそうなことでもある。

「いつだ」

「う〜ん、ほんの何日か前だよ」

「なんで、そんなこと言ったんだ」

アツヤが驚いている様子が可笑《おか》しかったようで、シンジは「そこまで知らねぇよ」と笑った。

ハナの存在を知らないエージにとって、アツヤのいちばん身近な女とは母のことだろう。この間のカンナとの電話によると、彼は母の病気のことを知らないはずだ。ではなぜ、そんなことを言ったのか。

「お前EDなの？　いい薬、知ってるぞ」

勝ち誇ったように笑うシンジは完全に勘違いしていたが、訂正してやるのも面倒で、アツヤは「うん……」と呟いただけだった。


あのとき、兼石エージは確かに泣いていた。

アツヤは塾の帰りで、たまたまケンコーレジャーセンターの横を自転車で通り掛かっただけだった。

小学五年生の秋だった。

パカーン、ポコーンと、金属バットで軟球を打つ音がする。ゲームコーナーの方からは、楽しげな笑い声も聞こえる。

日が暮れ掛かっていて、駐車場の照明は半分だけ点いていた。

その照明の当たらない駐車場の片隅で、エージは小さくなって膝を抱えていた。

「エージ？」

そう声を掛けると、エージはすっくと立ち上がって「よぉ、塾の帰りか？」と笑った。

笑っていたけれど、乾燥して白っぽくなった両頬には隠し切れない濡れた筋が見て取れた。

その頃のアツヤにとって、エージは授業を混乱させ教師を困らせ、けれど体育と運動会のときだけはリーダーになる、そしてなぜだかいつも汚い格好をしている、ハックルベリーみたいな存在だった。

泣いている姿など見たことはないし、想像したこともなかった。

「これから帰るのか？」

「うん。もうすぐ七時だし。エージも帰らないと、晩ご飯の時間でしょ？」

エージは「そっか、そうだな」と言って、尻の汚れを払い落とした。その動きにつられて視線を落とすと、エージの膝に大きな赤い傷があることに気付いた。改めて見ると、膝だけではなかった。腕も首も頬も、視認出来る至るところが傷だらけだ。

ほんの出来心だった。

そのとき、アツヤはふと「ご飯、ウチで食べてく？」とエージを誘った。自分のことながら理由は分からないが、なんとなく、そう言わなければならないような気がしたのだ。

エージは「うん」と頷いて、アツヤの自転車の荷台にまたがった。

その日の夕食がカレーライスとポテトサラダだったことは、アツヤの記憶に色濃く残っている。

エージはスプーンをグーで握ってカレーを三杯お代わりし、キュウリが苦手だった小一のカンナのポテトサラダも「もらっていい？」と言って平らげた。

それよりもアツヤの記憶に強く残っているのは、エージを見る両親の様子だった。

まるで、汚い動物を見るような目だった。

「名前や生まれた場所や家庭のことで、友達を差別してはいけないよ」

日頃からそんなことを言われていたことも、大きく影響していたのだと思う。

いまから思えばだが、エージは両親の中にある〝可哀想な子供〟からは逸脱しており、彼らが求める遠慮や感謝という感覚に欠けた、野蛮で不潔で礼儀知らずな生き物だったのだ。

小学五年生だった山室アツヤに、そこまで具体的なことは分からなかった。けれどあのとき抱いた両親への嫌悪感は、後にホストになったこと、その仕事を続けることへの思い、父の葬儀への出席を許されなかったことに対して「上等だよ」と思ったことなどに、直結しているような気がする。

あのあと、アツヤは両親から「あの子はもう連れて来ないで」と厳命された。それには従ったアツヤだったが、従い続けることは、両親への嫌悪感を熟成させるような期間だった。

エージが父親から激しい虐待を受け、母親からもほとんど面倒を見られることなく育ったということを知ったのは、それから数ヵ月後のことだ。

だからといって、アツヤはエージになにをしてやることも出来なかった。

そしてエージ本人も、

「俺が泣いてたなんて、絶対に誰にも言うなよ。これは男の約束だからな」

そこばかり気にしていて、アツヤは何度も約束させられた。

「それだけなら……」

意図せずに呟いて、アツヤはベッドの上で寝返りをうった。

午前の部にフルタイムで出勤し、時刻は午後二時。遮光ブラインドによって寝室は暗闇に近いのだが、なかなか仮眠を取ることが出来ない。

それだけなら、エージに対してどこか申し訳ないような気持ちを抱いていただけなら、両親とは異なる感覚を持った息子というに過ぎない。特に珍しくもない。

だが、両親を嫌いになるきっかけを作ったエージが、たった一度だけ夕飯を共にしただけのエージが、ずっと山室家のことを気に掛けてくれている。

これが、アツヤを悩ませる。

中学生になってから、エージはシンジの家に何度も行って、飯を喰うばかりか風呂に入り泊まって行くことも頻繁だった。山室家には一度しか来なかったのに、犬塚家には何度も何度も通い、大人になっても世話になり続けている。

アツヤは両親の言いつけを守りエージを家に誘うことはなかったが、「連れて来るなって言われてる」などとは冗談でも言っていない。

自分は山室家の両親に、野蛮で不潔で礼儀知らずな生き物と思われている。エージ自身が、そう気付いていたのかもしれない。

けれどそれは、未だに確認することが出来ない。

確かなことは、エージが「アッヤの父ちゃんと母ちゃんには世話になったからよぉ」と言い続け、父が死んだと知れば血相を変えて迎えに来、アツヤが襲われれば身体を張って守ろうとしてくれたことだ。

それほど、アツヤのほんの気紛れで起きたあの一夜の出来事は、エージにとって奇跡的なことだったに違いない。

バッセンとは、エージにとってあの奇跡を起こし得る場所なのだ。

エージがバッセンにこだわる理由。それは、あの一夜の奇跡にある。

自分と実家との関係にエージの存在が絡んでいるなどとは、考えたことがなかった。

同時に、ずっとそんなふうに考え続けていたような気もする。

疲れているはずなのに、眠れそうになかった。

ダイキからの電話……釘で引っ掻かれた車の傷……エージとシンジとの再会……「はい」と言いつつ口を歪めるガイの表情……カンナの涙ぐんだ声……コーヒーフロート……ほとんど食べずに捨てたピザ……ハナのお吸い物とクシャッとした笑顔……エージ

の片頬を吊り上げた笑い……いちばん身近な女……。

閉じた目蓋の内側を、ここ数ヵ月のあれこれが脈絡なくカットアップで通り過ぎる。

それらすべてが、微妙にリンクしているように思われた。

「店の扉に、ひどい落書きがありまして……」

これもまったくの無関係ではないよ、とでもいうようなタイミングで、数時間前リュウから受けた連絡が思い起こされた。

店の扉に、スプレーで『最悪の店』『つぶれちまえ』『ボッタクリ注意』などと書かれていた。すぐには落とせなかったので、ポスターを貼って隠すことにした。

そのときアツヤは、ついに店にまで嫌がらせの手が伸びたか、という程度にしか考えなかった。リュウやほかのスタッフにも「俺個人への嫌がらせだから、気にしなくていいです」と伝えた。

だが改めて考えると、なにかがおかしい。

考えたくない一つの可能性が、思い浮かんだ。

ベッドから起き上がり、「いや」と呟いてみた。だが、打ち消すことが出来ない。それどころか、考えれば考えるほど、現実的に思えて来た。

結局その日は一睡もしないまま、アツヤは午後五時に出勤した。

「福田様が消費者金融への返済が滞ってるって情報が入ったんだが、お前が借りさせたわけじゃないよな」

リュウがガイを問い質している間、アツヤは懐中電灯を持ち出して店内を隅々まで見て回った。入念にソファの下や洗面所の備品ストック庫まで照らして見ていると、スタッフの何人かが「すみません」「次からはそこも」などと謝って来た。掃除のチェックと勘違いしたらしい。アツヤは「いや、そういうんじゃないから」と曖昧に答えた。

「どうしました？」

リュウも、アツヤの様子がいつもと違うことに気付いた。

「リュウさんにだけは言っておきます。今日からしばらく、酒、控えて下さい。俺も呑まないようにするんで」

「なにかあったんですか？」

「いや、はっきりしたことは。ただ、嫌な予感がするってだけで」

リュウは「分かりました」とだけ答え、開店準備に取り掛かった。

ボヤ騒ぎが起きたのは、それから三日後のことだった。

夜の部の営業中、午後十時過ぎ、店が入るビルのゴミ捨て場から火が出た。換気口を通じて店内に煙が充満し、二十数名いた客はパニックになった。

素面《しらふ》だったのはアツヤとリュウの二人だけだったが、ほかのスタッフも一人で逃げ出すようなことはなく、なんとか無事に客を全員、店の外に誘導出来た。

不審物がないか毎日チェックはしていたのだが、店の外は無警戒だった。

燃えたのはゴミ収集用のケースとゴミ袋、停めてあった自転車だけだった。だが鎮火後数分間は、溶け落ちたケースや焦げたビルの外壁を見詰めたまま、誰もなにも言えなかった。

火の気はない。素人目にも、放火だと分かった。

五分ほどして、けたたましいサイレンとともに消防車がやって来た。野次馬達も集まって、いくつものスマホがアツヤ達に向けられた。

アツヤはスタッフに命じ、客の盾になるように壁を作らせた。

「申し訳ありません。本日はこういう状況ですので閉店させて頂きます。お怪我《けが》をされたりご気分が悪いという方は、申し訳ありませんが残って下さい」

客の半数ほどは、既に姿を消していた。残った十数人は、みんな震えていた。そのうちの一人は過呼吸の症状が激しく、真っ青な顔のまま救急車で運ばれて行った。

森村ハナの姿もあった。彼女も震えていたが、その震えはほかの客とは違う種類のもののようだった。

「ハナさん」

話し掛けようとしたが、ハナは見たことがないほど厳しい目でアツヤを睨み「もう駄目」と言ってスマホを取り出した。

アツヤとリュウは現場検証に立ち会い、事情聴取を受けた。

消防と警察の見立てでも「断定は出来ないが放火の疑いが強い」とのことだった。

リュウは扉への落書きの件を報告したが、アツヤは自宅への出前や車への悪戯については黙っていた。

「また後日、改めて聴取に協力していただきます」

そう言って解放されたのは、日付が変わって一時間近く経った頃だった。

三日ほど店を休業することをスタッフに通達するようリュウに頼み、アツヤは朝までやっている馴染みのバーへ向かった。

店内には、ボリュームを抑えたジャズが流れている。ハナが好きなソニー・クラークだったが、彼女は不機嫌な顔で奥のボックス席に座っていた。

「いらっしゃい。大変だったね」

ハナから聞いたのだろう。オールバックのマスターが、低い声で言った。アツヤは「どうも」と頭を下げ、細長い店の奥へ進んだ。

煙草をくゆらすハナの正面に、谷口マキが座っていた。アツヤは少し考えてから、マキの隣に腰を下ろした。

それが意外だったのだろう。ハナが小さく眉を動かした。

「口を割らないのよ」

まだ長い煙草を灰皿に押し付け、ハナは煙とともにそんな言葉を吐き出した。

「アツヤが来たら全部喋るんでしょ？　早く言いなさい」

マキは、この時間にしては珍しく素面だった。仕事が忙しかったのか、服装も化粧も店で会うときよりも控え目だ。テーブルにはビールがあったが、マキのグラスの方はほとんど減っていない。

「私、本当に知らない」

隣のアツヤになんとか届くくらいの、消え入りそうな声だった。「はぁ？」と言う正面のハナには、本当に聞こえなかったのかもしれない。

「本当に、知らない。本当に放火なんて……」

やや大きな声で言い直したが、途中で萎《しぼ》んだ。自分で言った「放火」という言葉に驚いたかのようだった。

ビールを半分ほど一息で呑み、小さく咳払いをしたマキは、背筋を伸ばして真っ直ぐにハナを見詰めた。

「本当のこと、言います」

ホストではなく、一人の男としての山室アツヤを好きになったこと。ストレイキャッツに連れて行ってくれたハナには、最初はとても感謝していたこと。しかしアツヤとハナの関係を知るにつれて、感謝の気持ちが嫉妬に変わっていったこと。

谷口マキは、それらを慎重に言葉を選びながら吐露した。そして、

「この気持ちをどうすればいいのか分からなくて、デリバリーを使った嫌がらせや車への悪戯をやりました」

「ほらね」

すかさずハナが言った。アツヤが「ハナさん」と間に入ろうとしたが、止められなかった。

「今日のだって、あんたに決まってる！」

「火なんてつけてない。本当です！」

「だったら、誰があんなことやるのよ！」

「そんなこと、私にも分かりません！」

静かに呑んでいたカウンター席の二人組が、首を反らしてこちらを見ている。アツヤはそちらに向かって軽く頭を下げてから、マキに「一つ確認させて下さい」と話し掛けた。

「ゼノンのセイギってホスト、マキさんの馴染みですよね」

その質問に、マキの目が怯えの色を見せたのをアツヤは見逃さなかった。

「ちょっと、なにそれ？　ゼノンって、あのろくでもないクラブ？」

　ハナの質問は無視し、アツヤは話を続けた。

「これは、俺の憶測も混じってますが……」

　ストレイキャッツに来るまでホスト遊びなどしたことがなかったマキが、アツヤに興味を持った。だがいくら金を積み上げてもハナ以上の存在にはなれないのだと悟り、ほかの店でも遊ぶようになった。その一つがゼノンだった。

　セイギの客にはなったが、アツヤに対する思いはますます強くなるばかりだった。そして、嫌がらせをするようになった。

　そんなあるとき、マキは酔っ払った勢いもありゼノンで「お金出すから、山室アツヤを襲ってくれない？」と持ち掛けた。

　ストレイキャッツに客とスタッフを取られていたゼノンとしては、渡りに船のような話だった。

　そして実行したのだが、チンコ丸出しの謎の男に邪魔をされ、襲撃は失敗に終わった。

「違いますか？」

　アツヤを見つめていたマキの視線が、ゆっくりとテーブルに移動した。

「ちょっと、なにそれ。初耳なんだけど」

　よほど驚いたのだろう。ハナも大きく目を見開いて、アツヤとマキを交互に見た。

両膝の上に置かれたマキの両拳が、わなわな震えていた。

「いや、だから今日のこともマキさんの仕業に違いないってことじゃないんです。むしろ逆、だから今日のことはマキさんじゃないって言いたいんです」

マキの手を見詰めながらそう言い添えると、固く握られた拳が少しずつ開いていった。見なくても、表情もほどかれていくのが分かる。対してハナの表情が、険しくなっているであろうことも。

「出前の嫌がらせ、車への悪戯、そして直接的な襲撃。これらは全部、俺個人をターゲットにしたものです。店やスタッフ、ましてや客が被害を被《こうむ》るようなことはない。だから今日のことや、何日か前にあった店の扉への落書きなんかは、マキさんの仕業じゃないって言いたいんです」

さきほどの怯えた目とは違う、救いを求めるような目でマキがアツヤを見詰めていた。

「ちょ、ちょっと待って……アツヤ」

混乱しているのだろう。アツヤの何倍もクレバーなはずのハナが、左手を額に置いてしばし考え込んだ。

「君がさっきから言ってること、今日の犯人に見当が付いてるみたいな言い方に聞こえるんだけど」

「えぇ。ハナさんにも言っていないことがあって、すみません」

その言葉に、マキも「じゃあ一体……？」と訊ねた。

ドアベルが〝カラン〟と鳴り、マスターの「いらっしゃいませ」という低い声が聞こえた。

一人の女性が、出入口に立っていた。店内はネオンだらけの外よりも暗い。逆光で、シルエットしか見えない。

あの眠れぬ夜以来、アツヤは何度も彼女に電話を掛けた。だが結局、一度も出てもらえなかった。そこで今夜、留守番電話にこの場所と時間を残しておいた。

女性は、真っ直ぐボックス席までやって来た。

「こんな時間に呼び出して、どういうこと？　私、明日も仕事なんだけど」

「でも来たってことは、呼ばれた理由が分かってるってことだろう。それが仕事なんかより大切だってことも」

ハナもマキも、驚いた表情で女性を見上げていた。

「挨拶しろ」

女性が立ったまま無愛想に「山室カンナです」と名乗った。

「奥さん？」

マキの言葉に、アツヤは笑って「妹です」と答えた。

「座れ」

ハナが数センチ壁際に移動し、カンナは仏頂面のままその隣に腰を下ろした。

「今日の放火……ボヤ騒ぎは、こいつの仕業です。そうだろ？」

カンナは誰も手を付けていなかったキスチョコを口に放り込み「なんの話？」ととぼけた。

「いいか、カンナ」

明日から消防と警察による本格的な捜査が始まる。指紋、足跡、そして防犯カメラ。これらを精査すれば、すぐに犯人は特定される。警察の世話になったことのないお前の特定には少し手間取るかもしれないが、それでも身元が割れるのは時間の問題だ。

「だから、これから俺と一緒に警察に出頭するんだ」

ハナもマキも、呆気《あっけ》にとられたような顔で話を聞いていた。

カンナが「だから、なんのこと？」ととぼけながら、運ばれて来たなにやらフルーティーなカクテルを呑み、やはり誰も手を付けていなかった柿ピーに手を伸ばした。

「俺個人への攻撃なら、ずっと黙っているつもりだった。でも、放火は駄目だ。客とスタッフに被害が及ぶようなことは、俺は絶対に許さない」

唇を突き出して柿ピーを食べるカンナだったが、アツヤのその言葉に「だったら、どうすればいいのよ！」と叫んだ。

認めたも同然だった。

「よく聞け、カンナ」

本格的な捜査が始まって犯人が絞り込まれてから出頭するのと、まだ事件とも事故とも確定していない時点で出頭するのとでは、大きな差がある。だから今夜だ。今夜中に出頭しなければならないのだ。

カンナの手が止まった。

「でも、どうして」

ずっと黙っていたハナが、当然の質問をした。

俯くカンナに代わって、アツヤが「俺のせいです」と説明した。

両親が、アツヤのホストという仕事に反対だったこと。そのせいで勘当され父の死に目に会えず、葬儀にも出られなかったこと。いままた母が病に倒れ、アツヤがホストから足を洗わなければ父のときと同じ事態になってしまうであろうこと……。

「こいつは俺と母親の間に立って、なんとかしようとしてくれた。でもどちらも歩み寄ろうとしないから、こんなとんでもない方法でホストを辞めさせようとしたんです」

カンナも、やっと事の重大さに気付いたようだった。

「悪かったな、カンナ。お前をここまで追い詰めてしまって、本当に申し訳ないと思ってる」

カンナが精神的に追い詰められ、それが尋常でないレベルであることに、アツヤは気付いてやることが出来なかった。ヒントはいくつも出ていたのに。

恐らくエージは一度だけ電話で、しかも数年振りにカンナと話しただけで、彼女の異変に気付いたのだ。

いちばん身近な女とは、ハナでも母でもなく、カンナのことだったのだ。

「すまなかったな」

改めて言うと、カンナは大きく首を横に振った。自分がやってしまったことの恐ろしさが、更に大きく感じられたのだろう。震える右手を左手で押さえ、けれど左手もより大きく震え始め、奥歯までカチカチと鳴り始めた。

「立て、カンナ。ハナさん、マキさん、すみませんでした」

アツヤは立ち上がり、妹の腕をとった。

そのとき「ねぇ」と言ったのは、マキだった。

「ひょっとしたら、消防も警察も、彼女まで行き着かない可能性だってあるんじゃない?」

その言葉に、ハナも大きく頷いていた。

だがこれは、これこそが、アツヤにとって譲れない部分だった。

誰も気付かないふりをしていれば、そのままにしておいてもいいのではないか。

きっとその通りなのだろう。そういう生き方の方が、賢いのだろう。以前なら、アツヤもそうしていたかもしれない。

けれどそれではいけないのだと、いまのアツヤは思っている。

「駄目なんです。俺には、同じ失敗を繰り返したくないという思いがある」

マキは首を捻り、ハナが「同じ失敗って、お父さんのことじゃなくて?」と訊ねた。

無理もない反応だったが、これは説明しても伝わらないような気がして、アツヤは黙っていた。

アツヤが言った失敗とは、エージのことだ。

あの頃のアツヤは幼かったけれど、エージを本当の意味で守ってやれなかったことを無意識にずっと悔やんでいた。そのことに、最近になってやっと気付いた。

カンナに罪を償わせないことは、あれと同じだ。

虐待と放火が、まったく別の問題であることは分かっている。けれど、真相を知っているのに見逃すという意味では同じだ。

無関心を装うこと。それは、本物の無関心よりも質が悪い。

「これから、こいつと一緒に出頭します。ここの会計、お願いしていいですか?」

アツヤが言うと、ハナが「もちろん」と答えた。

カンナと同時にマキが立ち上がり、「辞めちゃうの?」と訊ねた。

「え?」

「さっき妹さんに謝ったでしょ。それはつまり、ホストを辞めるってことじゃないの?」

アツヤは少し考えてから「いえ」と答えた。俯いていたカンナが、アツヤを見上げた。ホストは辞めない。母の前で辞めたふりもしない。自分がなぜこの仕事を続けるのかを説明し、母を納得させる。

「父のときだって、そうすればよかったんだ。時間はあまり残されてないかもしれないけど、やってみせますよ」

店の客、それもかなり〝イタい〟客であるにも拘わらず、マキは「でも……」と呟いた。

太客であり店のオーナーであるハナまでも、「いいの?」と訊ねた。

カンナは黙り込み、深く項垂れていた。

アツヤは俯く妹の頭にそっと手を置き、ハナとマキに言った。

「ある奴が言ってたそうなんです。〝いちばん身近な女を気持ち良〜くしてやれないで、なにがホストだ〟って。それを聞いて、確かに、と思った次第です」

むしろ、ホストを続ける宣言のようなその言葉に、イタい方の客は複雑な表情を浮かべていた。

太客の方は、微かに笑みを浮かべていた。

「今後とも、ストレイキャッツをよろしくお願いします」

深々と頭を下げ、アツヤはカンナを連れて店を出た。

平日の午前三時になろうとしているのに、通りには酔客や呼び込み、派手な格好をしたキャバ嬢やホストで溢れていた。

「行こうか」

カンナは小さく頷いたが、なかなか歩き出そうとしない。

閉じられた重い木製の扉の向こうから、小さく『クール・ストラッティン』が聞こえていた。

「顔、上げろ」

カンナはもう一度頷き、洟をすすり上げて前を見た。

そして小さく一歩、踏み出した。

四　消えない鈍痛

公団の三階にあるその部屋からは、満開のソメイヨシノがよく見えた。

枯葉の時季は大変だろうが、この季節は南向きの窓のすべてが動く日本画のようだ。

花びらが舞い落ちるベランダで、何羽もの雀《すずめ》が米粒をついばんでいた。人に馴《な》れることがないと言われる雀にしては、かなり無防備に見える。長い間、米粒を与え続けているのかもしれない。

「……つまりですね、上原《うえはら》さん。解約するのは簡単ですが、それではこれまでの二年が無駄になるんです。もうお一人ご紹介頂ければプラチナ会員になりますし、考え直して頂きたく……」

若手社員の古町《ふるまち》が喋っている隣で、狩屋《かりや》コウヘイはぼんやりと窓の外を眺めていた。

「でも息子が電話でねぇ、すぐ解約しろってうるさくて」

「ですから、息子さんはなにか勘違いなさってるんだと思います。連絡先を教えて頂ければ、私から丁寧にご説明致しますから」

狩屋は出された茶に手を伸ばし、そのグラスにカップ酒のラベルが付いていることに気付いた。そして恐ろしく薄い茶をすってから、あまり視線を動かさないようにしながら改めて室内を観察した。

後期高齢者の男性一人暮らしにしては、部屋はきれいに保たれている。だが、デジタル変換器の付いたブラウン管テレビ、大きくて黒いラジカセ、花柄模様の炊飯器とポット、同じく花柄のテーブルクロスなど、視界に入るもののほとんどが昭和チックだ。固定電話はさすがに黒電話でこそないが、それでもかなりの年代物だ。その脇に置かれたメモは裏が白い折込み広告を切って束ねたものだった。

さっきトイレを借りたとき、タンクの吐水口にピヨピヨと音が出るヒヨコの玩具が付いていて、狩屋はつい「懐かし〜」と呟いてしまった。

映画のセットでもこれだけ揃えるのは大変だと思われるほど古めかしい住まいの中で、台所に据えられたウォーターサーバーが異彩を放っている。

「もし月々のお支払いが大変でしたら、安いコースへ変更することも可能ですので……」

頑《かたく》なな上原老人に古町がそう言い掛けたとき、ここまでずっと黙っていた狩屋は「おい」と口を挟んだ。

「では上原さん、息子さんの連絡先をお願い致します。我々からご説明申し上げて、それでも継続が難しいようでしたら、改めて解約の手続きにお伺いしますので」

上原老人は財布からヨレヨレの名刺を取り出し、老眼鏡を掛けて折込み広告の裏に電話番号を書き写した。


「あの、狩屋課長。さっき、なんで止めたんですか？」

公団を出てコインパーキングへ向かいながら、古町が訊ねた。

「安いコースの提案は、まだ先だ。このまま最低でも一年はクリアしないと、ボーナスポイントが付かないだろう」

二人が勤める会社『ルンルン・ヘルシー』は、ウォーターサーバーの販売代理店をやっている。新規顧客を獲得すると、三年ごとにメーカーから代理店へボーナスポイントとしてまとまった額が支払われることになっている。別のコースへ移行すると、そこからリスタートということになってしまう。

「はぁ……じゃあ、僕から息子さんに電話をして、それでも駄目だった場合……」

「電話なんかしなくていい」

「え？」

公団の敷地を囲むように植えられたソメイヨシノはすべて満開で、あちこちで老人グループが花見を楽しんでいた。上原老人も、このあと仲間に誘われているので出掛けるのだと言っていた。

営業車の助手席に乗り込み、狩屋は「あのなぁ古町」と説明を続けた。

家の様子、ベランダの雀、ヨレヨレの名刺、メモに書かれた息子の会社の市外局番を見て、狩屋は上原老人と息子が疎遠になっていることを察していた。

「恐らく名古屋に住んでる息子が年末か正月に来て、ウォーターサーバーに気付いた。それで〝こんな無駄な金を使うなら、孫になにか買ってくれ〟とかなんとか、ギャンギャン言ったんだろう」

「孫って、そんなのいるかどうか分からないでしょ」

「いるよ。電話台の向こうの壁に、ガキが二人写った年賀状が何枚か貼ってあった。三年前で止まってたがな」

「そんなとこまで見てたんですか。けど年賀状が三年前で止まってるだけじゃ、疎遠だなんて言い切れないでしょ」

「言い切れるよ。いまどき、幼い孫が遠くにいればネットで顔を見て話せるようにセッティングしてやるだろ、息子の方から。あの家には、ネットに繋がるテレビもパソコンもなかった」

「はぁ、言われてみれば……」

この日の狩屋は、営業成績が振るわない古町に同行して気付いたことがあればアドバイスするよう、上司から命じられていた。

午前九時から五軒の客の家に同行して、成績が振るわない原因は充分過ぎるほど分かった。

まず、一件に時間を掛け過ぎる。上原老人の家には一時間ちょっといた。これでは一日に五、六軒が限度だろう。狩屋が単独で回る場合、少なくとも十五軒は回る。

次に、これは時間が掛かる原因でもあるのだが、一人一人への説明が丁寧過ぎるのだ。ましてや、向こうがなにも言わない段階で安いコースへの変更をこちらから持ち掛けることなど、もってのほかだ。

ルンルン・ヘルシーは、ウォーターサーバーだけでなくサプリメントや浄水器、健康食品、健康器具、害虫駆除、水回りのリフォーム、下水管やエアコンの清掃、弁当宅配に至るまで、健康と住まいに関するありとあらゆるものの販売代理と営業代理を請け負っている。もちろん合法的な歴《れつき》とした株式会社ではあるが、いわば他人《ひと》の褌《ふんどし》で相撲を取りまくっている会社だ。

本来なら、サプリメントか弁当宅配辺りから入って、徐々に大きな契約に繋げるべきだ。だが月々の支払いが一万円近くになるウォーターサーバーから入った上原老人の場合、次の契約に繋げるのは難しい。つまり狩屋の目から見れば、時間をかけるだけ無駄な〝死に客〟だ。

「じゃあこれから、俺の客のところへ行く。十分で新しい契約を結んでみせるから、よく見とけ。OJTってやつだ」

あれこれ説明するより、手っ取り早いのかもしれない。狩屋はそう思い、行き先を指示した。

そうして向かった古い木造の一軒家で、狩屋は藤田《ふじた》という老女から「あら、いらっしゃ〜い」と歓待された。

喜寿《きじゅ》を過ぎたその老女は夫が遺した家で、十何年も一人暮らしをしている。庭にいる小汚い雑種犬は二十歳が近いとかで、老女以上にヨボヨボのヨレヨレだ。

狩屋はその家で、関節痛と尿漏れに効くとされるサプリメントの半年契約を結び、更に浴室とトイレの排水口をチェックする約束も取り付けた。それらの話は、実際に十分ほどで終わった。

「もう帰っちゃうのかい？　狩屋さんに食べてもらおうと思って、美味しいおまんじゅうを買ってあるんだけど。そちらの若いお方は、おまんじゅうなんか嫌いかしら？」

なんとか引き止めようとする藤田に「次の約束がありますので」と詫び、狩屋と古町は藤田宅を後にした。

「ほらな、十分で数万円。排水口の方もものに出来れば、数十万になる。営業なんて、丁寧ならいいってものじゃないんだ」

営業車に戻り狩屋が言うと、古町はなにも答えずに車を出した。

彼がなにを考えているのか、狩屋にはなんとなく分かった。

「なんだ。言いたいことがあるならハッキリ言え」

「いまの女性は……」

「そうだよ。だったらどうした」

藤田は、ずっと専業主婦だったせいか交渉ごとには疎《うと》い。子供はおらず、親族とは連絡も取り合っていない。そして、恐らく軽い認知症を患《わずら》っている。

狩屋はそこにつけ込んで、少額の契約を繰り返し結んでいる。だだっ広い家は持ち家で、年金は月に八万円程度。そのうち支払い可能なのは二万から三万という計算に基づいて、取りはぐれのないよう五年ほどマメに足を運び続けている。

もちろん、月々二、三万円の売上げのために五年も通い続けているわけではない。狩屋の最終的な目標は、持ち家を売って施設に入るという段階になったとき、間に立つことだ。ルンルン・ヘルシーに不動産取引業務の免許はないが、藤田から委任状にサインをもらえさえすれば、百万円以上の交渉手数料を狩屋個人が受け取ったとしても違法性はないはずだ。

「大局と小局の両方を考えろとは、いまのお前には言わない。ただ時間は有限だと肝に銘じろ。まずは、効率と生産性を考えて行動することからだ」

ビジネス系専門学校中退二年目、弱冠二十歳の古町に言いたいことは山ほどあったが、それは上司に報告すればいいことだと判断し、三十三歳の中堅社員である狩屋はそう言って話を終えたつもりだった。だが、

「そういうことで、いいんでしょうか」

ハンドルを握った古町が、珍しく狩屋に意見した。

「藤田さんは課長のお客様ですから、あれこれ言いません。けど、上原さんは僕のお客様です。その上原さんに対して、僕は間違ったご提案をしているつもりはありません。数日に一回、重たいペットボトルの水を買っている方に〝こういうものがあります〟とご提案して、二リットル百数十円で買ってる水と、お湯も使えるサーバーやボトル交換の手間、階段を上り下りする負担のことなどを説明して、ご納得頂いて……」

「分かってるよ、そんなことは」

「いいえ、そこじゃなくて。契約の際、マニュアル通りクーリングオフやコース変更の説明は〝約款《やっかん》を読んで下さい〟と言うに留めていることです。しかし、それでいいんでしょうか？　詐欺とまでは言いませんけど……」

「おい」

「すみません。言い過ぎでした。けどなんだか、さっき加藤《かとう》さんのお宅で娘さんに言わ

れたこと、外れてはいないと思います」

加藤とは、上原の前に訪問した古町の客だ。一人暮らしの老婆なのだが、今日は四十過ぎと思しき娘が待ち構えていた。その娘に「細かいことが理解出来ない年寄りを騙し続けて」と、決まりかけていたシロアリ駆除を断わられ、定期購入していた健康食品まで解約させられたのだ。

「例えば上原さんと加藤さんがたまたまお知り合いで、あの娘さんが上原さんに解約を勧めるということも、ない話じゃないですよね。そんなことになるくらいなら、予めこちらからお客様にとってより良い条件をご提案することも……」

こういう疑問や不安を感じる若手社員は、過去に何人も見て来た。狩屋自身も、若い頃は大いに感じていたものだ。

だがいまは、こうしたことを考えるのがただただ面倒だった。

「同じ公団でも横の繋がりが希薄な時代だぞ。ましてや加藤さんと上原さんは、まったく違う町に住んでる。たまたま知り合いなんて偶然は、万に一つもあり得ない」

「でも……」

「あのなぁ古町。こっちはなにも、紙っぺら一枚で金だの宝石だのの権利だけを売りつけるような会社じゃないんだ。実際の商品は届いてるし、それが客の生活に役立ってる。そうだろ？　だから最低限の説明をしていれば充分。気付かない方が悪いんだよ」

過去、たいていの若手社員はそれで黙ったものだが、古町は違った。

「申請主義ってやつですか？」

「は？」

「なんか、お役所みたいですね」

営業車は、狩屋の知らない多摩地区のどこかを走っていた。若手社員のお守《も》りなど、狩屋にとっては面倒なだけだった。だから本来なら「かもな」とでも答えておけばよかったのだが、「お役所」という言葉が狩屋のスイッチを押してしまった。

「こっちは、しっかり約款を渡してるんだ。クソ役人がそんなことするか？　誰も気にしてねぇ法や条例を万人が理解してる前提で、権利を主張しない限りなにもしてくれねぇだろうが。窓口担当程度じゃ、法や条例の解釈を完全に間違えてることだってある。あんなのと一緒にするんじゃねぇよ」

「気付かない馬鹿が悪いんだってスタンスは、同じだと思いますよ」

古町の言葉は、悔しいが全面的に正しかった。

だからといって、今更どうする。

胸の奥深いところで、誰かがそう囁く。

「そんな大きな話をしてるんじゃない。とにかく、売上げに繋がらない説得や説明は、ただの無駄話。効率と生産性、この二つだけを考えろ」

狩屋が止《とど》めのように言うと、古町はやや不満そうではあったものの「はい」と頷き、それ以上反論をしなくなった。

「え？　なにか言ったか？」

助手席でぼんやりしていたら、古町がなにか言ったような気がした。古町は「いえ、なにも」と不機嫌な様子で答えた。

藤田の家を訪問したあと古町の客を二軒回り、帰社する途中だった。

「コウヘイ、あんたなにやってるんだい」

そんな声が聞こえたような気がしたのだが、古町が狩屋のことを「コウヘイ」と呼ぶわけがない。空耳らしいが、やけに生々しかった。浅い眠りに落ちていたのかもしれない。

本来なら帰社して上司に古町の問題点を報告しなければならないのだが、狩屋は酷く気疲れしていた。時刻は午後六時過ぎ。四月の太陽はまだ沈み切っておらず、直帰するには早過ぎる時刻だ。

営業車が、狩屋も知っている街を通り掛かった。地元ではないが、懐かしい街だ。

駅前の信号待ちで、狩屋は古町に「ここで降りる」と告げた。

「珍しいですね。直帰ですか？」

「あぁ、ちょっとバッセンでも寄ってくわ。部長には言うなよ」

「はぁ……バッセンって、バッティングセンターですか？」

ハザードを点けながら古町が微かに笑ったような気がして、狩屋は「なんだよ」と訊ねた。

「バッティングセンターって、なんだか狩屋課長が言う効率とか生産性って言葉の、対極にあるような施設だと思って」

「うるせぇ。オンとオフは別だ。オフは思い切り、無駄なことをやるんだよ」

「分かんないなぁ……あ、青だ。交差点渡ってから停めますから、待って下さい」

分かんねぇのはお前の方だよ、という言葉を呑み込み営業車から降りた狩屋だったが、改めて周囲を眺めてみて「あれ？」と気付いた。

懐かしいはずが、すっかり見覚えのない街並みに変わっていた。

駅前広場はペデストリアンデッキで歩車分離になっており、そこを取り囲むように商業ビルが建ち並んでいる。家電量販店や大手ファストファッションの看板も見える。

高校生の頃、何度か行ったことのあるバッティングセンターがどこにあるのか、まったく見当が付かなかった。

スマホを取り出し街の名前とバッティングセンターで検索したが、ヒットしない。帰宅ラッシュで、人通りは多かった。狩屋は仕方なく、地元住民ぽい人に訊いてみることにした。

バッティングセンターに縁がありそうな学生や若い会社員に声を掛けたが、五人連続で「知らないですねぇ」「なかったと思いますよ」と空振りだった。そこで年齢層を若干高めに設定し、三十歳前後の男にアタック。

「あの、すみません」

サンダル履きで手ぶらという、いかにも地元住民という感じの痩せた男だった。急ぎの用でもあれば申し訳ないと遠慮するところだが、自動販売機の釣り銭口に指を突っ込んでいたところから判断して、超が付くくらい暇であることは間違いない。

「お忙しいところ、すみません」

「なんだよ嫌味かよ。見ての通り、まったくもってお忙しくねぇよ」

面倒臭いタイプに声を掛けてしまったかと後悔したが、幸い連れらしき男が「こらエージ、絡むな」と間に入ってくれた。こっちの男は、まったくの人畜無害という感じだった。

「すみません。この辺りにバッティングセンターがあったはずなんですけど、街並みが変わっちゃって分かんなくて。ご存知ないですかね?」

人畜無害の方が「あぁケンコーか」と答えた。

鋭い目付きで狩屋を上から下まで見ていたガラの悪い方が、急に相好《そうごう》を崩して「お〜、懐かしいなぁ」と言った。

　狩屋も思い出した。確かそのバッティングセンターはケンコーレジャーセンターという名前だった。すると、趣味の悪い電飾でゴテゴテした黄色い看板が、記憶の奥の方から鮮やかによみがえった。

「そうそう、それです。確かこの辺りですよね」

「残念、あれは北口だよ。駅の向こう側」

「あ、そうでしたか。どうもありがとう」

　狩屋は礼を言って駅の方へ向かおうとしたが、ガラの悪いのが「行くの？」と、絶対に野球経験はないであろう妙チクリンなバッティングフォームを見せた。

「えぇ、まぁ、ストレス発散に」

「いいよなぁ、バッセン」

　改めて男の風体を観察しながら、狩屋は「はぁ」と曖昧に返した。

　三十歳前後にしては若々しい、というか子供っぽいところがある男だった。デザインではなくナチュラルに擦《す》り切れたジーンズに、ヨレヨレのポロシャツ、髪の毛は長くはないが方々へ撥ね散らかし、無精髭もおびただしい。まず、働いているという雰囲気がいっさいない。

　ひょっとして、教えた代わりに金を要求されたりするのだろうか。痩せぎすなので力尽くとなれば負ける気はしないが、ポケットの中に危険なものを持っていないとも限らない。

あれこれ心配する狩屋をよそに、その痩せた男は「バッセンかぁ……」となにやら考え事をしていた。

「ありがとうございました」

狩屋はその隙に、聞こえるか聞こえないかギリギリの声で礼を言い、ペデストリアンデッキに繋がる階段へ小走りで向かった。

駅の反対側は、完全に再開発から取り残されていた。

飲食店が入っていたであろうテナントビルの一階には、軒並み〝貸店舗〟の貼り紙がある。道路や建物には変化がないので、狩屋は記憶を頼りにケンコーレジャーセンターを目指した。

道中、やはり見覚えのある商店街を通り掛かったが、そこもシャッターが目立った。

狩屋がそのケンコーレジャーセンターに通っていたのは高校時代のある一時期だけ、それもせいぜい五、六回だ。

その頃の狩屋は野球をやっていて、強豪高校の二年生部員だった。中学の軟式野球では都内でも数本の指に入る長距離ヒッターのつもりだったが、セレクションを経て入部した同級生は硬式経験者ばかりで、入ってしまうと狩屋は技術も身体つきも「まぁ普通？」程度の存在でしかなかった。

すぐにでもレギュラーになれると思っていたのに、二年春の段階でベンチ入りすら叶《かな》わず、更には上級生による不条理なシゴキが当たり前の時代だったこともあり、狩屋は練習をサボりがちになっていた。悪い仲間達とつるんで方々で喧嘩やカツアゲを繰り返し——いまから思えば逃げでしかないが——野球のことを忘れようとした。

野球部の中では普通の身体つきでも、遊び歩いているような高校生の中ではかなりの巨漢だったので、仲間の中では用心棒のようなポジションだった。実際、喧嘩で遅れを取ることはなかった。そんな荒れた暮らしの中で、ふと訪れた場所の一つがケンコーだった。

そこで狩屋は、初めて喧嘩に負けた。みっともないことに、その相手は女子中学生だった。護身術の心得でもあったのか、強烈な金的を食らったのが敗因だった。不意を突かれたとはいえ、自分より二十センチくらい小さな娘に数秒で昏倒《こんとう》させられたことは、屈辱以外の何物でもなかった。
五、六回通うことになった理由は、その女子中学生を探すためだった。しかし結局見付からず、地元から自転車で三十分ほど掛かることもあって、狩屋は野球部の練習に戻った。悪い仲間達とも、自然に疎遠になっていった。

狩屋は、そこでの出来事を忘れようと努めた。そして、施設の名前は忘れることに成功した。だがあの屈辱だけは、頭が忘れても股間が覚えていた。

そんな場所なのに、なぜか狩屋はそのケンコーレジャーセンターのことが好きだった。好きと言い切ることが出来るほど明確な感情ではないのかもしれないが、少なくとも気になる場所ではあった。

小学生から近所の老人まで客の年齢層は幅広く、野球少年やソフトボール女子はもちろん、スーツ姿の会社員もいれば、遊び癖の付いた中高生もいた。暇を持て余した老人達はお喋りに興じ、たまに少年少女に自販機のうどんやホットサンドなどをおごってやっていた。

そうした様子を見ながら、高校生の狩屋は友人と一緒に「なんなんだよ、これ」と言いつつも、同時に、なんかいいなと感じていた。

そんな懐かしい感覚と股間の痛みを思い出しながらケンコーレジャーセンターに辿り着いたはずだったが、そこには駐車場付きのコンビニエンスストアがあった。

記憶違いかもしれないと思いコンビニを中心に周辺を二周してみたが、バッティングセンターは見当たらない。近付けば聞こえるはずの〝カキーン〟〝パコーン〟という音も聞こえなかった。

やはりケンコーレジャーセンターの跡地が、コンビニになったということのようだった。

喉の渇きを覚え、狩屋はそのコンビニで発泡酒を一本買った。レジの女性に「ここって、昔はバッティングセンターでした？」と訊ねてみたが、女性は「さぁ」と素っ気なかった。

それはそうか、店長クラスでもない限り、この土地が元はなんだったのかなど気にする者などいない。

そう考えて諦めようとした狩屋だったが、隣のレジにいた年輩の男性が「確か、そうですよ」と答えてくれた。

「十年くらい前まで、バッティングセンターだったと聞いてます。ねぇ笹の屋のおじさん！」

男は確認のためか、イートインコーナーに話し掛けた。

狩屋が目を向けると、出入口脇の奥まった場所にあるカウンターで、小中学生が漫画を回し読みしたり駄菓子を食べたりしていた。その中に混じって、最年少の子の八倍くらい年上の老人がいた。

「この店が出来る前、ここってバッティングセンターだったんだよね！」

ほとんど怒鳴るような声だった。

大福を食べていた老人が、口をモグモグさせながら宙を見上げた。つられて周りの小学生数人も、窓の外を見た。

「あぁ、ケンコーだな」

老人が答えると、なにが可笑しいのか小学生達がクスクス笑い始めた。何人かは小声で「ケンコーだな」と大袈裟《おおげさ》に声真似をしている。

「もう十年になるかい？」

「この店九年目だから、それくらいじゃないかな！」

「そうか。この大福、クリームが入ってるがなにかの間違いではないのか」

「間違いじゃないよ。あんことカスタード入ってる！」

「あまり日持ちしそうにないな。ケンコーの管理員はどうしている」

「知らないよ！　バッセンとこの店は関係ないもん！」

「なんでなくなったんだ？」

「さぁ、野球人口減ってるし、流行《はや》らなくなったんじゃないかな！」

「違う、みたらし団子だ」

「みたらし団子？　今日は売り切れだよ！」

小学生達の笑い声が、クスクスから大きくなった。

レジの男は狩屋に向き直って、「だ、そうです」と言った。

いらない情報が大量に混ざっていたが、とにかくあのケンコーレジャーセンターはもう存在しないらしい。

道を訊ねたあの男達も「懐かしいな」と言っていたので、潰れたことを知らなかったようだ。

狩屋は「どうも」と礼を言い、かつての駄菓子屋みたいなそのコンビニを後にした。

ほかのバッティングセンターを探す気にもならず、狩屋は午後七時半に帰宅した。いつもよりかなり早い時間だった。

「ちょっと～、もう～、早く帰るなら言ってよ～」

妻のユズカは、狩屋の顔を見るなり「お帰り」の代わりに高い声でそう言った。

「メールくらいしてよね。なにも用意してないわよ」

平日の狩屋は、滅多に自宅で夕食を食べない。たまに帰りが早くなる場合は、夕方六時までにユズカに連絡することになっている。

「悪い悪い、出先から急に直帰することになったもんだから」

ユズカと息子のケントは、ちょうど夕飯を済ませたところのようだった。

「有り合わせでいいよ」

「有り合わせって言われても、ご飯と味噌汁と納豆と、あとは缶詰くらいしか」

「うん、充分」

そう答えながら冷蔵庫から発泡酒を取り出そうとすると、鮭の切り身が一枚、目に入った。

「鮭あるんだ。これでいいや、朝飯みたいだけど」

「それは駄目。ケントのお弁当の分だから」

弁当のおかずなど適当にほかのものに替えれば良さそうなものだが、ユズカはきっちりした性格で、急な予定変更を極端に嫌う。それが分かっている狩屋は「じゃ、サバ缶で」と折れた。

ダイニングには、微かにハーブの匂いが残っていた。なにかの香草焼きだったらしい。ユズカの得意料理であり、ケントの好物だ。

「豚？　鶏？　白身魚？」

ダイニングテーブルで宿題をやっていたケントは、計算ドリルに目を向けたまま「お魚」と答えた。なんとなく、機嫌が悪いことが察せられた。

「なにかあったのか？」

味噌汁を温め直しているユズカに聞こえないよう狩屋が訊ねると、ケントは鉛筆を止めて顔を上げた。上唇を突き出し、頬を膨らませている。機嫌が悪いときのケントの癖だ。それに加えて今日は、ほんの少しだが眼鏡の奥の目が赤く見える。

「塾のことか？　体操スクール？　それともピアノ？」

小学四年生のケントは、塾と習い事で多忙な日々を送っている。狩屋が挙げたもの以外にも、算盤《そろばん》と英会話教室に通っており、スケジュールはビッシリだ。土曜日などは弁当持参で、三ヵ所を回らなければならない。

四年生になる直前、体操を辞めて少年野球チームに入りたいと言い出したのだが、ユズカに反対されている。今日もそのことで一悶着《ひともんちゃく》あったのではないか、と狩屋は思った。

「お父さんが援護射撃してやろうか？」

狩屋がおどけた調子でライフルを構えるポーズをすると、ケントはなにか言おうとした。だがそのとき丁度、ユズカがお盆を持ってダイニングにやって来た。

「もういいよ」

ケントはそう言って、またドリルに取り掛かった。

「はい、お待たせ」

サバの味噌煮缶は温めて皿に盛られ、針生姜が添えられていた。

「おう、けっこうな夕食だ。サンキュな」

「なに話してたの？　野球チームのこと？」

「聞こえてたのか？」

「ううん、なんとなく。で、あなたはどう思う？」

狩屋はサバと白飯を頬張って数秒考えてから、「俺はいいと思うけど」とケントの側に付いた。

「体操を辞めるんなら、月謝はそれほど変わらないだろ。同じ身体を動かすなら、好きなことをやらせた方がいい。俺も色々と教えてあげられるし」

「分かってないなぁ。まだ身体が出来上がってないうちは、体操か水泳をやる方が理に適ってるの。特に野球は動きが左右対称じゃないし、ポジションによっては肘とか肩とか悪くするし、小さなうちからやるのは良くないの。あなただって、甲子園を目指して結局は叶わなくて、残ったものといえばその燃費の悪い身体と腰痛だけじゃない」

「俺のことはどうでもいい。小さいと言っても、ケントはもう小四だぞ。プロ野球選手はだいたい、これくらいから始めてるみたいじゃないか」

狩屋のその言葉に、ユズカは「プロォ？」と素っ頓狂な声を上げた。

「それ、スポーツで食べて行ける確率がどれくらいか分かって言ってんの？」

「いや、まぁ、知らないけど。理に適ってるとか確率なんて言葉、持ち出すなよ。仕事じゃないんだから」

「なんで仕事だといいの？」

「決まってるだろう。仕事は遊びじゃないからだ」

「じゃあ、子育ては遊びなの？」

「違うよ。そういう意味じゃない。とにかく、ケントが自分からこれがやりたいって主張するのは初めてだろう。そこは尊重してやってもいいんじゃないかって言ってんだ」

「尊重？　子供の意見を尊重して、それでなにがどうなるの？」

「そりゃ、お前に言わせりゃ無駄かもしれないけど、無駄なことだって時間が経てば意味を持つことも……」

「それを繰り返した結果が、私とあなたなんじゃない」

そう言われ、狩屋はなにも言い返せなくなった。

狩屋とユズカは同級生で、高校生の頃に出逢い、二十二歳で結婚した。その結婚のきっかけは、ユズカのお腹にケントが宿ったからだった。

フリーターだった狩屋は必死でサラリーマンのクチを探し、なんとかいまの会社に就職した。三十半ばに差し掛かったいまでも月給は手取りで二十万円ちょっと、ボーナスは出たり出なかったりだが、技術も資格も持たない高卒としてはまずまずとしなければならない。

ユズカも、ケントを産んだ一年後からずっと複数のパートを掛け持ちし、家計を助けてくれた。

狩屋の方は〝狭いながらも楽しい我が家〟的な生活に満足していたのだが、ユズカには一つの野望があった。

ユズカは、いわゆる中流家庭に育った。かつて3Cと呼ばれ憧れの対象だった三種の神器を、当たり前のように所有する九〇年代の一般的な家庭だ。しかし九〇年代は九〇年代で、細分化され過ぎたが故に名付けられることのなかった富の象徴があった。たとえば高級車、最新家電、年に一度の海外旅行、そして子供の教育だ。

中流の子は中流。それ以下になることはあっても、それ以上になることはない。子供は、日常の中で触れるヒト・モノ・コトのすべてを当たり前として受け入れながら成長し、自分の将来像も親の姿から大きく飛躍しない。

誰が決めたわけでもないが、身近な人間を見回せば現にそうなっている。

狩屋はそれをしょうがないと思っていたが、ユズカは冗談じゃないと考えていた。

〝子供の可能性は無限のはずだ〟と。

だから、子供の教育には妥協しない。金と時間を掛け、あらゆる可能性に種を蒔《ま》く。

そして、自分達は一切の贅沢《ぜいたく》を諦める。

結婚直後、大きなお腹をしたユズカからその考えを聞いたとき、狩屋はなんとなく「おぉ、カッコいいじゃん」と答えた。

ユズカの野望。それは中流トンビである自分が、ケントを上昇気流に乗るタカに育てることだ。

ユズカが思い付く限りの幼児教育を、経済的に許される範囲で受けたケントは優秀だった。

だが三年前、私立小学校の試験を受けたときにユズカの挑む壁がいかに高く険しいものかが明確になった。

面接時に両親の学歴と職業と年収を訊かれ、正直に答えたら、不合格となった。ユズカはそれを「やんわりとした門前払い」と断言した。募集要項には明記されていないが、合否を左右する最も大きな要因は家庭環境だと、ネットやママ友の間で噂話として出回っているとのことだった。

狩屋は慰めるつもりで「噂に過ぎない」「ケントが緊張して実力を出せなかったのかも」などと言ったのだが、それは却ってユズカの怒りを倍増させただけだった。

結局公立小学校に入学したケントの生活は、ユズカによって管理されるようになった。放課後のスケジュールは塾と習い事でいっぱいで、ユズカが家にいる時間帯は彼女の目が届くリビングかダイニングで勉強をし、テレビとゲームは一日に各一時間、たまにテレビのバラエティ番組を観ているときも「こんなので笑っちゃ駄目」などと叱られた。

彼女が急な予定変更をヒステリックに怒るようになったのも、その頃からだ。

狩屋は何度か「やり過ぎだ」と意見したものの、いつも「ケントのため」だと言われて引き下がった。

いつか腰を据えて話し合わなければならない、そのときはケント本人の意見を第一に考えよう。そんなふうに思いながらもなんとなく日々の忙しさにかまけていたら、あっと言う間に三年も経ってしまった。

「……そのうえ野球チームなんか入ったら、週末に試合があるじゃない。適度な運動は体操スクールで充分……」

ユズカはまだ自分の正当性を主張していた。

「もういい。分かったから」

狩屋は箸を置いて言ったが、ユズカは「いいえ、分かってません」と、この日最大級に声を荒らげた。

そのときだった。

「もういいってば」

ケントが両手でダイニングテーブルを叩き、ドリルを抱えて自室へ駆けて行った。

なぜだ。

ケントの後ろ姿を見ながら、狩屋は思った。

なぜ、こんなことになった。

自問するが、答えは一切聞こえない。

ユズカがやっていることは、病的と言っても差し支えない。見ようによっては虐待だ。

「ケントのためじゃなくて、お前自身の自己満足のためなんじゃないか?」

そんな言葉が、喉元で滞る。事実だが、ユズカを目覚めさせるどころか火に油を注ぐ言葉に違いない。

「先に入るから、洗い物よろしくね」

狩屋が食事を終えると、ユズカはそう言って浴室に向かった。

狩屋コウヘイには、明確な父親像というものがない。狩屋が二歳のときに病気で亡くなった父のことは、まったく記憶にない。母は再婚せず、昼は弁当屋、夜はスナックで働いた。ほとんど家にいない母に代わって狩屋の面倒を見てくれたのは、母方の祖母だった。せめて祖父がいれば男親の威厳とか威圧感のようなものを知ることが出来たのかもしれないが、その祖父も狩屋が生まれるずっと前に亡くなっていた。

それがすべての原因とは思わないが、ケントの教育に関してユズカと口論になると、狩屋はだいたい口ごもり、結局はユズカの意見が通ってしまう。

ケントが歩けるようになった頃、三人でスーパーへ買物に行くのが週末の習慣だった。川沿いの遊歩道を歩いて、大人の足なら十分ほどの距離にいつも三十分以上掛かった。最初の頃はケントのよちよち歩きに付き合っていたせいだが、脚力がしっかりしてからも土手の草花や虫を観察したりするので、結局は同じくらい時間が掛かった。

おんぶやだっこをねだらなくなり、手を繋ぐのも嫌がるようになり、気紛れに駆け出すようになり、転んでも泣かずに自力で立ち上がるようになり、目に入る様々なものに興味を示すようになる。

ケントのそんな変化を、狩屋は喜ばしく思った。

よちよち歩きに付き合っていた頃までは、ユズカも笑顔だった印象が強い。


だが、ケントがしゃがみ込んで草花や虫を観察するようになってから、彼女はやたらと「時間の無駄」などと叱るようになった。

遊歩道だけではない。思えばあの頃からユズカは、ケントのあらゆる行為を「時間の無駄」「意味がない」と止めるようになったような気がする。

なにかが間違っているような気がするのだが、父親としてどのように振る舞うのが正解なのか、狩屋には分からなかった。


野球チームの話をした夜から、半年以上が経過していた。

ケントは何事もなかったように、塾や習い事に通っている。狩屋が休日にプロ野球のデーゲームをテレビ観戦していても、以前のように一緒に観ることはなくなった。野球への関心は友達の影響かなにかで、ごく一時的なものだったのかもしれない。

しかしそれと同時に、ケントの口数が極端に減ったようにも感じられる。それが当たり前の成長過程なのか否か、気になるところではあるが、狩屋には確認する術もなく……。

「どうした、狩屋。悩み事か？」

ぼんやり考え事をしていたら、トイレから戻った上司の村井《むらい》が狩屋の肩に手を置いた。

「珍しいな、ぼんやりして。体調でも悪いのか？」

「いえ、別に」

この日、退社時間が重なりエレベーターで一緒になった二人は、久々に馴染みの居酒屋のカウンターに並んで座っていた。

十年前、ケントの誕生と同時に一念発起して会社員になった狩屋は、十歳年上の村井から仕事のイロハを叩き込まれた。しょっちゅうこの居酒屋に誘われ会社のグレーな部分も教え込まれた。

ルンルン・ヘルシーは、もともと小さな印刷工場だったのがデジタルプリントの時流に乗れず、いつの間にか販売代理と営業代理を主な業務とするようになった会社だ。

社員が少なく、販路を持たず、大金を投じて広告展開することも出来ない小さな会社は、インターネットを使って営業活動を行なう。だが、主要なターゲットが高齢者である場合、そのインターネットに接触する機会が少ない。近い将来、百兆円規模になるという試算もあるシニアマーケットだが、美味しいところは通販番組や折込み広告などで大々的に展開出来る大手企業にごっそり持って行かれている。

そこで中小の会社では、ルンルン・ヘルシーのような会社と販売代理店契約、或いは営業代理店契約を結び、訪問販売を行なう。

社員の誰一人口にしないが、つまるところルンルン・ヘルシーは高齢者を上手く言いくるめて稼いでいるような会社だ。

ターゲットは、今後も増え続ける。だがしかし、パソコンを自在に操る高齢者も増えていく。この仕事はよくもって二十年、早ければ十年以内に行き詰まるかもしれない。

村井は、そんな話を十年前から狩屋に聞かせてくれた。

そして十年が経った現在、スマートフォンという気軽にインターネットに触れられるツールが誕生したが、幸か不幸か会社はまだ〝行き詰まる〟というほど深刻な状態には陥っていない。逆に、売上げは右肩上がりで伸び続けている。

狩屋が最前線で実感する限り、ツールの進歩と普及をはるかに上回る速度で、孤独な老人は増え続けているのだ。

「ところで、あの古町だが」

村井が銀杏《ぎんなん》を口に放り込みながら言った。

「凄いじゃないか。どういう教育をしたんだ？」

狩屋は薄くなった焼酎にホッピーを注ぎ足し、泡が落ち着くのを見詰めて「別に、なにも」ととぼけた。

営業部のお荷物状態だった古町は、この半年で急激に売上げを伸ばしている。村井が「なにかきっかけがあったのか？」と訊ねると、古町は「狩屋課長の指導のおかげです」と答えたという。

「もったいつけずに教えろよ。でないと、ほかの若手にも同行してもらうぞ」

「勘弁して下さいよ。本当に、指導と呼べるようなことはなにも。ただ……」

そのとき「はいよ村ちゃん、お待たせ～」と、顔見知りの店員がカウンターに皿を置いた。焦げた皮がまだブツブツ音を立てている鯖《さば》みりんだった。銀杏の薄皮が付いた手を払い、さっそく箸を付けた村井が「ただ？」と続きを促す。

「効率と生産性を考えろ、と言いました」

村井は大きく頷くと、にっこり笑って言った。

「やるな。あの世代の特性につけ込んだわけだ」

「あの世代の特性？」

「あぁ、そうだよ」

村井が個人的に思うに、古町くらいの年頃の者達は驚くほど常識的な感性を持っている。下品な言葉を使ってはいけない、仲間は大切にしなければならない、社会的弱者には優しくしなければならない、といった具合に。

その一方で、極端に合理的で計算高く、他者と深く関わることを嫌う傾向がある。

「例えば、こういう呑みの場に誘っても、まず断わるよな。〝上司と酒を呑む理由がない〟とか言って。そりゃ理由なんかないっちゃないけど、普通は〝断わる理由がない〟って考えるもんだろう?」

確かに、そう思うところが狩屋にもあった。同行している際、昼飯時に喫茶店やそば屋に誘っても、古町は「コンビニでいいっす」と言って一人営業車の中でサンドウィッチやおにぎりを食べ、その間ずっとスマホを見ていた。

「な、そういうとこあんだよ。どんだけ一人の時間が大切だって言うんだよ、なぁ」

鯖みりんに添えられていた大根おろしだけを口に運び、狩屋は「まぁ、俺達から見ればそうですね」と答えた。

「これは、幼い頃からどんな情報を浴びて、どんな情報を選んできたかってことに原因があると俺は思うんだよ」

「浴びると選ぶ、ですか」

知らず知らずに見聞きする大人の行動や会話、テレビのニュースやバラエティ番組、これらは狩屋や村井が子供だった頃と比較して驚くほど品行方正になっている。

一方、自ら選択して見聞きする情報、ネットやコミックやゲームの世界は逆に驚くほど残酷で無慈悲で暴力的で、命を軽く扱う。

「だから、仕事という公の活動で年寄りを相手にしてるとなると、つい常識的で品行方正な面が働く。けど根っこの部分じゃ、俺達以上に非情で残忍なことも出来る。お前の〝効率と生産性を考えろ〟って言葉が、そのタガを外したってわけだ」

世代という大きな括りで人間性を決め付けるのはいかがなものかと思いながら聞いていた狩屋だったが、頷ける部分がないわけではなかった。だから「なるほどですねぇ」と相槌を打っておいた。

箸を止め、村井はハイボールのお代わりを注文、同時に狩屋のホッピー中外も追加注文した。

ジョッキごとキンキンに冷えた焼酎にホッピーを注ぐ狩屋の口から「あ……」と声が漏れた。

「なんだ、どうした」

狩屋は「いえ、別に」と答えたが、村井の「非情で残忍」という言葉で思い出したことがあった。

すっかり忘れていたのだが、古町の劇的な売上げ上昇を知った狩屋は「どうしたんだよ、お前」と社内で訊ねたことがある。

「お客様のことを考えないことにしました。課長の仰る効率と生産性。それだけを考えて、とにかく数字を伸ばすことに専念した結果です」

古町はそう答えて、照れ臭そうに笑った。

あのときは特になにも思わなかったが、改めて考えると「お客様のことを考えないことにしました」という言葉が引っ掛かった。

狩屋は、「客のことを考えるな」などと言っていない。

照れ臭そうに見えた古町の笑顔が、確信犯の不敵な笑みに印象を変えた。

ズキンと、鈍い痛みを感じた。頭や胸ではなく、高二のときのあのケンコーで覚えた股間の鈍痛だ。

「ところで、その古町だがな」

並んで呑んでいるせいか、狩屋の表情が強《こわ》ばっていることに気付かなかったらしい。

村井が話題を変えた。それは、新たに営業代理店契約を結ぶソーラーパネルの会社との窓口を古町にやらせようと思うのだが、完全にあいつ一人に任せるのはさすがに早いのでサポートしてやってくれ、というものだった。

「近々、あっちの会社の担当が経営コンサルタントを連れてウチに来ることになってる。お前の空いてる時間に合わせるから、来週の予定を教えてくれないか」

その手の打ち合わせなら長くてせいぜい二時間。同席すること自体は、たいしたことではない。

しかしサポートするということは、最低でも立ち上げ後の数週間は古町と行動を共にすることになる。そのソーラーパネル以外のサプリメントやウォーターサーバーに関しても、古町の仕事振りを目にすることになるだろう。

ルンルン・ヘルシーの営業は個人プレーなので、古町がどんな営業方法をとっていようが、狩屋の知ったことではない。そもそも、狩屋の嫌な予感が当たっているとも限らない。とはいえ、見たくない場面に遭遇する可能性は高い。

「忙しいところ悪いけど頼むよ。こういうのを頼める中堅、お前しかいないんだ」

狩屋の沈黙の意味を勘違いした村井が、丁寧に頭を下げた。

「分かりました。その代わり、今日はご馳走になります」

そう答えながら狩屋がスマホで来週のスケジュールを確認すると、村井は「俺だって小遣い制だぞ〜」とカウンターに突っ伏して大袈裟に泣く真似をした。

カウンターの向こうで店員が「悲しいっすねぇ、小遣い制は」と笑うので、ちっとも笑う気分ではなかった狩屋も「だよな」と無理に笑顔を作った。

翌週火曜日の夕方、狩屋は古町とともにソーラーパネルの販売営業に関する説明を受けた。

会社にある唯一の応接室には、十一月の西日がまともに差し込んでいた。

農家の休眠地の現状……住宅街の平地や低いビルの屋上は光の反射が問題になる可能性がある……口説き文句は相続税対策……法人契約の場合は税制優遇……回転率の悪い

コインパーキングは狙い目……。売電手続きの代行も慣れれば簡単……。ソーラーパネルはやたらと覚えなければならないことが多く、とてもではないが一朝一夕にすべてを理解するのは不可能だった。

「確かに扱うのは難しいですが、その分リターンは大きいです」

古町とそれほど歳の変わらない相手の担当者もほとんど理解出来ていないようで、繰り返しそんなことばかり強調した。

投資額を何年で回収出来るかや、法律面のややこしい事柄について事例を挙げながら分かりやすく説明するのは別会社の経営コンサルタントで、こちらは四十代半ばと思しきベテランだった。

今後は、直接の担当者よりも経営コンサルタントと連絡を密に取るべきだろう。そう判断した狩屋は、細かいことは問題が発生する度に訊くことと割り切って、取り敢えずどういう人をターゲットとすべきかについて質問した。

「郊外と都心の中間地点にあるこの界隈は休眠地も少なくないですが、いちいち所有者を示す看板などは立っていないですよね。どうアプローチすればいいのでしょう」

「理想的なのは、住宅街から離れた場所にあるガソリンスタンド、工場、倉庫といったところでしょうか。それも、最寄駅からの距離や用途地域などの条件から、転用や売却が難しい場所が狙い目ですね」

経営コンサルタントは淀みなく答えたが、狩屋はその言葉に含みがあるような気がした。

なんとなく、足下を見られている感じがした。嫌な気分だったが、営業代理店契約は既に結ばれており、一営業マンである狩屋が文句を言ったところでどうにもならない。

「工場や倉庫となると、かなり絞られるという……」

狩屋がそう言い掛けたとき、黙ってメモを取っていた古町が「て言うか」と割り込んだ。

「売り込み先は、現時点でほぼほぼ決まってるってことですね。ガソリンスタンドはともかく、駅から遠くてまとまった土地のある倉庫街や工場街って、川沿いのあのエリアしかないし」

狩屋も、そして恐らく経営コンサルタントも、分かっていながら口にしなかったことだ。

「あそこしかないって分かってるなら、当然御社でも営業は掛けてるんですよね？」

久々に話題を振られた若い担当者は、しどろもどろになりながら「はい、まぁ、それは……」と答えた。

「なにしろこちらは歴史が浅く、営業力不足なんです」

すかさず、経営コンサルタントが答える。

「確かにあのエリアには何度も営業に通っていますが、先日も決まり掛けた契約が流れてしまった。これはもう営業力の弱さとしか言いようがなく、販売代理と営業代理で実績ある御社にお願いするに至ったということです」

古町がまた「いやいや」となにか言おうとしたが、狩屋が「おい」と止めた。そして「どうぞ」と続きを促すと、経営コンサルタントは話を本筋から逸らすという意図もあってか、狩屋達にとってはどうでもいい契約が流れてしまった経緯について滔々《とうとう》と説明を始めた。

そこは四百坪ほどの倉庫跡地で、敷地の半分ほどを占める建家はそのまま残っていた。周辺は稼動していない工場と倉庫ばかりで高さのある建造物はなく、住宅街からも離れ、年間の日照条件も申し分ない。中規模のソーラーパネル用地としては、理想的な条件が揃っていた。

建家の解体費用とソーラーパネルの設置費用、売電によってそれらを何年でペイ出来るか、そういう条件を細かく説明し、所有者は一旦納得したかのように思われた。

だがいよいよ正式契約という段になって、所有者は翻意《ほんい》した。

「その理由がなんとまぁ、そこをバッセンにするって言うんですよ」

経営コンサルタントは、面白い話の落ちを言うみたいに両手を広げた。若い担当者が「へへ」と笑い、古町は少し遅れて「はぁ」と溜息のような声を漏らしながら苦笑いを浮かべた。

「バッセンって、バッティングセンターですか？」

笑っていない狩屋のその問いに、経営コンサルタントは「そうなんですよ～」と更に眉を下げて困ったように笑った。

「野球人口は減ってる。今後、益々減り続けることは決まり切ってる。実際、老舗のバッセンは軒並み畳んでいる。それをあんな辺鄙《へんぴ》な土地で新たに始めるなんて、正気の沙汰とは思えない。いまどき、無駄の象徴みたいな施設ですよ」

「無駄の象徴、ですか」

「えぇ、無駄の象徴です」

ちっとも笑おうとしない狩屋の反応に、経営コンサルタントはなにかを勘違いしたらしい。少し慌ててテーブルの名刺を確認し「いやいや」と言葉を継いだ。

「狩屋さんが野球好きだったら、申し訳ない。私も世代的には、バッティングセンターが減っていることに心を痛めている一人です」

狩屋は我に返り「あ、いえ、別にそういうわけでは……」と答えた。

その後、古町からいくつか質問があり、それらのすべてに担当者ではなく経営コンサルタントの方が答え、打ち合わせは終了した。

応接室を赤く染めていた日は暮れてしまい、四人は「では」「また」「今後とも」「こちらこそ」と挨拶して散会した。

東京西部の多摩地区には、放置された山や農地が点在している。それらは狩屋が言った通り、所有者が誰なのかを示す看板が立っているわけではない。

そういう土地を「もったいないなぁ」と指をくわえて見ていたソーラーパネル会社が、高齢者ばかりをターゲットにしているルンルン・ヘルシーに目を付けた。

つまりこの営業代理店契約は、ルンルン・ヘルシーの顧客の中に使い道のない土地を持っている者がいる、或いはそういう人物を紹介してもらえると見込んでのものだ。土地から当たるのは面倒なので、所有者から当たっていこうというわけだ。

幸か不幸か、狩屋が担当する顧客に土地持ちはいない。だが、藤田という老女が自宅を転売するところに一枚嚙んで一儲けしようという狩屋の目論見も、似たようなものだ。それを見抜かれ、「どうせそういうこと考えてんだろ？　少しはこっちにも回せよ」と言われているような気がする。

あの経営コンサルタントの話を聞いて、狩屋はそんな感想を持った。

もしその通りだとすれば、あまり気分のいい話ではない。

どちらにしても既存顧客に土地の話を持ち出すことはせず、村井や古町に伝えることもなく、一ヵ月ほどが経った。

「まったく、こんなところまで来るだけで時間のロスですよね」

営業車のハンドルを握り、古町が愚痴《ぐち》をこぼした。

「十分で数万円の契約を結ぶ狩屋課長にとっちゃ、数十万円の損失ですよね」

「余計なことはいい。黙って運転しろ」

狩屋と古町は都合を合わせて時間を作り、何度か倉庫と工場の街に足を運んだ。会社から車で一時間、あと数キロで埼玉県に入るという辺りに、そのエリアはあった。

終戦から昭和の終わり頃までは日本、特に首都圏の物作りと物流を支えていたに違いない街だが、いまではすっかり役割を終えている。倉庫と工場を囲むように立ち並んでいた巨大な団地は、入居率が五十パーセントを下回り、残った入居者も高齢者ばかりになっている。しかもルンルン・ヘルシーですら洟も引っかけない、最低限の年金受給者ばかりだ。

その日は何ヵ所か営業していない工場と倉庫を見て回り、管理者が明記された看板があるところには電話を掛け、何軒かのアポイントを取っただけで午後四時を回った。

「あぁ、ここだ」

ある倉庫跡地らしき場所を通り掛かったとき、古町が車の速度を落とした。経営コンサルタントが言っていた、例のバッティングセンター用地だった。

敷地を取り囲む金網が一部取り払われ、駐車場には資材が積み上げられていた。まだ敷地をフェンスで囲っていないので、本格的な工事に入る準備段階らしい。

関係者か、敷地の隅の方に四つの人影が見えた。一人は女性で、なにやら怒っている。お前は頭がおかしいのかというジェスチュアなのか、自分のこめかみを指差し一人の男性に喰って掛かっている。怒られている男性は腕組みをして堂々としており、ほかの二人は笑っているように見えた。

話の内容はまったく分からないが、倉庫跡地の片隅で西日に照らされている四つの影は、とても楽しそうに見えた。

「流行らないでしょ、こんな立地で。ホント無駄の象徴ですね」

古町が馬鹿にしたように呟き、車の速度を上げた。

その後、帰り道にある古町の顧客の家を二軒回った。

「なぁ、古町」

二軒の顧客との会話の中に、狩屋が不安に思っていたような内容はなかった。

古町が意識的に隠しているだけかもしれない。狩屋の不安が的中していたとしても、それは古町と顧客の間のことであり、狩屋が口出しするようなことではないのかもしれない。そもそも狩屋の思い過ごしなのかもしれない。

そんなふうに納得しようとしたが、すっかり日の暮れた甲州街道を車で走っていて、確認しておきたい衝動が抑え切れなくなった。

「この半年ほどで急激に売上げを伸ばしてる理由を、俺のおかげだって部長に言ったらしいな」

礼でも言われると思ったのか、古町は顔を前方に向けたまま少し照れたように「えぇ、ホントにそうですから」と答えた。

「腹を割って懐に飛び込むと、俺、けっこう可愛がられるんですよね。孫みたいに思ってもらえるみたいで」

「腹を割って懐に飛び込んで、客のことを考えないようになったのか？」

「え？」

「前に言ってたよな。客のことを考えないようにしたって。俺のどこを見て、そうすることにしたんだ？　俺はそんなこと、一言も言ってないぞ」

「いや、それは……」

「お前、客に借金させてるだろう」

ルームミラーの中で、古町の目が明らかに動揺した。

コンビニやスーパーで簡単に契約出来る口座引き落とし用のカードには、キャッシングが可能なものがある。また、働いていた頃に作ってほとんど使っていないクレジットカードが、契約時のままという場合もある。つまり年金収入しかない高齢者でも、少額のキャッシングなら可能だ。二十から三十万円程度でも、数十件まとまれば、売上げとしては大きい。

「違うか？」

古町は、狩屋の推測をすべて認めた。狩屋が言ったもの以外にも、いざというときのために子供が自分名義のカードを預けている家庭があり、そこでは百万円近くの契約を取ったと言った。

「確かに、客のことを考えなくていいとは言われてません。でも俺は、効率と生産性を考えろという言葉を、そう解釈したってことで……」

「いい加減にしろ！」

ダッシュボードを殴りつけ、狩屋は叫んだ。

古町は首をすくめたが、完全にひるんだわけではなかった。信号待ちで乱暴にサイドブレーキを引くと「じゃあ、言わせてもらいますけど」と言葉を継いだ。

「いいこととは思いませんけど、課長がやってることとそれほど違わないでしょう。生かさず殺さずで少しずつ取るか一気に取るか。その違いしかない。だいたい、どのお客様も俺が訪ねるのを楽しみに待っていてくれる。むしろ最近では、俺が喜ぶと思って頼まなくても……」

途中から、狩屋の耳に古町の言葉は届かなくなった。

効率と生産性を考えろという言葉を、客のことは考えなくていいと解釈する。この発想がどこから来るものかまったく分からないという思いの一方で、「課長がやってることとそれほど違わないでしょう」という言葉には、妙に納得させられる部分もある。

そのときなぜか、あの藤田という老女のことが思い浮かんだ。続いて、庭の同じところをグルグルと歩き回る、あのヨボヨボの犬の姿が思い起こされた。

「とにかく、今後は新たに借金をさせることだけはやめろ。お前一人じゃどうにもならない事態になりかねない」

問題はそういうことではないのだが、この場で古町の考え方を改めさせる方法は思い付かない。

古町は「はぁ」と低く呟くと、会社まで黙って運転を続けた。

その日の終業は、午後八時過ぎだった。ケンコーを探したあの夜ほどではないが、通常よりはかなり早い。

前回のようなことがないよう、狩屋は牛丼屋で食事を済ませて帰ることにした。

牛皿定食ご飯大盛り、サラダと生卵、瓶ビールのチケットを購入し、カウンター席に着く。ショーケースからお新香を現金で買い、先に出て来たビールを一杯。

一杯目を一息に呑み干して溜息を吐くと、あのヨボヨボの犬のことをまた思い出した。

父親を早くに亡くし母親が家計を支える中で、同居していた祖母は、狩屋コウヘイ少年を厳しくしつけた。

学校の成績にはなにも言わなかったが、食べ物を残したり誰かの悪口を言ったりすると、特に厳しく叱られた。小学三年生の頃、クラスでちょっとしたいじめ騒動があり、狩屋が先導役だとして母が学校に呼び出された。母は弁当屋を急遽休まなければならなかったことで怒ったが、祖母はいじめに対して激怒し、狩屋の頬を容赦なく打った。言い訳をすると、更に打たれた。

中学生になると、当然のように祖母に反抗するようになった。だが「うるせぇババァ」などと言うと、「ババァをババァ呼ばわりしてどうするんだい」といった感じで、反抗のし甲斐はあまりなかった。

高校生になってからは、口をきかなくなった。祖母からなにを言われても、無視を決め込んだ。祖母の小言が止まることはなかったが、狩屋は〝飯だけ作ってろよ、ババァ〟と思い続けた。

高校を卒業して家を出てからは狩屋も少しマシになって、フリーターの少ない収入の中から菓子などを買って実家に帰り、祖母と茶を飲むくらいのことはした。

だがその頃から、祖母には認知症の症状が出始めていた。

狩屋が一応は独立したので、母は夜のスナック勤めを辞めて祖母の面倒を見るようになっていた。

ユズカと結婚し、その数ヵ月後にケントが生まれた頃には、入退院を繰り返すようになっていた。認知症に加え、よくない病気が複数見付かったとのことだった。

「牛皿定食大盛り、サラダと生卵になりまぁす。以上でよろしかったでしょうかぁ」

いつもは腹立たしく感じるアルバイト店員の妙な言葉遣いだが、この日は思考を中断させてくれて感謝したい気分だった。

「コウヘイ、あんたなにやってるんだい」

幼い頃から何度も聞いた祖母の言葉が、嫌になるくらい鮮やかに脳内再生される。

その声を遠ざけようと、狩屋は乱暴に飯をかき込んだ。


毎日触れている玄関扉を、酷く重く感じるほど疲れていた。

「なにかあった?」

狩屋がどれだけ気が滅入っていても気付かず、「お帰り」以上のことは言わないはずのユズカが訊ねた。それほど、この日の狩屋は様子がおかしかったらしい。

「いや別に。ただ、疲れた」

ダイニングテーブルでは、いつものようにケントが勉強をしていた。風呂上がりのパジャマ姿で、髪の毛はまだ少し濡れている。四月に始めた算数のドリルは、もう終わりに近付いていた。

彼も「お帰り」と言ったあとで、いつもより少し長く狩屋の顔を見詰めていた。

狩屋は明日から、古町の顧客を回ることにした。借金で新たな契約を結んだもののうち、クーリングオフ可能なものはすべて解約させるためだ。村井には叱られるだろうし、面倒なデスクワークも増える。その上、狩屋自身の営業活動はしばらく滞ることになる。考えただけで気分が重くなるが、疲れはそのせいだけではない。

「調子悪い？　お酒、やめとく？」

ユズカが項垂れる狩屋の前に発泡酒を置いた。珍しく気を遣ってくれている。

「いや、呑むよ。ありがとう」

「そう……じゃ、先にお風呂入っちゃうね」

そう言ってユズカがダイニングを出ると、それを待っていたようにケントが筆記用具とドリルを片付け始めた。

「なぁケント」

ケントは手を止めず、視線も上げず、「ん？」とだけ答える。

声を掛けたはいいが、別に話はなかった。

「学校、楽しいか？」

結局、口から出たのは、いかにも仕事ばかりでほとんど家にいない男親が気紛れに言いそうな言葉だった。

狩屋は、ちっとも広がりそうにないな、と我ながら呆れたが、

「楽しいよ、学校は」

「学校は？」

しまったとでも思ったのか、ケントは筆箱とドリルを抱えて自室へ向かおうとした。

「待て、ケント」

ケントは扉の前で立ち止まったが、振り向きはしなかった。狩屋は立ち上がり、小さな肩に手を置いた。

我慢をしているのだ、色々と。肩から、それが伝わって来た。

ユズカがやっていることは間違ってはいない。しかし我慢を強いているのなら、この道は互いに望まない方向へ向かっている。

その行き着いたところに、古町が見える。

「ちょっと、お父さんの話し相手になってくれ」

ケントは小さく頷き、ダイニングテーブルに戻った。

「学校も塾も、楽しいよ」

さっきの失敗を打ち消すように、ケントが先回りして言った。

「うん、そうか」

「体操も算盤もピアノも……」

「よしよし、分かった。そういう話じゃないんだ」

「じゃあ、なぁに？」

「今度、新しいバッティングセンターが出来るみたいなんだ。ここからはちょっと遠いけど、オープンしたら一緒に行こう」

よほど意外な提案だったのだろう。ケントはきょとんとした顔で狩屋を見た。

「野球、もう興味なくなったか？」

「ううん、そんなことないけど……日曜？」

「いや、平日だ。お父さん、会社の車で連れてってやるから」

「僕、平日は時間がないよ」

「いいんだよ。たまにはサボっちまえ」

「えぇ？」

ケントは混乱しているようだった。無理もない。狩屋の方でも、言いたいことがまとまっていない。ただ、このままではいけないという思いがあるだけだ。

なんの根拠もないのだが、なんとなく、成長したケントが古町と重なる。それだけはなんとしても阻止しなければならないと、気が急《せ》く。

浴室から、微《かす》かな音が聞こえる。ユズカは二十分は入浴している。ゆっくりと話せばいい。

「お母さんが、お前のことを思って厳しくしていることは、分かってくれるよな？」

「うん」

「じゃあ、それは大きな前提な。で、ここからはお父さんと男同士の秘密の話だ」

「うん」

喋りながら頭を整理しているつもりなのだが、自分でもなにを言っているのかよく分からない。ただなんとなく、なにかに導かれているような感触がある。

狩屋は発泡酒を呑み干し、「う〜ん」と唸りながら二本目を取りに冷蔵庫へ立った。

「バッティングセンターなんて、お母さんは絶対、時間の無駄って言うよね」

一刻も早く確認したかったのだろう。ケントが椅子に膝で立ち、カウンター越しに小声で訊ねた。少し、わくわくしているような声色だった。

「だから、その無駄をやるんだよ」

ケントは口を押さえて「え〜？」と言いながら、廊下に繋がる扉の方を振り返った。表情は隠れているが、笑っていることが狩屋には分かった。

「例えばだなぁ……」

狩屋がダイニングテーブルに戻り、ケントは椅子の上で体育座りをした。なんだか楽しいことが始まる。狩屋には、そんな表情に見えた。

「寄り道って、楽しいよな」

「え？」

「つまみ食いは、美味しい」

「そう、だね」

「居眠りは、気持ちいい」

「うん」

しかし、寄り道もつまみ食いも居眠りも、たまにやるから楽しいし美味しいし気持ちいい。怠け者になりそう？　大丈夫。自分の気持ちが、やめ時を教えてくれる。楽しくも美味しくも気持ち良くもなくなったら、やめればいいのだ。

狩屋のそんな話を、ケントは体を前後に揺すりながら聞いていた。目が見開かれ、小鼻も膨らんでいた。

「そういうことだ。まぁ、そのバッティングセンターが出来るまで、楽しみに待ってな」

締めくくりのように言って、狩屋は二本目の発泡酒をグビリと呑んだ。いつの間にか、さきほどまでの酷い疲れがいくらか楽になったように感じられた。

「でもさ、お父さん」

まだ前後に揺れながら、膝を抱えたケントが言った。

「なんだ?」

「ん〜と……やっぱ日曜にしよ。遠くても、近くまでバスか電車で行って、歩けばいいよ」

咄嗟《とっさ》に「なんでだ?」という言葉が出そうになったが、狩屋はぐっと呑み込んだ。

恐らく、ズルはしたくないのだ。

そしてもう一つ。ユズカに「野球がやりたい」という気持ちを、もう一度ぶつけてみたいのだ。たぶん、一緒にバッティングセンターに行って。

ズルはしない。勇気を出す。いかにも子供の世界のワードだが、この二つは大人にこそ必要な気がする。

偉いな、お前は。

そう思うと同時に、悩んでいたことに光明が差し、腹が決まった。

「課長がやってることとそれほど違わないでしょう」

古町にそう言われたとき、なにも言い返せなかったのは、自分でも薄々気付いていたからだと認めざるを得ない。

俺は、高齢者に歓迎されている。週にわずか十分程度でも、歓待してくれる。金銭が絡む関係とはいえ、縁遠くなった子供や親戚などよりも必要とされているのだ。

それを、よりどころとしていた。言い訳にしていた。

古町と、なにも変わりはしない。

ズルはしない。勇気を出す。

古町の顧客を回ったあと、狩屋自身の顧客も契約内容を見直そう。

特に認知症の症状がある藤田との契約は、すべて解約しよう。

その上で、すべての孤独な高齢者の家を定期的に回り、本当に必要とされるものを売っていこう。

藤田はきっと、解約を拒否するだろう。しかし強引にでも、解約しなければならない。

彼女は狩屋に嫌われてしまったと思い、取り乱すかもしれない。仕事抜きで定期的に訪問することを、ちゃんと約束してあげなければならない。

そんなことをしたからといって、祖母の「あんたなにやってるんだい」という声が消えるとは思えない。あの声は恐らく一生、狩屋の人生に付きまとう。

ケントが生まれて数ヵ月後に亡くなった祖母、母代わりで父代わりでもあったあの口煩《うるさ》いババァは、そういう意味でまだ生きているのかもしれない。

ケントが生まれた直後、ショック療法になったのか少しだけまともに会話出来るようになった祖母は、病院のベッドでケントを抱いて「こんなギリギリで、ひいお祖母ちゃんにするんじゃないよー」と言って笑っていた。

「じゃあ、お休み。バッセン、楽しみにしてるね」

あのときはなにも分からず抱かれていたケントが、筆記用具とドリルを抱えて自室に向かった。

なぜかその後ろ姿が、西日を浴びて輝いているように狩屋には見えた。

「眩しいねぇ」

小さくそう呟くと、疲れと一緒に重い気分も少しだけ晴れていくような気がした。

五　変わらねぇ

バッティングセンター用地として、犬塚シンジと兼石エージは準工業地域にある空き倉庫の賃貸借契約を結んだ。

「本当に大丈夫か？」

契約の際、土地の所有者である久保寺《くぼでら》はシンジとエージに繰り返し確認した。

「あんな場所でバッセンを始めても、儲からんだろう。近くの団地は年寄りばかりだし、駅からは遠いし。野球好きの小中学生ならバスや自転車で来るかもしれんが、近頃はその野球好きが劇的に減り続けてるって言うじゃねぇか」

五十代半ばの久保寺は元高校球児で、ソーラーパネルの設置場所として売却寸前だった空き倉庫を「バッセンとは面白《おもしれ》ぇ」と、シンジ達に貸してくれた。ただ「面白ぇ」と思ったのは久保寺の元高校球児の部分で、貸倉庫会社社長という立場で考えると、他人事ながら「心配だ」と言う。

自分でも心配していることだったので「大丈夫です」とも言えず、シンジは「はぁ、まぁ」と曖昧に答えた。

最終的にその場所に決めたのはエージだが、もちろん詳しいマーケット調査とか細かい経営戦略に基づいているわけではない。馬券を買うときでももうちょっと根拠があるだろうというくらい、直感のみに頼ったような決断だった。

「そういえば、こんなこともあったなぁ」

数年前、その空き倉庫を含む広大な敷地が巨大商業施設になるという話が持ち上がった。いくつかの候補地の中の一ヵ所ではあったが、廃工場や空き倉庫を抱えて困っていた人々は大喜びした。だが結局、その話は流れた。

「ほれ、スットコだかドッコイだか、そんな名前の」

「えぇ、分かります。会員制の倉庫型店舗ですね。食料品から家電から、やたらと安いっていう」

「そうそう。つまりまぁ、そんな金儲けのプロが、ここは駄目だって判断した土地というわけ……」

久保寺は途中で言葉を呑み込み、「貸す側が言う話じゃねぇか」と大きく迫《せ》り出した腹を揺らして笑った。

「まぁ、俺はバッセンが減り続けることを憂えてたクチだから、訳の分かんねぇソーラーパネルなんかに貸すよりは面白いと思ってるがな。ただ商売ってのは面白いだけじゃ……だろ？」

シンジはどう答えていいものか分からなかったので黙っていたが、隣で生欠伸ばかりしていたエージが自信満々で「大丈夫っすよ」と言った。

「破格の賃料で貸してもらってすんませんね。大儲けしたらドーンと上げてもらっていいんで、そんときをお楽しみに」

久保寺は「面白ぇ兄ちゃんだなぁ。ほんじゃまぁ楽しみにしてるよ」と、出っ張った腹を更に大きく揺らした。

シンジはちっとも面白くなかったのだが、取り繕うように「はは……」と力なく笑った。


「ちょっと、あんたまで寝てどうすんのよ」

阿久津ミナに小突かれて、シンジは我に返った。

神主が祝詞《のりと》をあげているところだった。

「寝てないよ。ちょっと考え事してた」

そう答えたシンジだったが、確かに神主の祝詞は秋晴れの空に漂うようで、抜群の催眠効果があった。犬塚土建の三代目候補という立場上、地鎮祭への出席は慣れているシンジだが、毎回睡魔との闘いとなる。

そのシンジの隣では、恐らく地鎮祭への出席は初めてで、たぶん慣れないスーツに身を包んで疲れており、間違いなくデリカシーというものを欠片も持ち合わせていないエージがいびきをかいていた。コックリコックリし始めたときは起こしてやったが、あまりに気持ち良さそうだったので五回で小突くのをやめた。

周辺は廃工場と空き倉庫ばかりで、平日の昼間だというのに稼動する機械音は遠くで小さく聞こえる程度だ。トラックなども、めったに通らない。

土地は賃貸借契約だし、建物もほぼそのまま活用する予定なので地鎮祭など必要ないとシンジは思ったのだが、犬塚土建会長である祖父が「土地の神様への挨拶だ。絶対にやっておけ」と手配した地鎮祭だった。

出席者はシンジとエージと久保寺、工事関係者五名、あけぼの信用金庫の代表としてミナ、個人的に出資してくれた山室アツヤの十名だった。

祝詞が終わると、シンジと久保寺と工事の監督で鍬入《くわい》れをし、全員でサカキを供えて柏手を打ち、さらになんだかんだあって地鎮祭は終了した。

「お疲れさんでした〜」

一番疲れていないエージが伸びをすると、そのガラ空きのボディーにミナが「あんたは寝てただけでしょうが」と軽くパンチを見舞った。

特に申し合わせたわけではないのだが、地鎮祭後もなんとなく、シンジ、エージ、ミナ、アッヤの四人で現場に残っていた。
「大丈夫なのかよ、ここ」

ゴロワーズに火を点けながら、アッヤが誰にともなく訊ねる。

「最寄駅から徒歩二十三分。バスはあるけど一時間に二本。確か、そうよね？」

ミナがアッヤの質問の意味を補足する。

「それに、やけに広いな。建家以外の土地は全部、駐車場にするのか？」

アッヤの視線の先には四本の竹が立てられ、七五三縄《しめなわ》が張られ、中央にこんもり盛られた土の山がある。地鎮祭のために、急遽コンクリートを掘り起こした三十メートル四方ほどの土地だ。

「いや、色々と考えてるよ。取り敢えず、今川焼きとたこ焼きはマストだな」

エージが、アッヤと同じ方向を見詰めながら答えた。広い敷地は西日に照らされ、オレンジ色に染まっていた。

敷地は四百坪以上あった。建家は二百坪ほどで、屋内型バッティングセンターとしては中規模になる。エージは残りの二百坪の半分を、フードコートにしようとしていた。

つまりエージは、あの懐かしいケンコーレジャーセンターを再現するというよりも、広い土地を借りてケンコーを取り囲む環境を丸ごと作ろうとしているのだ。

「屋台でも、移動販売の車でもいい。この敷地全体が毎日お祭り状態になるんだ。ぜってー楽しい……」

「ちょっと待って」

アツヤからもらったゴロワーズを気持ち良さそうに吹かしていたエージの言葉を遮り、ミナが割って入った。

「あのさ、これは腐れ縁の旧友としてじゃなくて、ぼのしん代表として訊くんだけど」

賃料は月々三十五万円と破格に安いが、それは「遊ばせているよりはマシだし、まずいまどきバッセンて発想が面白ぇ」という、久保寺の趣味的な部分があってのものだ。

バッティングケージは七つ、ストラックアウトのケージが一つで、一ゲームは各三百円。自販機の売上げを含めて、客単価は千円前後だろう。

賃料を払うだけで毎月三百五十人、光熱費やアルバイトへの給料支払いを考えれば、その倍は呼ばなければ話にならない。一日当たり二十三人強だ。

繁華街や学生街なら何とかなるかもしれないが、この立地では正直厳しいだろう。屋台や移動販売から賃料を受け取るにしても、そもそも客が数えるほどなら出店する数もたかが知れているに違いない。

土地を買わずに賃貸借契約とし、機材も祖父の口利《くちき》きでほとんど中古で賄《まかな》うことで、集めた六千万円のうち一千万円ほどは手元に残りそうだ。大金ではあるが、マシンの維持管理費などミナにとって未知な部分の出費を考えれば、心もとない。

しかもこの計算は、シンジとエージの取り分を度外視してのものだ。

「そんなことで大丈夫なの？」

返済計画の相談に伴って、ミナには経営に関することを包み隠さず説明している。貸し付けはシンジとエージに対してではなく、犬塚土建に対してのもので、その額は三千万円。細かいことはシンジには分からないが、通常の貸し付けとは異なる支店長の専決権限とやらを使ったとかで、相談に乗ってしまったミナとしてはバッセンの経営は成功してもらわなければ困るらしい。

「なんだよミナ、白けること言うなよ。楽しいじゃん、毎日お祭りだぞ？」

「あのねぇ、ビージ。あんたに言っても分からないでしょうけど、楽しいとか楽しくないなんか二の次なの。ビジネスとして成り立たなきゃ、話にならないって言ってんの」

エージはわざとらしく不思議そうな顔を作り「楽しい以外に、なにが必要なんですか？」と訊ねた。ミナは「だから」と言葉を継ごうとしたが途中で諦めて、エージのボディーにさっきより数倍強い正拳中段突きを見舞った。

「痛《い》ってぇ〜！　相変わらず可愛くねえ女だな！」

かつてケンコーでよく見た光景を思い出し、シンジは笑ってしまった。アツヤも隣で、控え目に笑っていた。みんな倍くらいの年齢になったのに、根っこの部分は変わっていない。

「ちょっとシンジ、なに笑ってんの。あんたのその巻き込まれ体質、なんとかしなさいよ！」

「はは、シンジは真冬のチン毛かよ」

エージの下品な冗談に、普段はニヤリと笑う程度のアツヤがこらえ切れず「ぶはっ！」と吹き出した。

「面白くない！　だいたい分かんない、その喩《たと》え！」

怒るミナの言葉に、アツヤは「そりゃそうだ」と更に笑った。陰毛呼ばわりされたシンジも、大声で笑ってしまった。

最後はミナも「なによ」と言いながらも釣られるように吹き出し、四人はオレンジ色の中で声を上げて笑い合った。

旧友四人が揃って笑い合ったところで、その帰りに居酒屋に寄って軽く呑んだところで、酒のせいもあってエージの超楽観的思考に飲み込まれてしまいシンジもアツヤもミナも「まぁ、なんとかなるか」と口にしてみたところで、バッティングセンター経営にまつわる不安は何一つ解消されるわけではない。

帰宅して冷静になるにつれ、シンジは「またこのパターンかよ」と自分を罵った。

「山室くんの妹さんの件は、どうなったんだ？」

ダイニングには、夕食を終えたばかりの父と祖父がいた。酔い覚ましの茶を飲んでいるシンジに訊ねたのは、いつものように手酌で呑んでいた祖父だった。

アツヤの妹カンナが雑居ビルのゴミ捨て場に放火し、その後出頭したということは、シンジも新聞の地方欄で見て知っていた。彼女が小学生だった頃から何度か会っているシンジには、信じられないことだった。

アツヤが地鎮祭に出席したのは、半分はその件について報告するためだったらしい。居酒屋で乾杯する前に、彼は「一つ報告がある」と前置きして、カンナの現状を説明した。

被害はボヤ程度だったが、明確に火事を起こす意図があったために起訴は免れなかった。ただ、放火と断定されていない時点で出頭したこと、前科前歴がないこと、母親が病で倒れ精神的に不安定だったことが考慮され、判決には執行猶予が付いた。

「いまは仕事を辞めて心療内科に通ってて、精神的にはかなり落ち着いたそうだよ。お母さんの方も小康状態だって」

「そうか、それは良かった。いや、お前が塞ぎ込んでるように見えたから、てっきりその件が悪い方向へ行ってるのかと思ってな」

シンジは「別に塞ぎ込んでなんか」と答えながら席を立ち、冷蔵庫に向かった。酔い覚ましをしているつもりだったが、呑み直したくなった。

「バッセンのことを考えてたんだよ。あの立地じゃ、なにか工夫をしないと……」

黙って新聞を読んでいた父の視線を感じ、シンジは言葉を呑み込んだ。

父はまだ、シンジが家業をほっぽり出してバッティングセンター立ち上げに関わっていることを快く思っていない。奇跡的に金が集まり、場所も決まり、オープン自体は間違いない状態となったいまでも、恐らく大失敗することを望んでいる。

そんな父の耳に、不安の具体的な内容までは聞かせたくなかった。そこでシンジは、話の内容をエージに対する愚痴に変えることにした。

「成功を信じて疑ってないのは、あいつだけ」

庭の東側にある事務所には、まだ灯りが灯っている。その中で、エージがパソコンで調べものをしているはずだった。エージの目下の関心事は、フードコートに呼ぶ店を集めることと、建家内に並べるうどんやホットサンドの自動販売機を探すことだ。

「まったく、どこに力を入れてるんだか……」

祖父は「兼石くんらしい」と笑い、父は「ふん」と嘲るように鼻を鳴らした。

「あの屋上のバッセンなんか美味しい話だったのに、勝手に断わりやがって」

既存店舗の経営状態を聞いて回る中で、ビルの屋上にあるぼろぼろのバッティングセンターの経営者から「経営権を丸ごと譲ってもいい」と持ち掛けられたことがあった。

修繕にはかなり金を掛けなければならないが、一から立ち上げることを思えば予算はずっと抑えられる。立地も悪くないので、工夫次第でもっと客を呼べるのではないか。

シンジはそんなふうに思ったのだが、エージが「なんか違う」と言って断わった。

「あれは断わって正解だ」

猪口を口元で止め、祖父が断言した。

「あの地域には再開発の話がある。譲り受けていたら、数年で畳むことになってる」

「え、そうなの？　でも、エージがそんなこと知ってるわけがない。偶然だろ」

「いやいや、それだけじゃない。ウチが管理してたあの資材置き場。あの話も流れて良かった。あのプレゼンの直後、周辺の小中学校の統合やら野球部の廃部やらが重なっただろう」

「それだって偶然だよ。それに、あれは祖父ちゃんが判断したんじゃん」

「最終的にはそうだが、それも含めてだ。とにかく兼石くんは引きが強いと思うんだよ、儂は」

「……じゃあ、あの専門業者の話は？　プロに丸投げ出来るはずだったのに、それもあいつが断わっちまった」

ある既存店舗で、バッティングセンターの企画・開発を専門に扱う業者を紹介されたことがあった。土地選びから工事、マーケット調査、運営計画まで、一手に引き受けてくれるという会社だ。希望すれば開店後の経営管理までやってくれるとかで、経営のド素人であるシンジにとっては願ってもない話だったが、これもエージが「マニュアル通りじゃつまんねぇ」と言って断わってしまった。

「その言葉のままじゃないか？　マニュアル通りでは、彼が作ろうとしているバッセンにはならないということだろう。それに、プロに頼らないのはおまえが経験を積むためでもある」

「バッセンを開店するノウハウなんか、俺の今後にどんな意味があるんだよ」

そのとき、洗い物を終えた母がダイニングにやって来て「あるある」と口を挟んだ。

「なんでも経験しときなさい。いつまでも電話番しか出来ない専務じゃ、なんにもセンムじゃない」

「くだらねぇよ」

祖父と母が声を上げて笑い、シンジはムッとしながら缶ビールを呑み干した。そして二本目を取りに行こうと椅子から腰を上げたが、そこで父の視線を感じた。

顔の半分は新聞に隠れ、シンジには父の目しか見えない。だがその表情は、明らかに笑っている。それが祖父と母とは別の意味の笑みだということも、シンジには分かった。

「なんでしょう、社長」

含みを感じたシンジは、嫌味を込めてそう訊ねた。てっきり怒ると思っていたが、新聞を畳んだ父は笑ったままだった。

「この間、親方連中の会合に呼ばれて小耳に挟んだ」

父は席を立ち、棚からウイスキーのボトルを取り出した。それを見た母は、黙ってグラスと氷を用意した。

「小耳に挟んだって、なにを？」

「あいつの、両親のことだ」

「エージの両親？」

祖父の猪口が止まった。キッチンの方で、ガラガラと氷を取り出す音も小さくなった。

「俺の考え過ぎだといいんだが……」

言葉とは裏腹に、父はなんだか楽しそうだった。


「俺達の日常にはバッセンが足りない」

すべては、エージのこの言葉から始まった。

確かにエージは長年ケンコーレジャーセンターに通い詰めていたが、喧嘩以外で彼がバットを握っているところは誰も見たことがない。昔から、大リーグにも日本のプロ野球にも甲子園にも興味はなさそうだった。野球好きというわけでないことは間違いない。

それなのに、なぜバッセンなのか。

この点について訊ねても、本人はあの地鎮祭のときのように「楽しいじゃん」程度のことしか答えない。

地鎮祭が執り行われた翌週の日曜、シンジはミナとアッヤを呼び出し、そもそもなぜバッセンなのかをテーマに話し合うことにした。

場所はアッヤが馴染みにしているビストロで、普段シンジ達が使わないような小洒落た店だった。この日エージは祖父の車を使って群馬方面まで自販機探しに行っていたが、万が一にもエージと遭遇したくないシンジがアッヤに店選びと予約を頼んだ。

取り敢えずビールとワインで乾杯をしてすぐ、三人ほぼ同時に、二十年近い付き合いなのにこの組み合わせで顔を合わせるのが初めてだと気付いた。それで最初は少しぎくしゃくしたが、シンジがテーマを振ると、二人とも長いこと考え続けてきたことのようにスラスラと自分の考えを述べた。

「要するにビージは、自分の居場所が欲しいんだよ。弁当の移動販売や買物代行、それからカフェ？　そういうのを始めたけど、どれも軌道に乗ると色んな人が集まって事を大きくしようとした。普通の商売人なら喜ぶべきところだけど、居場所が欲しいだけのビージにとっては、なんか違う。それで、そうだ、ケンコーみたいな場所なら関わる人は少ないし、なんだか楽しそうだって思った。そんなところでしょ」

巻貝の中身を器用に取り出しながら、ミナが淀みなく言い、

「否定するわけじゃないけど」

ワイングラスをクルクル回し、アツヤが間髪を容れず反応。

「俺のはもうちょっと複雑だな。誰かが気紛れにうどんやたこ焼きをおごってくれるケンコーみたいな場所は、少年エージにとって生き抜くために必要不可欠な場所だった。そういう場所は、ケンコーに限らず軒並み潰れてるけど、エージみたいな子供は減っていない。むしろ増えているのかもしれない。そこでエージは、今度は自分が与える側になろうとしてるんじゃないかな」

自分のためか、かつての自分のような子供達のためか。両方とも正しいとしても矛盾はない。ただシンジには、この違いは大きいようにも思われる。

深夜まで町をブラブラしていた中学生エージには、ミナにしか見せていない表情があったのだろう。小学生時代までさかのぼれば、アツヤしか知らないエージ少年も存在するに違いない。その微妙な違いが、二人の意見の違いに影響しているのかもしれない。

「それが目的だったら、子供食堂みたいなものを作るべきじゃない？」

「いや、それじゃ駄目なんだ。ここに来れば飯にありつけるって場所じゃなく、自分でなんとかするための場所である必要があるんだ、たぶん」

「ビージが人のためになにかするって、ピンとこないなぁ。あいつ、人付き合いはいいくせして、基本的に他人も世の中も憎んでるでしょ、心の底から」

「それはまぁ、認めるけど」

「アツヤはあいつといちばん付き合いが長いから、深く考え過ぎちゃってるんだよ」

「いや、それを言うならミナは俺が見ていなかった頃のエージをよく知ってるだろう。最近のエージなら、それこそ寝食を共にしてるシンジの方が詳しいに決まってる」

マリネを口に運びながら話を聞いていたシンジに、二人の視線が向けられた。

「ちょっと、タコばっか食べてないで自分の意見も言いなさいよ、タコ」

「そうだ、タコ。お前が振った話だろう」

タコはフォークを置いて口を拭《ぬぐ》い、「俺のは浅いよ」と前置きして自分の考えを口にした。

「ケンコーのような場所が出来れば、またあの楽しかった日々が戻ってくる。まったく同じというわけにはいかないだろうけど、あの頃のみんながまた集うんじゃないか。エージは、そんなふうに考えてるんだと思ってた」

フランスの田舎家を模したような店内の照明は、各テーブルの上にペンダントライトが吊るされているだけで故意に薄暗く設定されている。三人のほかはほぼカップルばかりで、恐らくシンジの言葉を気にするような者はいない。だがシンジはテーブルに覆い被さるように前傾して、そう言った。

アツヤが「郷愁ってやつ？　エージがそんなタマかよ」と口角を上げ、ミナも「確かに浅い」と鼻で笑った。だが、

「現時点で、私達四人は頻繁に会うようになってる。シンジの考えが正しいなら、ビージのやろうとしていることはほぼ完結してることに……」

ミナが途中で言い淀み、熱いオリーブオイルをニンジンでかき回していたアツヤも同じことに気付いたようで、「思ってた？」と口元の笑みを消した。

「なんだか、いまは違うけどどってニュアンスだな」

「言いたいことがあるなら、もったいつけずに言いなよ」

「うん、実はな……」

この数日前、シンジは父からエージの両親のことを聞いた。大工や左官の親方連中が集まった情報交換会という名の呑み会で、かつて末端の労働者として日銭を稼いでいたエージの父、兼石ユキチカとその妻ルリの名前が出たとのことだった。

ユキチカは若い頃から、労働者として最低限のスキルも持たず、なにかと理由を付けては仕事をサボり、日当の前借りをしては姿を消す、飯場で同僚の財布から金を抜く、建築資材を盗んで売り払うといったことを繰り返し、悪評の絶えない男だった。酒とギャンブルと女、それ以外にもイリーガルなものに手を出しているという噂も絶えず、この町の建築関係者の中では「あいつは使うな」という御触れが出ていた。

妻のルリも同じような野放図な暮らしで、エージが幼い頃から互いに別に関係を持つ男女もおり、籍は配偶者のままだが実質的に夫婦生活も家庭生活もとっくに破綻《はたん》していた。

「二人ともしばらくこの町を離れていたそうなんだが、最近になって急に二人揃って、型枠大工の親方のところに顔を見せたそうだ。最初は昔のように〝働かせてくれ〟って話で、親方が断わると〝エージの居所を知らないか〟って訊いたそうだ」

シンジはそこで一旦言葉を切ったが、ミナもアツヤもしばらくなにも言葉を発しなかった。二人とも、まったく予期しない角度からのパンチを顔面に喰らったような顔をしていた。

「確かあいつ、高校を中退すると同時に家を出て、女のところに転がり込んだんだよな」

「うん、その後の両親のことって気にしたことなかった。てっきり、縁が切れてるものだと」

数秒後、腰の入らない形だけの反撃パンチみたいな言葉が出た。シンジは「俺も知らなかったけど」と言葉を継ぐ。

「その親方はエージのことも子供の頃から知っていて、高校中退直後のあいつを使ってやっていた時期もあるらしい。その人が言うには、エージの高校中退後も兼石親子は何度か会っているらしい。目的……親子が顔を合わせるのに目的なんておかしいけど……目的はいつも金だそうだ」

これにはすぐに「金って」と、同時に反応があった。

「ビージが金を持ってたことなんか……あ」

「そうか、弁当屋と買物代行とカフェか」

その三つの商売のいずれも現在はそこそこ成功しているが、エージが関わっていた頃は彼の手元に金などなかった。むしろ借金があった。だが、事業が軌道に乗り始めたタイミングで、両親が「儲けをよこせ」とやって来た。

「ここからは親方も想像だと言ってたそうだけど、エージが軌道に乗った商売をすべて手放したのは、両親が金の無心に来るようになったからじゃないかって」

近くのテーブルでは、カップルが顔を寄せ合ってなにやらクスクス笑っている。

「親方はエージがウチの寮で寝起きしてることもバッセンのことも親父から聞いて知ってたんだけど、エージの両親には黙っていてくれた。けどその二人は、金の匂いを嗅ぎ付ける特殊能力を持ってるらしい。バッセンのこととか、その開業のために大金を借りたこととか、既に知っていても不思議じゃないって言うんだ」

アツヤがカップルの方を一瞥《いちべつ》して「それが本当なら」と小声で言った。すぐにミナが「最低ね」と、吐き捨てるように補足した。

「今度は追い返せばいい。人手が必要なら、いくらでも手を貸すぞ。チャラ男ばっかだけど、その手のトラブルに慣れてるのも多い」

「親子間のこととはいえ、昔からの事情を説明すれば警察も動いてくれるんじゃない？　恐喝とか、威力業務妨害とか」

アツヤのはメンキャバの雇われ店長らしい、ミナのは信用金庫の中堅テラー係らしい意見だった。父からエージの両親のことを聞いたとき、シンジも二人と同じことを考えた。だが父の話は「だから気を付けろ」で終わりではなかった。気を付けなければならないのは、両親が姿を現したあとのエージの対応だ。

「何度か似たようなことがあったのに、なんであの馬鹿は同じことを繰り返す。しかも今回のは、動く金の額も前とは比較にならないくらいデカい」

あの夜、ウイスキーを苦そうに呑み下した父はそう言ってニヤリと笑った。シンジはなにも答えられず、同席していた祖父も黙って父の言葉の続きを待っていた。

「俺の思い過ごしならいいんだが」

父はそう前置きし、こんな話を始めた。

今回のバッティングセンター立ち上げは、エージが両親を引き付けようと撒《ま》いた餌ではないか。両親が姿を現したところで、エージは積年の恨みを晴らそうとしているのではないか。

「まぁ、それが罵倒するとか絶縁宣言するとか二、三発殴るとか、その程度だったら大騒ぎする必要もないんだがな」

そう言う父の顔から、笑みが消えた。

「それ以上の事態になれば……」

父の話を伝えていると、アツヤが「やらせればいい」と呟いた。会話の詳細までは言っていないのに、それはシンジが父に対して返した言葉と一緒だった。ただ、

「あいつには、それだけのことをやる資格がある」

エージの少年期を実際に目撃しているせいか、アツヤの「やらせればいい」には続きがあった。

「アツヤの言うことも分かるけど、でも、両親のせいで人生を棒に振るようなことになるかもしれないんだよ？　それって、ビージにとって最悪なんじゃない？」

ミナは、あの夜の祖父と似たようなことを言った。

感情的になって父に言い返したシンジも、数日を経て祖父の言葉をもっともだと思うようになっていた。

「俺が一緒にいる可能性が最も高いわけで、こんなことを二人に言ってもしょうがないのかもしれないけど、とにかくエージが限度を超えたことをやろうとしたなら止めなきゃならない。今日はそのことを二人に伝えておきたかったんだ」

ミナが「うん、分かった」と大きく頷いた。

アツヤは少し解せない感じで俯いていたが、グラスに残ったワインを呑み干してから

「そうだな、分かった」と答えた。

「グラスワイン頼むの面倒臭いな。お前らも呑むなら、ボトルで頼むけど」

重くなった空気を振り払うように、アツヤが空のグラスを回しながら言った。ミナは「わー、ボトルのワインなんて久し振り」と大袈裟に喜び、シンジも「任せる」と答えた。

「アツヤのおごりでしょ？」

「あぁ、一本くらいなら」

「えー、どれにしよう」

「馬鹿、ここからここだ」

ワインリストをめくるミナを制し、アツヤが三千円から五千円のページを指定する。

「ところで、シンジ」

ミナがワインを選んでいる間に、アツヤが声を潜めて言った。

「お前の親父さんって、昔からエージのこと嫌いだったよな」

これもまたシンジがあの夜、感じたことだ。

「エージを嫌いって言うか……あいつのことを、俺が手伝ったり祖父ちゃんが妙に可愛がったり、そういうのがムカつくってことじゃないかな」

「けどさっきの話って、お前を通じてエージに助言するようなものだろう。なんでそんなことを?」

アツヤのその問いに即答することが出来ず、シンジは時間を稼ぐようにスティック状のセロリに手を伸ばした。

助言の理由は、知っていた。

しかしそれはシンジ自身も完全に納得するまでに至っておらず、第三者に説明するのは難しかった。

「それはまぁ、俺にもよく分かんねぇ」

シンジはそう誤魔化し、冷えてしまったオリーブオイルにセロリをひたした。

「エージの人生には家族が足りない」

そう言ったのがミナだったかアツヤだったか、それとも自分だったのか、シンジには思い出せなかった。

呑みつけない赤ワインを三人で三本も空けたせいか、それほど酔っていた。

酔い覚ましにと歩いて家に帰ると、ガレージに祖父の車はなかった。寮の部屋に明かりは点いていない。エージはまだ帰っていないようだ。自販機の件が上手くいったのか、逆に上手くいかなくてどこかで呑んだくれているのかもしれない。

時刻は午後十一時。母屋のリビングとダイニングは、カーテン越しにまだ人の気配があった。自分達のいない夕食は久し振りで、それはかなり静かなものだっただろう。

そんなことを考えながら母屋に向かっていたが、ふと足が止まった。右に目を向けると、真っ暗な事務所があった。ポケットの中のキーホルダーには、母屋の鍵と一緒に事務所の鍵もある。

「やらせればいい」

あの夜、エージにとってバッセンは両親を誘い出すための撒き餌ではないかという父の言葉を聞き、シンジは感情的にそう言った。

この父との会話には、ミナとアツヤに伝えていない続きがあった。そしてそれこそが、アツヤの質問に正直に答えることが出来なかった理由だ。

「なんでお前が怒る必要がある」

父のその問いには、なにも答えられなかった。黙って席を立つと、父は「子育て失敗したなぁ」と嘲るように言った。

「あら、それ、お義父《とう》さんもよく言ってるわよ」

母がケラケラ笑って言い、祖父も「おいおい、儂を引き合いに……」と言い掛けたが、父は「茶々を入れるな」と真面目な声で遮った。

「お前には、もっと気にすべきことがあるだろうが。会社の仕事をやらなくなって半年以上経つのに、俺と野津さんだけでなんの問題もなく回ってる。つまり、お前はいてもいなくても同じだったってことが証明されたようなものだ。そこのところを、よっく考えろ」

なんだか話をはぐらかされたような気もしたが、そのときのシンジはエージの両親に対する憤りで冷静ではなかった。

「俺のことは、いま関係ねぇだろ」

と吐き捨てると、祖父が「なあ、シンジ」と言った。

「バッセンの立ち上げを手伝うとか、寝食の面倒を見てやるとか、そういうことばかりが優しさじゃないってことだよ」

これまで、ことエージに関することについては、シンジと祖父の言動に反対する父という構図だったのが、このときは祖父と父がタッグを組んで、自分になにかを伝えようとしてるような気がした。

「お前の親父だってなぁ……」

更に祖父が言おうとするのを、父が「いいよ」と遮った。

「それより、さっきの子育て失敗した発言、マジか?」

「おう、マジも大マジ。当たり前だろうが」

祖父と父の間で軽い口論が始まり、それもまた話をはぐらかされたように感じたが、そのときのシンジは黙って自室へ向かった。

「なんで俺だけ知らないんだよ。祖父ちゃんも人が悪い。知ってたんならもっと早く……いや、エージが水臭いのか……それも違うか。そもそも、親父が面倒臭い性格だから……」

いまさら言ってもせんないことをブツブツ呟きながら、シンジは事務所の鍵を開けた。

夜、無人の事務所に入ることなど慣れている。だがこの日は、少し緊張していた。音を立てないよう鍵を開け、セキュリティーを解除し、部屋の明かりは点けずにスマホの明かりを頼りに父のデスクへ向かう。普段は気にしたこともない、床の軋《きし》む音がやたらと耳についた。

父のデスクのライトを点け、肘掛け椅子にそっと腰を下ろす。父がいないときは、パソコンで中古自販機のことなどを調べるためにエージが頻繁に使っているデスクだ。閉じられたノートパソコンの奥に、たくさんのファイルが並んでいる。それらの分厚い背表紙に隠れるように、一冊の大学ノートがあった。

『兼石　日報』

表紙には、黒のマジックで無愛想にそう書かれている。その悪筆は、紛れもなく父のものだ。

このノートの存在を教えてくれたのは、祖父だった。

日報は、シンジがエージとともに葛城ダイキの会社を訪問した日から始まっていた。

バッセン立ち上げにまつわるその日の訪問先や話の内容、調べた情報などが黒いボールペンで書かれている。それに対し、父が赤ペンで質問や次の指示、忠告などを書き込んでいた。その翌日のページには、前日の父の書き込みに対するエージからの返信も書かれている。

共通のデスクを使用している父とエージの、往復書簡のようなものだった。

「LINEの交換でもすればいいじゃねぇか」

そう呟いてノートを繰ると、数枚の紙片が挟み込まれた箇所で止まった。

『このPCを使うなとは言わんが、エロサイトばかり見るな。ウィルスに感染したらどうする』

『すんませんね。リレキけしときます』

『そういうことじゃない。二度とエロサイトは見るな！』

恐らくこのノートを作る前の、書き置きによるやり取りだ。

そして『日報を書け。最低でもその日なにをやったか、どこに訪問したか、話の内容はどんなものだったかだけでも書き残せ』という殴り書きと、簡単なフォーマットのようなものが書かれたメモもある。

そうして始まった往復書簡はしかし、

『死ね』

『うんこ』

『ありがとう』

『この★□●△野郎！』

『ごちそうさま』

お互いに情緒不安定の子供かよ、と突っ込みたくなるようなやり取りも多い。

その一方、エージの行動記録と所感が徐々に詳しく丁寧なものになっていくようにも読める。一日を振り返り翌日以降の行動を計画するという、多くの人がごく普通に行なっている行為は、彼にとって革命的なことだったのかもしれない。

『ガソリンスタンドの跡地はどうだ。ほとんどは幹線道路沿いだし、騒音の問題はない。バッセンとして最低限の広さもある』

『ビルの屋上のバッセン。あの界隈は再開発の話があるから、上手くいったとしても長く続けることは出来ないぞ』

『バッセンの立ち上げから運営まで扱ってる専門業者があるそうだ。一度、話だけでも聞いてみろ。連絡先は……』

『自販機食堂ってのが、ちょっと話題になってるらしい。このサイトを見てみろ』

父による赤い文字には、そんな具体的な助言や情報提供もあった。

『ガソリンスタンドはナシ。くるまがないといけねーばしょがおおいし、ぎゃくにまちんなかだととちがせめー』

『うん、あのビルのおくじょうはオレもナシだとおもってた』

『はなしだけきいたけど、マニュアルどおりでつまんねぇ。オレがやろうとしてることは、ちっともきいてくんねぇし』

『こりゃおもしろい。こんど、じいさんにくるまかりてぐんまのほうへいってみるよ』

エージは平仮名だらけで返事を返し、その都度『わるいね』『すんませんね』『いいじょうほうあったら、またヨロシク』と文末に添えていた。

バッティングセンター新規立ち上げのために、シンジとエージが様々な人と会い、様々な場所へ出向き、様々なことを交渉した、この八ヵ月の履歴のような日報だった。

その要所要所で父が絡んでいることなど、思いもしなかった。

ほとんどの文面は笑って読むことが出来たが、

「そういうことばかりが優しさじゃないってことだよ」

祖父の言葉を思い出すと、苦いものを噛んだように口元が歪む。

そして、最新の往復書簡。最も新しい書き込みは二日前のエージによるものだが、始まりはそこから更に五日前の父によるものだ。

『お前の両親が、お前のことを捜しているらしい。カフェや買物代行のときみたいに、強請まがいのことをやろうとしてるかもしれない。面倒事があったら自分一人でなんとかしようと思わず、シンジでもうちのジジィでも頼るんだぞ』

『カフェやダイコーのこと、シンジにもいってないのにしってるんだ。それならはなしがはやい。せわになってるみぶんでわるいけど、ここだけはオレのすきにさせてもらう』

『両親が来たら、どうする気だ』

『きまってる。ぶっ殺す。それでぜんぶおわりだ』

それ以降、新しい書き込みはない。

『ぶっ殺す』というのは、いかにもエージらしい言葉だ。だが文字で見ると、そこだけ漢字を使っていることも含めて、嫌な重さを感じる。考え過ぎかもしれないが、「また言ってら」と笑い飛ばすのは難しかった。

エージは両親が金の匂いを嗅ぎ付けて姿を現せば、なんらかの行動を起こそうとしている。

それだけは、間違いのないことのように思われた。

「止めるべきか、思う存分やらせるべきか、ってか……」

デスクライトの明かりしかない事務所の中で、シンジは肘掛け椅子の背もたれに身体をあずけて天井を見上げた。

ワインの酔いは、いつの間にか薄れていた。

「エージの人生には家族が足りない」

そう言ったのはアツヤだったと思い出した。

「俺とシンジは、どう頑張ったってエージの家族にはなれない。物理的に可能なのはミナだけだ。頼むぞ」

アツヤがそう言うと、ミナが「はは～、面白い」とムール貝の殻を指先で〝バキッ〟と割ったのだった。

そのときは「どういう握力だよ」と笑って終わったが、改めて思い出し、アツヤの発言を「けっこう芯喰ってるかも」と思った。

挨拶が出来ない、思い付いたことをすぐ口にする、寝ているとき以外は五分とじっとしていられない、強くないくせに喧嘩っ早い、借りたものを返さない、平気で嘘を吐く、箸の持ち方が変……。

いくらでも思い付くエージの欠点は、彼を彼たらしめているものどもだ。一緒にいて腹立たしく感じるのだが、長年付き合って来たせいか愛おしくもある。

だがその愛おしい部分は、DVとネグレクトによって育まれたものだ。幼少期の過酷な生育環境がなければ、いまの兼石エージは存在しない。

「取り敢えず、あいつの両親が現れないことを願うことくらいしか出来ねぇか……」

暗い天井を見詰めながら、シンジは呟いた。

隣の雑木林から、秋の虫の鳴き声が小さく聞こえていた。

バッティングケージ七つのうち、五つはアーム式のマシン、二つは変化球も発射出来るローター式を採用することに決まった。ローター式は慣れた人でないとタイミングが取り難いので、縦長のモニターに映るピッチャーの投球モーションと連動させる、いわゆるバーチャルピッチャー方式を採用した。

ローター式は利用者が球速を設定出来る。アーム式ケージの球速は、九十キロから百四十キロに設定する予定だ。そのほかに、ストラックアウトのケージも一つ設けた。ケージ以外の部分、建家の三分の一は受付カウンターとトイレ、ゲームコーナー、自販機コーナーとなる。

「受付側の天井高は二・五メートルもあれば充分なんで、中二階みたいなものを作って事務所と倉庫にしたいんです。既存の鉄骨の間に新たに鉄骨を渡して筋交いを入れて、その上にプレハブの小部屋を二つか三つ載せてもらう程度でいいんですが、可能ですかね？」

この日、シンジは部分的な設計変更を頼むため、設計士に犬塚土建の事務所に来てもらっていた。

シンジの質問に、設計士は「う～ん……」と腕組みをした。

「詳しいことは強度を測ってみないと分かりませんが、既存の建家は基礎も鉄骨も三十年ものですからね。その部分だけ新しいものに差し替えなければならないかもしれない。と、なると……」

設計士は電卓を叩き「恐らくこれくらいは」と、追加の工事費用の概算を示した。今度はシンジが「う〜ん」と腕組みする番だった。

「ゲームコーナーと自販機コーナー、こんなに面積が必要ですか？　それぞれを半分ずつにすれば、事務所兼ストックルームくらいのスペースは確保出来るでしょう」

「いや、それがですね……」

シンジが言い掛けたのを遮るように、隣でふんぞり返っていたエージが「大丈夫だって」と言った。

「倉庫に置くのはせいぜい予備のバットやボールくらいだし、事務所もデスクと小さいソファくらいだ。大した重さじゃないんだし、強度は問題ないって」

「いや、しかし鉄骨と基礎の経年劣化は……」

「おばちゃん、お茶のお代わりちょうだい！」

設計士の言葉まで遮って、エージは野津に向かって叫んだ。

バッセン作りにまったく関わっていない野津にとっては、事務所の応接コーナーを使われているだけで腹立たしいだろうが、同席しているのが祖父の代から懇意にしている設計士ということもあり「自分で煎れろ、ただ飯喰らい」とも返せない。いかにも渋々という感じでデスクを立ち、給湯室に向かった。

「なんでこんなに広いスペースが？」

やや面喰らっていた設計士が、改めてシンジに訊ねた。

「通常、バッティングセンターにおけるプレイ以外の副収入は、全体の三十パーセント前後。それらに要する床面積は、十五からせいぜい二十パーセント程度というのが相場です。ところが、ご要望の通りに設計すると、ゲームコーナーと自販機コーナーなどでほぼ三十パーセントを占めることになる」

エージが「つう……」と言い掛けた。たぶん「通常とか相場とか、眠たいこと言ってんじゃねぇ」と言おうとしている。シンジは咄嗟に「実はですね！」と割り込んだ。

「実は、ゲームコーナーにも自販機コーナーにも、ちょっとレトロなものを置く予定なんです。十円玉を転がすゲームとか、古いテーブル型のコンピューターゲームとか。自販機も飲料やアイスクリーム以外に、うどんとかホットサンドのやつを……」

半ば呆れられることを覚悟しながら、シンジは説明した。

「そういうのって、最新のゲームや自販機に比べてスペースを取るんですよね。自販機の方には、ちょっとしたテーブルも必要になっちゃうし……」

黙ってシンジの説明を聞いていた設計士は、手にしたペンを口元に持って行き、五秒ほど黙った。シンジはてっきり笑われるか心配されるかのどちらかだと思っていたのだが、やがて設計士が口にした言葉は「面白い」だった。

「へ？」

「いや、失礼。さすが犬塚さん、お祖父様に似て策士ですね」

「へ？　へ？」

「レトロな自販機にはコアなファンがいて、ネットで調べて遠方からわざわざ食べに来るようになっています。いわゆるアーケードゲームにも、同様にコアなファンが存在します」

シンジは思わず「そうなの？」と言いそうになったが、グッとこらえた。

「私の業務とは直接関係ないので口にしないようにしていましたが、あの立地ではハッキリ言ってバッティングだけの収入ではやって行けないでしょう。そこで希少価値のあるゲームと自販機を集め、副収入を充実させる。メンテナンスは大変でしょうけど、ほとんど人件費が掛からないというのも大きい。うん、さすがです」

シンジが「はぁ、どうも」と力なく笑っている隣で、エージは『なにを今更、分かり切ったことを』という顔をしていた。

「ではこの方向で、改めて図面をお持ちします。強度の確認に二週間ほど掛かりますが、ケージ部分は予定通り着工して頂いてけっこうですので」

設計士がそう言って帰ったあとも、エージはさも当然といった感じで笑っていた。

自販機は、うどんとラーメン用、ホットサンド用の二台を、ほぼ入手可能な状況になっていた。群馬方面へ行った際、エージは自販機食堂の店主から中古品を扱う業者を紹介してもらい、二台購入の仮契約を結んだ。ただ使用可能か否かはレストア職人に状態を確認してもらわなければならず、またその職人がとても忙しい人で、納入は三ヵ月後、バッセンのオープン直前になるとのことだった。

ゲームの方は自販機ほど難しくなく、ネットを駆使して潰れた喫茶店や駄菓子屋にあった十数台を、後日状態の確認に行くとアポイントを取っている。

「うどんやホットサンドってさ」

設計士が残して行ったお茶請けの和菓子を食べながら、シンジが訊ねた。

「毎日、仕込まないといけないんだろ？　それはどこに頼むんだよ」

なにかのドキュメンタリー番組で得た情報だった。うどんもラーメンもホットサンドも、売り方は自動とはいえナマモノなわけで、毎日半分完成の状態で仕込まなければならない。番組で紹介された例ではすべて手作業で、そもそも人員が割《さ》けないからそういった自販機が設置されているような高速のパーキングエリアや国道沿いのドライブインまで、早朝と深夜の二度、係の人が行っていた。

今回のバッセンの場合はそこまで辺鄙な場所でなく、二十四時間営業でもないので仕込みは日に一度で済むが、協力業者を見付けなければただの箱を買ったことになる。もし見付かったとしても、作ってもらった分の全額を支払うのか、売れた分のマージンを支払うのか、そこら辺の契約はかなりややこしいものになるに違いない。

「そっちは抜かりねぇ……つか、美味《うめ》ぇな、このどら焼き。笹の屋ってどこ？」

エージはなんでもないように答え、どら焼きのパッケージを見ながら逆に訊ねた。

「ミナに紹介してもらった店だ。ぼのしんの近くの和菓子屋……んなことはどうでもいいんだよ。抜かりねぇって、目処は付いてんのかよ」

「あぁ。昔、シャッター通り商店街でカフェやってた頃に知り合ったうどん屋とラーメン屋に頼んだら、二つ返事でＯＫだった。仕入れが二百円で売値が三百円。ホットサンドはパン屋と交渉中」

「フルに入れると、何食分になる」

「うどんとラーメンが最大二十ずつ、ホットサンドが二種類で各三十。合計で、えーと、ちょうど百？　まぁ最初は半分くらいでいいかと思ってる。あとは売上げを見て調整すればいい」

「半分でも五十食かよ。さっき設計士が言ってたコアなファンがいたとしても、毎日五十人も来ないだろう。一日に二十三人呼ぶのにどうしようって言ってる施設に、毎日五十食も仕入れてどうするんだよ」

「だからぁ、ほかにも考えてるよ色々と。シンジは黙って告知活動に……」

どら焼きで胸がつかえたのか、野津が煎れ直してくれた茶をグビグビ飲んでから、エージは「客は来る。心配するな」と言い切った。

いつも通りの軽い調子だった。大それたことを計画しているようには見えない。日報の『ぶっ殺す』という言葉も、この軽い調子で書いただけのものかもしれない。

「きっとそうだ」

シンジは自分に言い聞かせるように、小さく呟いた。

シンジが見たことのない小学生時代のエージが、夜の町を歩いている。

暗い町をあてもなく歩き回りながら、ふと明るい場所を見付ける。ケンコーレジャーセンターだ。エージは引き付けられるように近付き、金網を掴んで施設の中を見詰める。肘と膝には生々しい擦り傷があり、唇も少し切れている。頬は粉を吹いたように白く、その上に涙の跡が残っている。

エージの視線の先で、軟球が行き交う。ピッチングマシンの〝ガシャン〟という発射音、軟球が金属バットに当たる〝パカーン〟という音が重なり合いながら耳に届く。

バッティングケージの奥からは、楽しげなゲーム機の電子音が微かに聞こえる。うどんの出汁の匂いと、たこ焼きのソースの匂いが、水しか入っていない胃袋を激しく刺激する。

そして場面が変わり、再びエージの横顔が見える。

いつの間にか、エージは成長している。シンジの記憶にもある、中学生になったエージだ。

金網を摑み施設の中を見詰める目は、もう捨てられた犬のように怯えてはない。すっかり、猟犬の目になって……。

また同じ夢で目が覚めた。『兼石　日報』と題されたあの大学ノートに目を通してから一ヵ月余り、シンジは繰り返し同じ夢を見ていた。

改めて考えれば、父がエージとその両親のことを古くから知っていたとしても不思議ではない。

シンジの母は民生委員を長く務め、祖父は前科前歴者に仕事を斡旋《あっせん》していた時期がある。父はそれらの活動に無関係だったが、地域内の問題がある家庭のことは耳に入っていたことだろう。

シンジが中学生になってエージと出会い、家に連れて来るようになった頃には、祖父も母も父もエージのことを知っていたのかもしれない。いや、たぶん知っていたのだ。

「もう遅いから、風呂に入って泊まっていけ」

「遠慮しないで、いっぱい食べてね」

そんな祖父と母の言葉をよく覚えている。これもいまから思えばだが、普通は「ご両親に電話しろ」「夕食を作って待ってるお母さんには悪いけど」といった言葉があって然《しか》るべきだ。しかしそんなことは、二人とも一度も口にしなかった。

父がエージに日報を書かせるようになったのは、恐らく祖父が言うような「優しさ」ではない。エージの日頃の言動が本当に腹立たしくて、我慢ならなくなったからだ。

だが父は父で、往復書簡のような日報のやり取りをする中で、祖父も母も知らない恐ろしい可能性に気付いた。そして黙っていられなくなり……。

「おいコラ、居眠りコイてんじゃねぇぞ、シンジ！」

目覚めたあともぼんやりと考え事をしていたら、地鎮祭のときにそっとしておいてやったことを後悔するくらいの勢いでエージに怒鳴られてしまった。

「おぉ、悪い悪い……」

着工から三週間、オープンまで六十日を切っていた。

この日は舟形をした七つの基礎部分が固まり、いよいよピッチングマシンを搬入する日だった。ペンディングだった事務所と倉庫は、古い基礎と鉄骨の強度検査をクリアし、エージの要望通り中二階にプレハブを増設中でもあった。

シンジは連日寝不足の中、建家内の二つの工事に立ち会わなければならなかった。朝からずっと打ち合わせや確認作業が続き、やっと身体が空いた数分間、駐車場の片隅でパイプ椅子に座って眠り込んでしまっていたのだ。

「ったく、しっかりしろよな、専務様よぉ！」

そう叱りつけるエージはというと、フードコートへの出店を検討している移動販売店の現地見学に付き添っていた。今川焼きとたこ焼きは既に決まっていて、別業態の店をあと二、三店舗入れる予定だと言う。この日は、ケバブ屋、トッポギ屋、クレープ屋、おにぎり屋、スムージー屋が見学に来ていた。

現地を見た各店舗の代表は、当然「一日当たり何人くらい来るんですか？」と質問する。それに対してエージは、さも当たり前のように「百人前後っすかね」と答えている。

「それはちょっと、希望的観測が過ぎるんじゃないでしょうか。失礼ですけど、立地条件は最悪ですよね？」

「やだなぁ〜、お姉さん。俺のこと信じてよ〜」

エージは代表が女性であるケバブ屋とおにぎり屋にターゲットを絞り、かまってもらいたくてたまらない犬のように尻尾を振っている。夢の中とはいえ、シンジは彼を猟犬などと思ってしまった自分を激しく罵った。

と同時に、真新しいアスファルトが敷き詰められ、白いラインが引かれた二百坪ほどのスペースを見詰めていて、気付いたことがあった。

半分の百坪は、普通車十五台分の駐車スペースになっている。建家脇の駐輪場近くにも、車椅子使用者用のものも含め五台分が確保されている。計二十台分。フードコートがあることを考慮しても、ケージ七つのバッティングセンターにしては多過ぎはしないだろうか。

残りの百坪、フードコート側に出店予定なのは四から五店舗。出店の条件は、軽トラックか軽ワゴン車による移動販売店だ。それほど場所はとらない。中央は椅子とテーブルを設置し、少しくらいの雨ならしのぐことの出来るパラソルも設置する。こちらは逆に、飲食スペースに対して出店数が少ないように見える。

「なぁ、エージ」

帰って行くケバブ屋のお姉さんに大きく手を振っているエージを捕まえ、シンジは出店数の少なさについて訊いてみた。

「言ってなかったか。ほかに生鮮食料品とか日用雑貨品の移動販売車が数台入る予定なんだ。まぁ、移動スーパーみたいなもんかな」

「スーパー？　みたいなもの？」

シンジの知らない間に、エージはスーパーマーケットを回って移動販売の話を持ち掛けていた。だが、急に言われても冷蔵冷凍機能を備えた車や人員を確保出来ないとかで、どこも首を縦に振ってくれなかった。そこでエージは知人に譲ったカフェを通じて、シャッター通りとなった商店街に話を持って行った。こちらは待っていても客が来ない状態が長年続いていることもあって、小さな保冷車を所持している肉屋と魚屋がすぐに手を挙げてくれた。更には八百屋、パン屋、惣菜屋も合同で出店してくれると言う。ドラッグストアも、薬以外のトイレットペーパーやシャンプーなどの日用品を出すだけなら協力したいと言ってくれた。

「なるほど、三台から四台の車でちょっとしたスーパー……そうか、団地に目を付けたんだな」

「へへ、そういうこと」

かつて工場と倉庫の労働者向けに作られた団地は、このバッティングセンターから徒歩十分ほどの場所にある。主たる役割を終え、空き部屋が目立ち独居老人ばかりになったとはいえ、住民の数は三百人を下らない。しかもそのほとんどが車を持たない買物難民だとシンジの耳にも届いている。さっき一日当たりの来客数を「百人前後っすかね」と言っていたのも、まんざら口から出任せではないらしい。

パンや牛乳を買ったついでに、今川焼きやたこ焼きを買う人は少なくないだろう。家に帰っても一人なら、フードコートでずっとお喋りする人だっているに違いない。

年金暮らしの高齢者ではほとんどバッティングセンターの客にはならず、つまり一日二十三人強の集客目標にはカウント出来ない。だが取り敢えず、フードコートの方はまとまった数の見込み客がいるということだ。

あの夜以降、シンジは『兼石　日報』を開いていない。だがこのことは父の助言ではないと思った。たぶん、これまで立ち上げては他人に権利を譲って来た事業を経て掴んだ、エージの感覚的な発想だ。移動販売の弁当屋はランチ難民、カフェはシャッター通り商店街の復興、買物代行は買物難民のためで、人の弱味に付け込んでいると言えばその通りだが、同時に、なんとかしてやりたいという思いも嘘ではなかったということか……。

「そういうわけでさ、そろそろ告知活動の準備に入ってくれ」

喉元まで出ていた「たいしたもんだな」という言葉をグッと呑み込み「分かった」と頷いたシンジだったが、肝心なことが決まっていないことを思い出した。

「名前、どうする。工事の申請は仮称でケンコーレジャーセンター2にしたけど、正式名称を決めないと告知出来ない」

「いいんじゃねえの？　ケンコー2でも新ケンコーでも」

「いや、潰れた施設とはいえ、それはさすがに……」

そのときふと、シンジは確認出来るかもしれないと思った。

建家の中からは、ドリルでナットを締める〝ガガガガ！　キンキンキン！〟という音が響いている。シンジはその音に負けないよう、いつもよりハッキリとした発音で言った。

「じゃあ『兼石バッティングセンター』でいいか？」

エージは一瞬、目を見開いてシンジを見た。だがすぐに顔を伏せて「そうだなぁ……」と考えた。

「俺は名前を出したくない。また気が変わって辞めちゃうかもしれねぇし」

「おいおい」

「いや、今回は続ける気はあるよ。ただ、この飽きっぽい性格を我ながら信じられないっつーかさ」

「名前は出したくないか」

「うん……あぁ、ミナんとこで借りてる金は犬塚土建名義だし、『犬塚土建バッティングセンター』なんてどう？　ガテン系御用達みたいだけど」

冗談めかしてそんなことを言うエージに、シンジはもう一度「名前は出したくないんだな」と確認した。

「あぁ、出したくないね。俺って人間は奥ゆかしく出来てるから」

シンジは「そうか」と頷いて、一つ小さく息を吐いた。

少しだけ、安心した。父の言う通り、今回のバッセン立ち上げが両親をおびき寄せるための撒き餌であったなら、店名には必ず『兼石』の文字を使おうとするはずだ。

父も、そして自分も、考え過ぎだった。金の匂いを嗅ぎ付ける特殊能力を持っているというのも、型枠大工の親方の思い込みに違いない。エージの両親が姿を現さなければ、なにも起こりはしない。

そう自分に言い聞かせていると、エージが「なぁんだよ」と肩を小突いて来た。

「そんなに俺の名前を使いたいのかよ」

「いや、別に。じゃあ名前の件は、改めて相談するよ」

エージはまだなにか言いたそうだったが、今度はシンジが逆に「奥ゆかしい人間が人の家に転がり込んで、ただ飯喰うかね」とおどけて言った。

「それもかれこれ一年近く経つだろ。早いとこ儲けて、ウチに恩返ししろよ」

痛いところを突いたらしい。エージは肩をすくめ、「優先順位で言うとミナとアツヤの次だな」と笑った。

地権者である久保寺の会社は、シンジ達が借りた場所以外にも多くの空き倉庫と廃工場を抱えている。そのうちのいくつかは、クラブイベントやライブ、映画やプロモーションビデオの撮影、美術大学のギャラリーなどに貸し出され、『久保寺○○倉庫』『久保寺××工場』という名前は特定の若者の間ではある程度浸透している。

そんな事情もあり、シンジはバッティングセンターの名前を『久保寺バッティングエ場』に決めた。元の施設は倉庫だが、アスリートの養成所が『□□ファクトリー』などと表現されていることに倣《なら》ったネーミングだ。

久保寺は「なんか照れ臭ぇけど、嬉しいや」と了承してくれ、エージも「いいじゃん。イカつくて、客層が限られそうだけど」と笑って賛成した。

アツヤの店にグラフィックデザインの専門学校を出ているホストがおり、シンジはその男に焼肉食べ放題を条件にチラシとウェブのデザインを依頼。ホームページを立ち上げ、印刷業者にチラシを発注した。

チラシは三種類。一つは市内にある三軒のバッティングセンター、草野球場の管理室、スポーツ用品店などに配布するもの。これには三軒に来店したことを証明出来る自撮り写真を提示すれば、久保寺バッティング工場で一ゲーム無料となる旨、及び九人以上の団体で会員登録すれば一人一ゲーム無料となる旨を大きく表記した。

あの屋上の施設を含め三軒のバッセンは、市内バッセン巡りについて「これは面白い」「ウチが四軒目でも一ゲーム無料でいい」「期限なしのスタンプラリーにしたらどうだ」と、好反応だった。

二つ目のチラシは、団地にポスティングするもの。こちらはバッティングセンターに関することはほとんど明記せず、フードコートで生鮮食料品と日用雑貨を販売する旨を大々的に表記した。

そしてもう一つは、古い自販機とゲーム機に特化したもの。これには自販機のメニューと写真、ゲーム機の製造年まで記載した。

オープンまで二週間を切り、施設は内装と外装の仕上げ段階に入った。まだ覆いを掛けられた状態ではあるが、建家の正面には看板も掲げられた。中古のゲーム機と自販機も、すべて納入された。

「ケチ臭ぇこと言うなよ、シンジ」

「ケチで言ってるわけじゃないって」

そしてこの日、内装業者が帰ったあとの現場でシンジはエージと軽い口論をしていた。会員登録した客に対するサービス内容についてのことだった。

一般客は一ゲーム三百円でコインを購入するか、三千円で十一ゲーム分のICカードを購入してプレイする。これに対して会員には利用履歴が残るICカードが発行され、十ゲームごとに自動的に一ゲーム無料となる。エージはこのシステムを「一般客と変わらねぇじゃねぇか。せめて五ゲームで一ゲームサービスしろ」と怒っているのだ。

「こっちは利益率とか計算してるんだ。その代わり会員には、一ゲーム一ポイントの累積と、ホームランの数に応じて、オリジナルのタオルとかTシャツをプレゼントするじゃないか」

「あのダッせぇグッズのことか？」

「そんなこと言うなよ。アツヤんとこの兄ちゃんに、焼肉一回で何種類もデザインしてもらったのに。だいたい、なにを頭に載せてそんなこと言ってんだ」

シンジが指差したエージの頭には『久保寺バッティング工場』と三行で書かれた、黄色いベースボールキャップがあった。五百ポイントで進呈するオリジナルグッズで、シンジもちょっと「ダセー」と思っている代物なのだが、エージは納品直後に「いいねぇ、一個もらうよ」と冠《かぶ》った。

「こ、これは告知活動の一環として冠ってやってるんだ。そもそもなぁ、登録料だの年会費だのがセコいんだよ。あんなICカード、原価は数十円だろうが」

「データを管理しなきゃならないし、誕生日の招待券だとかイベント告知だとか送るし、年会費五百円なんか安いもんじゃないか」

「いーや、金額の問題じゃない。自動的に支払い義務が発生するなんて、ヤクザとNHKのやりくちじゃねぇか」

「あのなぁ、エージ……」

そんなふうに言い合っていると、開け放しだった出入口で「お待たせぇ」と声がした。振り返ると、ミナとアツヤが入って来た。アツヤはいつものタイトなスーツ姿だが、ミナはどこかで着替えたらしく上下ジャージにスニーカーという万全の格好だった。

「悪いな。店、大丈夫か?」

「おう、一応は店長だしな。これくらいの自由は……なに、この臭い？」

シンジとエージはすっかり慣れていたが、床一面に塗ったグリーンの塗料の臭いがまだ残っているようだった。

「もう乾いてるんだけどな。気になるなら換気用のファンを回すよ」

アツヤとシンジがそんな会話をしていると、ミナがエージを指差して「なにそのダッさいキャップ」と笑っていた。

「私にもちょうだい」

「欲しいのかよ。素直じゃねぇな」

キャップは黄色のほかに、青と赤と黒があった。ミナが「ちょうど四色なんだ。みんなでダッサくなろう」と黒に手を伸ばした。続いてアツヤが青を手に取り、シンジはしょうがなく残った赤を冠った。

ピッチングマシンを据えたあと、動作確認の試運転は業者が何度も繰り返している。だが床の塗装のこともあり、まだ誰もケージに入って打ってはいない。

そこでシンジは塗装業者からゴーサインが出たこの日、ミナとアツヤを招いて打ち初め式を行なうことにしたのだった。

「カンゴウ？　カンゲイ？　なんかそういうのが深いね」

エージが新品の金属バットを選びながらそんなことを言い、アツヤは「たぶん感慨のことだな」と笑ってバッティンググローブをはめた。シンジはみんなにコインを三枚ずつ配ると、照明をすべて点灯し、マシンを稼動させた。ミナはその間、少し離れた場所で黙々と素振りを繰り返した。

ボールを運ぶベルトコンベアが、〝ゴゥゥン……〟と低い音と共に動き出す。アーム式はバネが伸びる〝キンキン……〟という音、ローター式はモーターが回る〝ウゥゥ……〟という音で、息を吹き込まれたことを伝えてくる。

四色のキャップが四つのケージに入り、「よし、じゃあ」「うん、せーの」と同時にコインを投入した。

〝ヴィーン〟〝ガシャン〟〝パカーン〟〝カキーン〟

記念すべき第一球、ミナの鋭い当たりがピッチングマシンの真上をきれいに越えて行った。センター前ヒットだ。アツヤはいい当たりだったがセカンド正面のゴロ、シンジは擦《こす》ったような当たりでサードファールフライという感じだった。

エージの当たりは、ミナよりも高い軌道で最深部のネットにライナーで突き刺さった。

一ゲーム二十五球、約四分間。シンジは楽しみながらも、高低コントロールを試したりネットの張り具合を確認したりしながら、ゲームを終えた。そしてほかの三人が引き続き二ゲーム目に入る中、気付いたことをメモに書き付けた。

顔を上げると、隣のケージでアツヤがライナー性の当たりを打ち返していた。細い身体の割りに、パワフルなスイングだ。そういえば、小学生の頃は軟式野球をやっていたと聞いたことがあった。たまに力んで空振りもしているが、半分くらいはヒット性だ。その奥のミナはいかにも女子っぽいフォームながら、まったく空振りをしない。しかも彼女が選んだケージは、シンジとアツヤより速い百二十キロだ。

だがシンジが最も驚かされたのは、あのケンコーでも見たことがないエージのバッティングだった。彼は最速百四十キロのケージで、めちゃくちゃなフォームでバットを振り回していた。空振りが一球もない。しかもミナのようにバットに当てるだけではなく、ほとんどの当たりがマシン室の金網に激しい音を立ててぶち当たるか、奥のネットにダイレクトで届いている。

「うりゃあ!」「こんにゃろ!」「どうだ!」

そして、インパクトの度にいちいちうるさい。本物の野球だったら、絶対に審判から注意を受ける。

二ゲーム目を終えると、ミナとアツヤもエージに目を向け驚いていた。

「スゲーな、お前」

「知らなかったよ、こんな特技があるなんて」

「やってた? ワケないか、そんな不格好なフォーム」

すぐに三ゲーム目に入ったエージのケージの後ろに、三人が集まった。

「へへ〜、今年のドラフト掛かるかなぁ〜。困っちゃうな〜、ボク」

調子に乗ったエージは、疲れも見せずますます鋭い当たりを打ち返す。

「でもそのフォーム、さすがに変だ。お前ひょっとして左打ちなんじゃないか？」

アツヤが言うと、エージは「そうかな？」と言ってホームベースを跳び越えて左打席に入った。

そして次の一球。フォームは尚更めちゃくちゃになったが、これまたショートの頭上を越えて左中間を破るようなツーベースコースへの当たりとなった。

「隠れた才能ってやつ？」

ミナが小声で囁き、シンジは「ナチュラル・ボーン・スイッチ・ヒッター」と言って笑った。

「おい、今度は真ん中に立って打ってみろよ」

左打席でも打ちまくるエージに、アツヤが言った。

「おう、そうか？」

完全に冗談だったのだが、エージはそう答えてホームベースを跨《また》ぐように立った。バットは、剣道で言う上段の構えになっていた。

「おい馬鹿、やめろ」

「ちょっと、危ないって」

「軟球とはいえ、百四十キロだぞ」

三人同時に止めようとしたが、

「うっせぇ、黙ってろ！　名付けて、良い子は真似しないでね打法！　うりゃ！」

正面から迫る時速百四十キロのボールに対して、エージはバットを縦に振り下ろした。

そしてバットが捉えた打球は、さすがにライナー性ではなかったものの、大きく弾んでピッチャーの頭を越えるセンター前か内野安打性の当たりだった。

「ガハハハハ！　見たか、凡人ども！　この俺様に打ち返せない球など……イッデェ！」

振り返って高笑いするエージの腰に、最後の百四十キロがめり込んだ。

「やっぱ馬鹿だ」

「ドラフト掛かりたいなら、まずルール覚えな」

「ほら、ゲームオーバーだ。早く出て来い」

腰をさすりながらケージを出たエージに肩を貸し、シンジは自販機コーナーのテーブルに座らせた。ミナは「これ、おしぼりにするよ」と、カウンター上の段ボールからロゴ入りタオルを四枚取ってトイレに向かった。アツヤは「もう入ってるんだな」と、自販機でスポーツドリンクを四本買ってくれた。

一息吐いて各人のバッティングについてあれこれ感想を言い合い、その後自販機の動作確認のために試作品を入れていたうどんとラーメン、ホットサンドを食べて「わー、チープな味」「けど懐かしいよ」「つまりマズウマい」「ねーよ、そんな表現」などと盛り上がった。

酒は一滴も入っていないのに、そんなこんなでわいわい騒ぎ、気付いたら午後九時を過ぎていた。

「俺はそろそろ店に戻らないと。ミナ、途中まで送ってやろうか？」

「お、ラッキー。ありがと」

そして黒と青のキャップは、「オープンしたらまた来る」と言い置いて帰って行った。

残された黄色と赤は、急に静かになったせいか妙にしんみりとしてしまった。

「ビールでも買ってくるか」

そう言って席を立ったのはエージだった。

「あぁ、いいな」

二人揃って酒を呑んでしまえば、ここに泊まるしかない。中二階の事務所には、折り畳みの簡易ベッドとソファが既に納入されている。無理をすれば二人で寝られないこともない。

オープンを目前にして、二人で呑みながらじっくり話をするのも悪くない。会員へのサービスの件もあるが、掃除やメンテナンス、アルバイトの教育、ＡＥＤの講習への参加等々、エージに伝えておかなければならない現実的なことが山ほどある。

シンジがそんなふうに考えていると、表で車が停まる音が聞こえた。ミナとアツヤが忘れ物でもしたのかと思ったが、違った。

「よぉ」

先に立ち上がって出入口に向かおうとしていたエージの眼前に、上下黒のジャージでくわえ煙草の男が立ち塞がった。背後には、女性の姿もあった。

背中しか見えないのに、エージが動揺しているのが分かる。

兼石ユキチカとルリだ。

シンジはエージの両親と会ったことはないが、そうに違いないと思った。

両親が現われなければ、何事も起こらない。自分が勝手にそう思い込もうとしていただけなのに、それでなんとなく安心してしまっていた。完全に油断していた。

「ほぼ完成か。立派なもんじゃねぇか」

ユキチカは数歩だけ中に入ってエージの正面で止まり、自販機コーナーから受付カウンター、バッティングケージへと視線を動かした。

「なにしに来た」

自販機コーナー近くにいるシンジからは、そう言うエージの顔は見えない。微かに震えるその声色は、シンジが聞いたことのないものだった。きっと、怒りに震えているのだ。その表情も、シンジに見せたことがないほど憎しみに満ちたものに違いない。

シンジは自分に冷静になれと言い聞かせた。エージが度を超した行為に及ぶなら、力ずくでも止めなければならない。

「あんたが新しい商売を始めるって聞いたから、一言お祝いにと思って」

ルリがユキチカの背後から顔を出し、作り笑いを浮かべながら言った。彼女は続けて「ホントに、おめで……」と言い掛けたが、ユキチカがニヤリと笑い「心にもないことを言うな」と止めた。

ユキチカもルリも、明らかに酒が入っていた。恐らく、飲酒運転など全く気にしない輩《やから》なのだ。

そして二人とも、酷く年老いて見える。

エージが生まれたのは、この夫婦がまだ十代だった頃のことだとアツヤから聞いたことがある。つまり二人とも、まだ四十代後半だ。だがユキチカは顔色が悪く、手足は元肉体労働者とは思えないほど痩せ細り、そのくせ腹だけが大きく出っ張っている。ルリの方も、派手な化粧と金髪で若作りはしているものの、十メートルほど離れているシンジから見ても髪はパサつき、肌がカサついている。どちらも、不摂生の標本のような歳の重ね方をして来たのだろう。

「もうちょっと早く気付くんだったなぁ。ここまで出来上がると、さすがに店を畳むのもおごとだ」

ユキチカはそう言うと、なんの躊躇《ためら》いもなく煙草を床に落として踏みつけた。染み一つない白黒ツートンの塩ビシートに、くっきりと焦げ跡が付いた。

「ちょっと、あんた」

たまらずシンジは口を出した。

「なにしに来た。畳むのもおおごとって、どういう意味だ」

ユキチカはシンジに目も向けず、その言葉を完全に無視した。そして、より高圧的にエージに向かって言った。

「どこの銀行を騙したのか知らないが、かなりの金を借りてるだろう。それを全部使ってるわけじゃないよな。残ってる現金、あるだけ出せよ」

「おいあんた、さっきからなに言って……」

シンジは一歩前に出たが、エージが制した。エージは両親の方を向いたままで、やはりシンジから彼の表情は窺えない。

「そんなたくさんじゃなくていいんだよ」

ルリはユキチカとは逆に、妙に優しい声色を使う。

「私達、いま生活に困っててね。三十……十万でもいいから、助けてくれないかな」

すかさずユキチカが「ぬるいこと言ってんじゃねぇよ」と半笑いで言った。二人で申し合わせてここに来たようだが、目標額や方法は一致していないらしい。

「親が困ってるんだよ。成人した子供は助けるのが当然だろうが」

「そうだよ、エージ。私達、あちこち身体も悪くてね」

初めて意見が一致した。共通しているのは、金を得るという一点のみだ。

「まともに育ててねぇくせに、いっぱしの親みたいな台詞を吐いてんじゃねぇ」

エージが初めて、震える声で言い返した。

そうだ、もっと言ってやれ。

シンジはそんなふうに思いながら、いつの間にか拳を堅く握り締めていた。いけ、エージ。二、三発……いや五、六発殴るくらいなら、黙って見ていてやる。

だが、エージの拳は握られてはいなかった。

「てめぇ、親に向かってなんだ、その言い草は！」

拳を握っていたのは、ユキチカの方だった。

右の拳が左顎をとらえたが、エージは痛がることもよろめくこともなかった。逆に殴ったユキチカの方が、たたらを踏むように後退した。力の差は歴然だった。

「このクソガキが！」

普通なら己の脆弱《ぜいじゃく》さに嫌気が差しそうなものだが、ユキチカはそれどころか怒りを倍増させ、それをエージに向けた。

両手で肩を押され、これにはさすがにエージも二、三歩後退した。そしてテーブルゲーム機にぶつかり、そのまま床に仰向けに倒れた。

まったくの無抵抗だった。

エージに馬乗りになり、ユキチカは両拳を交互に振り下ろした。ゲーム機が邪魔で、シンジにはエージの上半身が見えない。

「子供は、親の言うことを、黙って、聞いてれば、いいんだ」

一発毎に、ユキチカが悪態を吐く。だがパンチとともに、言葉も力を失っていく。

ルリは両手を口元にもっていき、ただ黙って見ている。

シンジは、エージが故意に殴らせているのだと思っていた。二、三発殴る前の交換条件として。ならば、いまユキチカを止めに入るべきではない。

とはいえ、あまりにも無抵抗の時間が長い。

そう感じ始めたとき、ユキチカが息を切らしながら立ち上がった。拳が痛くなったのだろう。

終わった。さぁ、反撃だ、エージ。

だが立ち上がったユキチカは、もう一度「クソガキが！」と叫び、右足でエージの顔面辺りを踏みつけた。シンジからは死角だったが、〝ゴン〟と響いた鈍い音が、エージの後頭部が床に叩き付けられたものであることは分かった。

「やめろぉ！」

更に踏みつけようと右足を上げたユキチカに、シンジは組み付いた。軽く引き剝がしただけで、ユキチカは簡単にバッティングケージの金網まで下がった。

「なんだよ、てめぇ。土建屋のガキか」

足下をフラつかせながら、初めてシンジの存在に気付いたようにユキチカが言った。

「お前んとこのジジィのおかげで、こっちはどこに行っても仕事をもらえねぇんだぞ。どうしてくれるんだよ」

「うるさい！　いい加減にしないと警察を呼ぶぞ！」

シンジが叫ぶと、ルリが「あんた」とユキチカのジャージを引っ張った。

「帰れ！」

「あぁ、帰ってやるよ。二度と来るか、馬鹿野郎！」

ユキチカは捨て台詞のように言い、ルリとともに出入口に向かったが、途中で振り返って「エージ！」と叫んだ。

「てめぇとは、もう縁切りだ。勝手に生きて勝手に死ね！」

エージは仰向けのままで、なにも言い返さなかった。

シンジは駐車場まで出て、ボロボロの軽自動車のテールランプが見えなくなるまで目を離さなかった。

「大丈夫か、エージ」

建家に戻ると、エージはまだ床の上に横たわっていた。両腕で顔の上半分を覆っている。見えている口元は、血だらけだった。

そっと手首を取り両腕を広げて、シンジはハッとした。

エージは泣いていた。ヒックヒックと、肩をわななかせながら。声は出さないようにしているようだったが、それはもう、泣きじゃくっていると言っていいような感じだった。

まるで繰り返し見たあの夢の中の、捨てられた犬のような、小学生時代のエージそのものだった。

声が震えていたのは、怒りからではない。

「頭、打っただろう。大丈夫か？」

とんでもないことに気付いてしまったような気がしたが、シンジは泣いていることには一切触れず、ゆっくりとエージの上体を起こした。

「終わっ……」

そう言い掛けたエージの口から、大量の血が流れ出た。

「お、おい、喋るな。口の中、切ってるんだな。取り敢えず、病院に行こう」

「いや、俺《おで》、保険証《ほげんじょう》、ないがら……」

「そんなこと、あとからどうとでもなる。いいから車に乗れ」

シンジはカウンター上の段ボールから新しいタオルを三枚取り出し、それを「口元、押さえてろ」とエージに渡した。

「ゆっくりでいいからな」

そして肩を貸してエージを立たせ、駐車場へ向かった。


フラつくエージをなんとか車に押し込み、シンジはカーナビで救急病院を検索して車を発進させた。

次に、スマホで自宅の固定電話に掛けた。時刻は午後十時過ぎ。出来れば祖父か母に出て欲しかったが、微妙な時間だ。数秒後『はいはい、こんな夜分にどちら様でしょうか』と出たのは父だった。

「エージが怪我をした。どこの救急病院に行けばいい」

『お前、運転しながら電話してるのか』

「そんなことはどうでもいい！　早く教えてくれ！」

緊急の度合いは充分に伝わったらしい。父は『頭を打ってるならデカいところがいい』と、ナビには表示されていない、やや遠い場所にある総合病院を指定した。

『こっちから連絡しておいてやる。電話を切って、運転に集中しろ』

助手席のエージはタオルで口元を押さえながらも、シンジに何事か訴えている。はっきりと聞き取れないが、懸命に話している内容を要約すると「警察沙汰にはするな。両手が塞がって受け身が取れない状態で、階段から転げ落ちたことにしてくれ」と言っている。口を開く度に、白いタオルが真っ赤に染まっていった。

転んだことにしてくれと言うなら分かるが、随分と細かい指示だ。

「分かったから、もう喋るな！」

ハンドルを握るシンジが言うとしばらく黙るが、すぐにまたブツブツと話し出す。自分がどんな状態なのか分かっておらず、あんな奇妙な頼み事をしたのかもしれない。

そんなことを考えながら車を飛ばし、総合病院に着いたのは二十分後だった。

「犬塚さんですね？」

車を急患搬入口に横付けすると、白衣の男性が二人、ストレッチャーを用意して待ち構えていた。

エージは、フラついているとはいえ自力歩行が可能な状態だった。それを見て白衣の男達は一瞬安心したようだったが、口元の赤いタオルが元は白だったことに気付くと、一人が「歩かないで、こちらに横になって」と少し怒ったように言った。

ストレッチャーに横たわったエージは、黄色いキャップをシンジに手渡した。そして血に濡れた唇を「たのむぞ」と動かした。

ストレッチャーが処置室に入ったのと入れ違いに女性看護師がやって来て、エージの住所・氏名・年齢、そして健康保険証の有無を訊ねた。シンジは寮の住所を伝え、保険証については分からないと答えた。

「時間、どれくらい掛かりますか？」

「さぁ、傷の状態によるので。ご家族ではないんですか？」

「えぇ、友人です」

「少なくとも今夜は泊まることになると思いますよ。それでも待たれます？」

シンジが「はい」と答えると、看護師は受付前のロビーで待つように言った。

日中は外来患者で溢れているであろうロビーには、誰もいなかった。壁際に熱帯魚の水槽があり、そこから聞こえるモーター音がやけに耳につく。テレビは消され、天井の蛍光灯も半分しか点いていない。受付窓口と売店にはシャッターが下ろされ、視界に入るものの大半がグレーだ。火災報知機の赤だけが際立っている。

取り敢えずミナとアツヤには報せようとスマホを取り出したが、なにをどう伝えればよいのか分からず、またエージが望まないような気もして、やめておいた。

ブックスタンドに雑誌があったが読む気分ではなく、シンジは天井を見上げ、床を見下ろし、悶々《もんもん》としながら時を待った。

さきほどの看護師がやって来たのは、一時間ほどあとのことだった。そして看護師は、エージの元ではなく当直の外科医がいる部屋にシンジを案内した。

「古くからのご友人ということですので、簡単にご説明しておきます」

外科医はそう前置きし、エージの怪我の状態を上唇と頬の内側の裂傷、顎と肋骨二本の不完全骨折、数ヵ所の打撲で、全治十日から二週間と説明した。

「いまは脳波を診てもらっていますが、意識ははっきりしているし四肢に痺れなどもないようなので、ひとまず脳や脊髄に問題はなさそうです。詳しいことは明朝、CTを撮ってからの診断ですが」

外科医はそう続けると、少し間を置いてから「喧嘩ですか?」と質問した。

シンジは即答出来ず「えっと……」と口ごもった。

その外科医は四十代半ばくらいだが、昔スポーツをやっていたのかジム通いに熱心なのか、白衣の上からでも鍛えられた身体であることが分かる男だった。そのせいか、ものの言い方に自信が漲《みなぎ》っているように感じる。

「両手に荷物を持ってて、受け身が取れない状態で階段から落ちたみたいです」

「みたいって、直接見たわけではないんですか?」

「あぁ、その、俺が気付いたのは落ちたあとで」

外科医は「う〜ん」と首を捻り、言った。

「その程度で出来る怪我じゃないことは、あなたにも分かるでしょう。服に靴の跡があったし、腰には野球のボールをぶつけられたような真新しい痣《あざ》もあった。それに、下半身にはまったく打撲痕がない。上半身だけをよってたかってやられた印象です。事件性があるなら警察に通報しないと」

腰の痣は違うのだと言いたいところだったが、そこだけ詳しく説明するのも変だ。シンジはそう判断して、詳しいことは分からないということで通した。

納得はしていないようだったが、外科医は「それでは」と質問を変えた。

「兼石さんのご家族の連絡先、ご存知ですか？」

一瞬、エージをこんな状態にした張本人が父親であることを察しているのかと思ったが、もちろんそんなことはない。

「ご本人に所在を訊いても、首を横に振るばかりで。しかし、ご家族には早くお報せしないと。そうでしょう？」

当たり前の言葉だ。だがその至極当たり前の言葉が、酷く残酷に聞こえる。

「そうですね。えっと、家族の連絡先までは知らなくて。あいつのケータイ、あとで見てみます」

「では、そうしてあげて下さい。本人は口の中を二十五針も縫って、しばらく喋れませんから。入院の手続きとか保険関係のこととか、ご家族と相談することも多々ありますし」

「入院、ですか」

「えぇ。脳に異常がなかったとしても、しばらく水以外は経口摂取出来ないので点滴が必要ですしね。抜糸してちゃんと食事が出来るまでの、五日から一週間でしょうか」

オープンには間に合う。良かった。

そう思い込もうとしたが、無理だった。

外科医の「事件性があるなら警察に通報しないと」という言葉を聞いてから、シンジはアツヤも知らない、もっと幼い頃のエージに思いを巡らせていた。

今日日《きょうび》、エージのような状態で運び込まれたのが幼い子供なら、医師は虐待を疑って警察か児童相談所に通報するのだろう。だが二十数年前なら、親が「転んじゃって」とでも言えば「そうですか」で終わっていたのかもしれない。いや、たぶんほとんどの場合は終わっていたのだ。

あの「受け身が取れない状態で階段から」云々は、二十数年前、なかなか納得しない医師にエージの両親が使った言葉なのではないだろうか。やけに具体的だと思われたエージの頼みは、そう説明すれば医師の疑いの目をかいくぐることが出来ると考えてのことではないだろうか。

「なにか?」

考え込むシンジに、外科医が訊ねた。

「いえ。ありがとうございました」

一礼して部屋を出ると、廊下に母がいた。紙袋を胸元に抱え込み、シンジが見たこともないくらい心配そうな顔をしている。

「どうなの？　兼石くんは」

「あぁ、まだ検査中。てか、なにしに？」

「お父さんから聞いて飛んで来たんじゃない。入院するとは聞いてないけど、着替えは必要じゃないかと思って」

こういうところに気が回るのは、さすが母だと思った。シンジが一時間ほどロビーでボーッと待っていたことも、たぶんお見通しなのだろう。

「パンツはコンビニで新品を買ったけど、Tシャツはあんたの部屋から適当に持って来たの。いいわよね？」

「うん、いいよ。ありがとう」

「そんなことより、なにがあったの？　まさか、お父さんが言ってた兼石くんのご両親と関係があるの？」

「落ち着いたら説明する。わざわざ来てもらって悪いけど、今夜のところは……」

そんな話をしていると、車椅子に乗せられたエージが奥の部屋から出て来た。入院患者用の青い病衣を着せられている。

さきほどまでは出血に気を取られて気付かなかったが、上唇のほかに頬骨の部分にも大きなガーゼが貼られ、左目の周りも赤黒く腫《は》れている。

上唇を覆うガーゼの隙間からは少し血の混じったよだれが垂れていて、顎の下にはそれを受ける新しいタオルが添えられていた。

「あ、お母様ですか?」

車椅子を押す看護師に訊ねられ、母は慌てて「いえ、これの母です」とシンジを指差して答えた。看護師は少し残念そうな顔をしたが、すぐに「ではこちらへ」と、シンジと母を同じフロアにある真っ暗な部屋に案内した。

「まだ局所麻酔が効いていて、歯医者さんで麻酔したときみたいになっているんです。これは三十分もすれば覚めますから」

そこは急患をひとまず寝かせる部屋で、ベッドは四つあるがすべて空だった。

「病室のご用意は明日になりますので、今夜はこちらでお休み頂きます」

看護師は天井に八つある蛍光灯の二つだけを点け、エージをその真下のベッドに寝かせた。

「口腔内の傷は非常にデリケートなので、抜糸するまでお話しすることは控えて下さい。やり取りするときは、これを」

ベッドの背もたれをリモコンで少し起こすと、看護師は小さなホワイトボードをサイドテーブルに置いた。

心配そうに看護師の話を聞いていた母が早速それを手に取り『兼石くん、だいじょうぶ？』と書いてエージに見せた。

ホワイトボードを渡されたエージは『おかあさんはしゃべっていいよ』と書いて見せた。

「あらやだ、そうね。あははは！」

病院に相応しくない笑い声が響き、母は慌てて「ごめんなさい」とわざとらしい小声で囁いた。看護師は苦笑していた。

エージは続けてホワイトボードになにか書き、今度は苦笑する看護師に見せた。

『もうちょっとわかいナースにチェンジ』

今度はシンジと母が苦笑した。看護師は一瞬ムッとしたが、すぐにニッコリ笑って
「明日しっかり、脳の検査しましょうね」と返した。

「もし発熱などがあったらナースコールをお願いします。お水はこの水差しで少しずつ飲ませてあげて下さい。あと、お手洗いは自分で行けると思いますが、念のためにこちらを」

看護師はそう言って、四本足のキャスター付き歩行器をベッド脇に置き、部屋を出て行った。

「いつもの兼石くんらしくて、おばちゃん安心しちゃった」

母はそう言って、紙袋をシンジに渡した。

「シンジは明日ここから直接、仕事に行くのね？　じゃあ、詳しい話は明日の夜。兼石くん、お大事に。なにか必要なものがあったらシンジに言ってね」

母の背中が見えなくなると、エージはホワイトボードの『ありがとう』を急いで消し『いしゃには、あのいいわけでとおした？』と書いてシンジに見せた。

「あぁ、向こうは納得しかねるって感じだったけどな」

『ミナとアツヤには？』

「連絡してない。でもあの二人には、いずれ話した方がいいと思ってる」

ここで、エージのペンが止まった。

筆談に対して口頭で答えているので、当然エージの方にはタイムラグがある。普段は思ったままを口にするエージだが、思ったことを文字にするという一工程によって、人並みに考えるということをしているようだった。

待っている間、シンジは母から預かった紙袋をサイドテーブルの引出しに入れ、その上にエージの黄色いキャップを置いた。そのとき初めて、ツバに血が付いていることに気付いた。それを隠すように自分の赤いキャップも置いて、引出しを閉めた。

エージはまだ、ペンを握ったまま動きを止めていた。

「あの二人は俺なんかより昔のお前を知ってるし、両親が現れたらどうするかって心配してたから」

本当はシンジが父の推測を二人に伝えたからなのだが、心配していることは事実であり、細かい事情は省いた。

ペンが動き、シンジに向けられたホワイトボードには『まかせる』とあった。

ホワイトボードをサイドテーブルに置き、エージはシンジに背を向けた。あちこち痛むのだろう、やけにゆっくりとした動きだった。シンジはリモコンで背もたれを戻し、布団を掛けてやった。

「今日のところは寝ろ。ゆっくり休め」

サイドテーブルの小さな明かりだけを残して蛍光灯を消し、シンジも壁際の長椅子に横になった。

時刻は午前零時三十七分。普段なら寝ている時間だが、ちっとも眠れそうになかった。自宅のベッドではないせいか、あまりに衝撃的なシーンを目撃したせいか、分からない。心身ともに疲れ切っているはずなのに、まったく寝付けない。

薄らと見える天井の染みを見詰めていたら、ポケットの中でスマホが震えた。

仕事を終えたアツヤからかもしれない。もしそうなら、この状況を伝えるべきか否か。そんなことを考えながらスマホを取り出すと、エージからのＬＩＮＥだった。

「え?」

上体を起こしてベッドの方を見たが、エージは背中を向けたままだ。

『いろいろ悪かったな』

届いたのは、そんな言葉だった。

なにも返せないでいると、すぐに『文字書くのめんどくせーからこれで』と着信があった。

「おい、ケータイは……」

そう言って再度エージの方を見ると、ベッドの向こうの壁にモバイル機器に関する貼り紙があった。ノートパソコンとガラケーとスマホの画があり、各々に△印が付いている。その下に〈通話はロビーか談話室をご利用下さい〉と書かれている。通話以外なら使用可能ということらしい。

『俺の親が来てこうなったことはミナとアツヤに教えてもいいけど、細かいところまで言わないでくれ』

言葉が続く。シンジは少し考えて、口頭ではなくLINEで『分かった』と返した。

シンジが座っている長椅子からは、エージは相変わらず背中を向けて眠っているようにしか見えない。

『なんで、やり返さなかった』

今度は、シンジから送信した。

『なんでだろなぁ。あんなにヨレヨレなのに、いざあいつらを目の前にすると手も足も縮こまる。刷り込み？　トラウマ？　あいつらにしてみれば子育てに成功したと言えるんだろう』

どこか笑わせようとしている感じが、逆に痛々しい。シンジは少し迷ってから『初めて会ったけど、ひどい親だな』と送った。エージが自分を責めているように感じられ、遠回しに、お前はなに一つ悪くないという思いを込めたつもりだった。

一分ほど待ったが、エージからの返信はなかった。かえって、やり返せなかった後悔を強くさせてしまったかと思い『悪い。忘れてくれ』と打ち、送信しようとしたところに『どうやら、そうらしいな』と返信が来た。

どうやら？　と思っていると、数回に分けて長文が届いた。

『知らなかったんだよ、マジで。よそんチと比べてどうかなんて考えたことなかったから』

長文は、そんな書き出しで始まった。

エージは、自分が虐待を受けて育ったことに最近まで気付いていなかった。小学生になった頃、どうやらほかの家では食事と温かい寝場所があるのが普通らしいと気付いた。中学生になって、どうやらほかの家庭では子供はそれほど頻繁に殴られないものらしいと気付いた。学費が払えなくて高校を中退したとき、どうやらそういう理由で学校を辞めるのは日本ではレアケースらしいと気付いた。

だが、そんな大ヒントを与えられても、ウチの親は少しだらしがなくて、けっこう乱暴な方で、かなり貧乏なのかな？　という程度に思い込もうとした。

DVとかネグレクトという言葉を知り、どうやら我が家がそれに当たるらしいと理解したのは、つい最近のことだ。

『俺にとってはあれが普通だったから、みんな同じように育ってるもんだと思ってた。あの二人の子供時代は、もっと酷かったみたいだし。いつの時代もどんな家庭も、親は子を憎み子は親を憎む。それが普通なんだと思ってた』

長文は、そこで一旦途切れた。エージの背中が、ほんの少し動いて丸くなった。

「水、飲む？」

声を掛けたが、丸い背中は本当に眠っているみたいに動かなくなった。その直後に『とにかくさ』と着信があった。

『あいつらは俺を産んで、殺さないでいてくれた。それだけでラッキーだ。それに俺だって、ただやられっ放しだったわけじゃない』

エージは、ユキチカとルリが金を要求するために姿を現すことも、どんな暴力を受けても自分にはやり返すことが出来ないであろうことも分かっていた。

ただ今回は、金だけは渡さないと決めていた。弁当屋のときも買物代行のときもカフェのときも、商売の儲けを回せと言われて断わったものの、手元にあったなけなしの現金は渡した。今回は、それも絶対にしないと心に決めていた。

『それで、重要な一言を引き出すことが出来た。だから俺の勝ちだ』

シンジにも、その重要な一言がユキチカの「てめぇとは縁切りだ」という言葉のことだと分かった。

『やり返せない自分にムカついたのは相変わらずだけど、これで終わりだ』

祝福も慰めも間違っているような気がして、シンジはなにも返信出来なかった。

そしてそのまま眠ってしまったのか、エージからも続きの言葉は届かない。

シンジは再度、長椅子に横になった。

スッキリした、これで良かった、万々歳だ。エージの言葉から、そんなニュアンスは伝わって来た。だが同時に、だったらあの涙はなんだ、呪縛から解き放たれたはずなのになぜ背中を丸めたままなのだ、との思いが胸の奥から湧き起こる。

だがそれらについても、なにをどう言っていいものか見当も付かない。

五分ほど経ってから、スマホが震えた。エージからの『変なこと思い出した』という新たなメッセージだった。

「寝てねぇのかよ」

声に出して言ったが、それに対する返答はなかった。改めて『なんだよ』と送信すると、すぐに『昔、ケンコーが呑み屋だったこと知ってる？』と返って来た。

『知らないな。バッセンになる前は、居酒屋とか焼鳥屋だったたってこと？』

『違う。バッセンやりながら闇の賭場でもあったんだよ。競輪とか競馬だけじゃなくて、甲子園とか日本シリーズとか。大相撲は毎場所やってたかな』

『初耳だ。まさか、久保寺でそういうことを始めようって話じゃないだろうな』

『いや、そうじゃない。ウチの親父は競艇とパチンコ、お袋はパチスロにハマってたんだけど、ケンコーにも通い詰めてた時期があってさ』

『うん、それで？』

『一度だけ二人揃って大勝ちしたことがあるんだよ、相撲で。二人とも、まったく期待されてない力士の優勝に一点張りしてさ』

当時、小学校に入ったばかりだった少年エージは、突然ケンコーレジャーセンターに呼び出され「好きなものを好きなだけ食べていい」と言われた。

父も母も、周りの大人達も、みんな笑顔だった。

エージはそのとき初めて、自販機のかき揚げうどんを食べた。ほかにもホットサンドとたこ焼き、デザートに今川焼きも食べた。どれもこれも、びっくりするくらい美味かった。

いつも腹を空かせていたとはいえ、小学一年生の胃袋の許容量などしれている。うどんは伸びるしホットサンドは硬くなるし、たこ焼きと今川焼きも冷たくなったが、エージは二時間くらい掛けてすべてを詰め込んだ。伸びても硬くても冷たくても、どれもこれも抜群に美味かった。

『その後、同じものを何度も食べてるんだけどな、あのときの味にはかなわない。初めてだったこととか、その場の雰囲気とか、そういうのが影響してんのかな?』

その後もエージは、そのとき食べたものがいかに美味かったか、その一夜がいかに楽しかったか、懸命に文字でシンジに伝えようとした。

決して巧《たく》みな表現ではなかったが、楽しかったことだけは充分に伝わった。そしてその一夜の楽しい雰囲気が伝われば伝わるほど、三時間ほど前に見たあのエージの涙の意味が、分かったような気がした。

『もう寝るぞ。お前は好きなだけ寝てればいいけど、俺は明日も早いんだ』

故意に少し乱暴な言葉を送信すると、少し間があってから『リョーカイ』と返って来た。

シンジが目を閉じると、小さな衣擦《きぬず》れの音がして、コトリとサイドテーブルにスマホを置く音が聞こえた。

翌朝、シンジは七時に起きて久保寺バッティング工場へ向かった。

仕上げ段階に入った内装工事と外装工事について打ち合わせをし、消防署や水道局の検査に立ち会い、ピッチングマシンの調子やネットの張り具合について業者に電話し、食事を摂る間もなく、あっと言う間に夕方になった。

ミナとアツヤには、エージが入院したことと病院の名前をメールで伝えた。二人ともすぐに『なにがあったの?』『両親が来たのか』と訊ねたが、『詳しいことは本人に訊いてくれ』と返した。

帰りにコンビニで雑誌数冊を買い、病院に寄った。下半身に影響しない雑誌を選んだことに、エージは『きがきかねぇなぁ』とホワイトボードで苦情を申し立てた。続いて、たまたま体温を測りに来た若い看護師に『さいきんのナースはアレやらないんすか?』と、いまも昔もあるはずのないAVに出て来るナースのサービスを懇願していた。

昨夜のLINEのやり取りは、彼の中では既になかったものになっているように思われた。

ミナとアツヤに入院している件だけは伝えた、二人とも近いうち見舞いに来るだろう。そう言うと、エージは『へ~』とだけ書いて見せた。

この日は十分ほどで病院を後にし、自宅に着いたのは午後八時過ぎだった。

「お疲れ様。大変だったわねぇ」

母はいつもの「お帰り」とは違う、労《ねぎら》いの言葉を掛けてくれた。食卓では、夕食を終えたばかりの祖父が手酌で呑んでいた。父はまたなにかの会合とかで、夕食も摂らずに出掛けたとのことだった。

この夜のおかずは、子持ちカレイの煮付け、さつま揚げ入りの切り干し大根、豆腐とナメコとホウレンソウの味噌汁だった。父がいないこともあってか、祖父好みの献立だ。

「冷凍でよかったら唐揚げとかあるわよ。チンする?」

シンジは「これで充分」と答え、中高生みたいな勢いで夕飯を食べた。

「美味《うめ》ぇ……」

いつもは残す切り干し大根まできれいに平らげた。母は「そう? 良かった」と食器を片付けようとしたが、途中で手を止めてシンジの顔をまじまじと見詰めた。

「なに?」

「なんか気持ち悪い。いまの美味ぇって」

「なにが。美味かったから言っただけだ」

「そんなこと、いつもは言わないでしょ」

「意識してねぇよ。つい出た言葉だ」

「ふ〜ん」

祖父が黙ってそのやり取りを聞きながら、微かに笑ったような気がした。

シンジは庭に臨む縁側に行き、少し窓を開けて煙草に火を点けた。そして、ユキチカとルリがエージに金の無心に来たこと、それが過去に何度もあったらしいこと、今回は断わると決意していたエージがユキチカに激しい暴行を受けたこと、エージは無抵抗であったこと、ルリはユキチカを止めるでもエージを庇うでもなく傍観していたこと、そして、エージ本人が警察沙汰にだけはしないよう言ったことなどを説明した。

母は「酷い……」と呟いて涙ぐみ、続いて「警察には言うべきよ」と怒った。

「そうでしょ、お義父さん」

同意を求められた祖父だったが、それには答えず「もう金は渡さないという意思表示が狙いだったのか」と言った。

「突飛なやり方ではあるが、これが彼なりの決別宣言だったということだな」

母は「お義父さん！」と珍しく声を荒らげたが、今度はシンジがそれを制し、祖父に「あいつの怪我、仕事中の労災ってことにならないかな」と訊ねた。

治療費と入院費が全額負担となると、数十万円は掛かる。工事現場での怪我ということにすれば、犬塚土建が入っている保険で賄うことが出来るかもしれない。

「そういう保険には入ってるよな」

「出来なくはないが、あれを使うと労基署に怪我の経緯を詳しく調べられる。それは兼石くんも望まないところだろう」

「そっか……うん、それは確かに」

「そこでだ」

祖父は、久保寺バッティング工場を犬塚土建の副業として登記し、エージを専属管理員として犬塚土建の正社員にするつもりだと言った。

そして、バッセン立ち上げのために動いていたこの十ヵ月余りも実質正社員であったこととし、保険証の発行日も十ヵ月前に出来ないものかと父が動いているのだと言った。

「親父が？」

「あぁ、お前から電話があってすぐ方々に掛け合ってな。裏技と言うかルール違反ではあるが、この業界ではちょくちょくある話だ。いまも健保関係に顔が利《き》く商工会の人間と会ってる」

もしその裏技が実現しなかったとしても、最速で二日後には正規の健康保険証が発行される。数日間の治療費と入院費は全額負担となるが、それはバッセン立ち上げのためにプールしている金でどうにかするしかない。

「社員となれば、バッセンの売上げはウチで管理して、兼石くんには給料を支払うという体裁になる。そこのところは、お前から彼に説明しておいて欲しい」

シンジは庭へ目を向けたまま「分かった」と答えた。

窓の外には暗闇が広がっていた。事務所に明かりは見えない。寮の窓に、ほのかに三つの明かりが見えるだけだ。

寮に住む数人の従業員達は犬塚土建の正社員ではなく、各々で日雇特例健康保険に加入している。いまの祖父の話を聞かせると「なんであいつだけ」などと怒りそうだ。

「急場しのぎでこれが最善だと判断したわけだが、兼石くんを正社員にすることの意味、お前には分かるか？」

祖父は現実的な金の話をしているようで、それだけではないことがシンジにも分かった。

母はまだ怒っていたが、ブツブツ言いながら洗い物に取り掛かっていた。

「古臭い考え方だということは分かっているが」

そう前置きして、祖父はこんな話を始めた。

雇用される側の考え方が時代によって変わるのは、どうしようもないことだと思う。選挙で選ばれた人間や公務員の世界ですら、滅私奉公などという言葉は死語になっている。雇用される側は雇用する側を、腰掛けにでも踏み台にでも利用すればいい。

だが雇用する側には、決して変えてはならない姿勢がある。

人を正式に雇い入れるということは、その人と生活を一《いっ》にする、ひいては人生の一部に責を負うということだ。どれだけ時代が変わっても、そこだけは変わらない。雇用する側は、常にそれを覚悟していなければならない。

「つまりお前と兼石くんの関係が、これまでとは変わってしまうということだ。儂はそのところが気になって……」

「変わらねぇよ」

祖父の言葉を遮って、シンジは言った。

「ほかはどうだか知らないけど、俺とエージは変わらねぇ」

祖父は数秒黙ってから、静かに「そうか、それならいい」と席を立った。

たった一夜のケンコーレジャーセンターでの思い出を知って、シンジは床に倒れたエージが流していた涙の意味が分かった。あれは、やり返せなかった悔し涙ではなく、捨てられた子供の嘆きの涙だったのだ。

それは分かったが、まったく理解は出来なかった。

あんなろくでもない親との絶縁を悲しむな。ケンコーはもう存在しない。その楽しかった時間にしてもただの気紛れに違いないし、どれだけ頑張っても二度と戻らない。だからこそ俺達は、新しい時間を作るために久保寺バッティング工場を立ち上げたのではないか。

そんなふうに思いはしたものの、シンジにとってはやはり、なにをどう言えばいいのか難しい話だった。

「ほら」

自室に向かったのかと思っていた祖父が、冷蔵庫から缶ビールを持って来てシンジに差し出した。

「変なことを言って済まなかった。オープン直前に一人になって大変だが、頑張れよ」

ビールを受け取ったシンジは、小さく「サンキュ」と言った。

祖父はフッと笑ってシンジの肩を叩き、自室へ向かった。

かつて労働者仲間で土建屋を興し、みんなの推薦で社長に納まった祖父は、雇用者と被雇用者の関係になることで人間関係が微妙に変わってしまうということをいくつも経験しているのだろう。

いまと違い人間関係が濃密だった時代のこと、結婚や子供の誕生など喜びを共に出来る明《めい》の部分があった代わりに、暗《あん》の部分も深かったに違いない。ましてや怪我や加齢がダイレクトに仕事量に影響する、身体が資本の世界。残酷な判断を下さなければならないことも、数知れずあったに違いない。

そこまで思いが至らず、ただ感情的に自分とエージの関係は変わらないなどと言ってしまったことを、シンジは後悔した。

それと同時に、祖父が敢えて「家族みたいなもの」という表現を使わなかったのだということにも気付いた。

「エージの人生には家族が足りない」

以前アツヤが言ったその言葉を祖父は聞いていないが、心のどこかでそう思っているのだ。

人を雇うということは、その人と限りなく家族に近い存在になるということ。祖父はきっとそういうことを言いたかったのだと、シンジは数日を経て理解したような気がした。

だが祖父に直接そのことを確認することも詫びることも出来ないまま、更に数日が過ぎた。

父の奔走は結局無駄に終わり、治療費と入院費の五日分は全額負担となった。その分はエージが「何年掛かってでも返す」と言ったが、取り敢えずはプールしていた金の中から支払った。

犬塚土建の社員扱いとなることについては、どういうことなのかよく分かっていないのか、エージは「へー、そう。なんか悪いね」という反応で受け入れた。

入院から五日後に退院したエージは、五キロ痩せていた。まだ塩辛いものが食べられないとかで、母にざるそばとざるうどんばかり頼み、驚異の食欲で一週間で三キロ戻した。

そして、久保寺バッティング工場オープンの日がやって来た。

日曜日、午前九時。シンジはエージと共に例のキャップと揃いのウィンドブレーカーを身に着け、開店一時間前から駐車場で最初の客を待ち構えていた。

フードコートでは、たこ焼き、今川焼き、おにぎり、スムージーの各屋台が仕込み作業をしている。商店街の車四台も、ミニミニスーパーと呼んでも差し支えない品揃えで開店準備を進めていた。その商品の中には、エージの「あれは売れる」の一言で笹の屋のどら焼きも並んでいる。

建家の入口には、久保寺倉庫から届いた開店祝いの花輪があった。ロビーにもスタンド花が五つ飾られており、二つはあけぼの信用金庫多摩東部支店と、メンズクラブストレイキャッツからのもの、残り三つは市内のバッティングセンターからのものだ。

市内バッセン巡りの企画はかなり気に入られたようで、ライバルとなるはずの三つの施設が「競い合い協力し合い、業界を盛り上げましょう」とのメッセージ付きで新規参入を歓迎してくれている。これは想定外の嬉しいサプライズだった。

とはいえ、久保寺バッティング工場の経営が成り立たないことには、競い合うも協力し合うもない。

通りには相変わらず人通りがない。たまに通り掛かる車も、工場や倉庫の関係車両ばかりだ。

シンジは三軒のバッセン、草野球場、スポーツ用品店にチラシを置かせてもらったほか、エージの入院中には一人で最寄駅の周りや商店街、市内の大学、専門学校で自販機とゲーム機の詳細を掲載したチラシを手配りした。

開店前とはいえ「やっぱり立地が悪過ぎたのか」「レトロな自販機やゲームも、それほど求心力があるわけじゃないよな」などと、マイナスのことばかりがシンジの頭を過る。

「行列が出来るとは思ってなかったけど、それにしても一人も来ねぇな」

シンジのマイナス思考に拍車をかけるように、エージが言った。上唇の左側には腫れが残り「なに喰っても血の味がする」とぼやくものの、喋る方はもうすっかり元通りだ。

「しょうがないんじゃないスか？　学生は春休みに入ったところだし、レトロな自販機やゲームが目当ての奴らは夜型が多そうですしね」

アルバイトの大学生、通称ダイガク……エージが面接時に名付けた……が的確なことを言った。このダイガク、ゲーム好きが高じて昭和のテーブルゲームにもハマっているというオタクだが、以前は短期間ながら都心のアミューズメント施設で働いたことがあるとかで、マシンの調整などはシンジやエージよりも巧みな頼れるアルバイトだ。

「冷静かつ大胆に苛つかせることを言うんじゃねぇよ」

「ポンポン叩かないで下さいよ〜」

ってている。

エージの雑過ぎるコミュニケーション方法への対応力も、オタクの割りには一応備わっている。

開店まで三十分を切った頃、一台のライトバンが駐車場に入って来た。ダイガクを小突き回していたエージは一瞬「お！」と喜んだが、運転席を覗き込んで「う～ん」と複雑な表情になった。

「ようよう、開店おめでとうさん！」

大きな身体を屈めて運転席から降りたのは久保寺だった。熨斗の掛かった角樽《つのだる》を携えている。

「すみません、立派な花輪を頂いたうえに、こんなものまで」

角樽を受け取り頭を下げるシンジの隣で、エージが「第一号、身内かよ～」と顔をしかめた。

「悪かったな、兄ちゃん。地権者の特権てことで、会員第一号にしてくれや！」

久保寺は身体を揺らしてガハガハ笑い、エージの背中を分厚い手で叩いた。数歩つんのめったエージが「痛《いって》ぇな、おっさん。俺は退院直後……」と文句を言い掛けたそのとき、ダイガクが「あれ？」となにかに気付いて遠くを指差した。注視していた最寄駅ともバス停とも違う方角だ。

つられて指の先を目で追うと、ゾロゾロとやって来る人々が見えた。団地のある方角からだった。二十人程度かと思われたその数は、通りの奥の方から続々と増えていく。もう群衆と言ってもいいほどの数だ。杖をついている人、買物カートを押している人も多い。そのせいか歩みは恐ろしく遅く、先頭がここに辿り着くまでまだ十分ほど掛かりそうだった。

「なんか、ゾンビ映画みてぇだな」

エージがボソリと呟いた。

「ブハハハ！　やべ、笑っちまった。兄ちゃん、せっかく来てくれるお客様をゾンビ呼ばわりはないだろう」

窘《たしな》めながらも笑いがおさまらない久保寺は、ゆっくり押し寄せる群衆を見ながら「上手いこと言うもんだ」と苦笑した。

バッセンも自販機もゲームも、開店前から人々を引き寄せるほどの魅力はなかったようだが、ミニミニスーパーの方は待ち望まれていたものだったらしい。

開店十分前には、先頭の集団が敷地を取り囲む金網の前に群がり始めた。フードコート側の入口も開いているのだが『本日午前十時開店！』と書かれた貼り紙を見て、時間がくるまで待っているようだった。ゾンビにしては礼儀正しい。

エージが「結界かよ」とこぼし、久保寺がまた「だから兄ちゃん、そういう……グハハハッ！」と笑った。

フードコートの店舗は、いずれも準備万端だった。エージに「行け、ミラ・ジョボビッチ」と指示され、ダイガクが入口まで駆けて行き「どうぞ入っちゃって下さぁい」と群衆を招き入れた。

低めに見積もっても平均年齢七十歳くらいの群衆がフードコートに入って来た。ターゲットはやはりミニミニスーパーで、全員がわらわらと四台のミニバンとワゴン車を取り囲んだ。

パンと牛乳はあっと言う間に売り切れてしまい、惣菜や弁当も昼までもちそうにない勢いで減っていく。ミニミニスーパーの店員は車一台につき一人ずつしかいないので、補充のために商店街に戻るわけにもいかず慌てて電話を掛けていた。

客の多くは買物を終えて帰って行くが、三分の一くらいは留まってフードコートのテーブルで談笑を始める。その中の数人は、おにぎりや今川焼きを購入してくれた。今川焼きとバッティングするかと思われた笹の屋のどら焼きも、そこそこの売れ行きだ。数人が物珍しげに建家の中に入って行くが、トイレを使うか自販機でお茶を買うくらいで、誰もバットを握ろうとはしない。

団地の客はバッセンの客にならないということは想定内だったものの、正式な開店時間を一時間過ぎてもバッセンの客は久保寺だけだった。

会員番号001番の会員証兼ICカードをゲットした久保寺は、バッセンらしい音がなければ寂しいだろうという思いでもあるのか、休憩を挟みながら一時間で八ゲームもプレイした。硬式経験者に軟球は捕らえ所が難しいようで、最初はポップフライばかり打ち上げていたが、二ゲーム目には物凄い音を立ててライナー性の当たりを連発し始めた。最終的には計二百スイングして、ホームランボード直撃も七本あった。

「フードコートは大繁盛だけど、こっちはさっぱりだな」

オープン記念で配られるロゴ入りタオルで汗を拭いながら久保寺は無遠慮にそう言って笑ったが、エージがあからさまにムッとした表情をすると「いやいや」と手を横に振り、真顔に戻った。

「日曜の朝からバットを振ろうなんて奴、そうそういない。この立地じゃ、たまたま通り掛かって立ち寄るなんてパターンもなさそうだしな」

慰められると、更に辛い。シンジがそう思っていると、久保寺は「逆に言えばだ」と続けた。

「ここに来る客は、全員わざわざ来てくれるわけだ。特に今日来てくれる客は、常連になる可能性がある。勝負は昼過ぎからだぞ」

結局、会員第一号である久保寺は想定していた客単価の三人分、三千数百円を使って「また来る、頑張れよ」と帰って行った。

その後、十一時台になってカップルが一組、男同士の若者グループが二組やって来た。

昼過ぎには日曜出勤している近所の工場や倉庫の管理員が五名ほど自販機のうどんやおにぎりでランチを摂り、その中の二人が一ゲームだけ打って帰った。彼らの中には「この辺りはコンビニも遠いんで、こういう店は助かる。またちょくちょく来るよ」と言って帰る者もいたが、誰も会員にはならなかった。

たいしてやることもなく、エージとシンジは手持ち無沙汰だった。ダイガクも暇だったのだろう、命じられなくても一組の客が帰る度に、たいして溜っていない灰皿を交換してトイレを掃除した。

対照的にフードコートは、あとからあとから団地の住人がやって来て開店直後よりも更に賑わっている。その賑わいも嬉しいことではあるのだが、焦りは禁じ得なかった。

だがその焦りは、すぐに杞憂に終わる。久保寺の予言は当たっていたのだ。

午後一時を過ぎた頃から、車やバスで客が訪れ始めた。半数はバッティング目当て、半数はレトロな自販機とゲームが目当てのようだった。

自販機とゲームの方は放っておいてもいいが、バッティングの方はオープン記念の粗品を渡したり、会員の特典を説明したり、五人に一人くらいは登録手続きをしたりで、とにかく手間が掛かる。最初は問題なく回していたが、二時くらいになると駐車場が満車になり、スタッフ三人ではとても追い付かない忙しさになってしまった。

「いつまで待たせるんだよ」「会員登録はいいや」「オープン初日にスタッフ三人って、

ちょっと仕事を舐めてねぇか？」

そんなクレームが出始めてペコペコ謝ったり、「いっぺんに来るんじゃねぇよ」と悪態を吐くエージの口を塞いだり、少年野球チームのチャリンコ軍団がやって来て九人で一枚の会員証を作りたいなどとややこしいことを言ったり、その間ケージはフル稼働なので「球が詰まった」「マシン止まった」「ホームラン当たった」などなど対応しなければならないことも山ほどあり、さっきまでの暇な時間が懐かしく思われるほどの修羅場になってしまった。

「なんなんだよ、これ……」

午後五時。新たにやって来る客が落ち着いてから、恐らく過去最高に労働したエージが深い溜息とともにそう呟いた。

「まぁ初日で日曜だから、たまたまだと思っておきましょうよ」

おしぼりを目に当てながら答えたダイガクは「球、詰まってるよー！」という客の声に「はーい！」と応え、マシンの方へ駆けて行った。

ゲーム目当ての客は馬鹿みたいに何時間もやっているが、バッティングと自販機目当ての客は回転が早い。いまケージに入っているのは、河川敷で試合があったと思しき大人の草野球チームの一群だ。そこに三人ほど近所の工員も混じっているが、彼らはバッティングの方はそこそこに、たこ焼きをつまみに持ち込んだビールを呑んでいる。レト口自販機の方はホットサンドが少し残っているだけで、うどんとラーメンは四時の時点ですべて完売していた。

「よう、開店おめでとう」

受付カウンターに突っ伏していたシンジが顔を上げると、アツヤがスムージーを片手に立っていた。隣のミナも、ピンク色のスムージーをチューチューしながら「よっ」という感じで手を挙げた。

「四時頃来たんだけど、なんか忙しそうだったからさ、外で待ってたんだよ」

同じように受付カウンターで突っ伏していたエージの「見てねぇで手伝えよ」という文句に、ミナが「当方としては致しかねます～」と切り返している間、アツヤがシンジに「良かったな」と囁いた。

「え、なにが？」

「思ったより盛況みたいで、良かったじゃないか。目標の二十三人は余裕でクリアだろ？」

シンジは答える代わりに、レジ脇のパソコンを覗き込んだ。

会員登録した人以外の来店者数はカウントされていないが、バッティングとストラックアウトのプレイ数は一目で分かる。

開店から七時間で、その数は二百五十を超えていた。一人平均三ゲームプレイしたとすれば、現時点で八十人以上が来店していることになる。客単価を千円として導き出した一日二十三人という目標の、三日から四日分だ。

だが、オープン初日の日曜日ではあまり参考にならない。

「お前も雇われ店長やってるなら、今日の数字は例外だって分かるだろう。それに、もっと大きな問題に気付いたんだが……」

シンジが説明を続けようとしたそのとき、新たな客がやって来た。

「あの、会員登録いいですか？」

ミナとアツヤをクレームでも言っている客と勘違いしたのか、その客は恐る恐るという感じで言った。

身長は百七十五センチくらいだが、幅と厚みのある体格をした男だった。浅黒く日焼けしたその顔を見て、シンジはどこかで会ったことがあるような気がした。

「あー！」

先に気付いたのは、エージだった。

急に指をさされた男は「え？」とたじろいだが、数秒後に「あ！」とエージを指さした。すると今度は、男の背後にいた息子と思しき十歳くらいの少年が「え？」と、指を指し合っている二人の大人を交互に見た。ミナとアツヤも「ん？」という顔で、エージと男を見た。

「知り合い？」

ミナに訊かれたが、シンジはまだ「どこかで会ったような気がするけど」としか答えられない。するとミナも「私もなんとなく」と呟いた。ということは古い知人、例えばかつてケンコーレジャーセンターで頻繁に顔を合わせていた人かもしれない。そう思い古い記憶を辿ったが、どうもピンと来なかった。

一方、男も何かを思い出そうとするかのように、シンジ達を見詰めていた。その視線はミナで止まり、なぜだか彼は股間を蹴り上げられたみたいに顔を歪めた。

「よぉ、おっさん……じゃない。ようこそいらっしゃいませ！」

エージが深々と頭を下げ、会員登録の用紙を二枚、差し出した。

そこでやっとシンジも気付いた。古い知人ではない。彼は一年ほど前、駅前でケンコーの場所を訊いてきた男だ。

たまたま道を訊かれ、既に潰れていることを知らずにケンコーの場所を教えただけ。だがそもそもあれがなければ、エージから「俺達の日常にはバッセンが足りない」という発言はなかっただろう。今日こうして久保寺バッティング工場がオープンを迎えることもなかったはずだ。

「あんときは申し訳ない。ケンコーが潰れてるの、知らなかったもんだから」

会員登録に必要な個人情報を記入する男に、エージはそんなことを話し掛けていた。

一通り書き終えてから、男は「じゃあ」と質問した。

「その店が潰れてることをあとで知って、それでこのバッセンを立ち上げたんですか？」

「そう、そゆこと」

なんでもないように答えるエージに、男はまさかという表情を浮かべながら用紙を渡した。

「はいはい、狩屋コウヘイさんとケントくんね。すぐに会員証を……え！　俺らと三つしか歳、違わねーの？　おっさんとか言って、マジすんません」

狩屋は「はぁ、まぁ」と曖昧に流し、主客転倒を画に描いたような状況にミナとアッヤは苦笑していた。

エージは二人を特別会員にしたいと言ったが、そういう枠は特に設けていない。シンジが「一ゲームサービスくらいなら」と言うと、エージは「ショボッ！」と言って二人の会員証にマジックでなにやら書き付けた。

「じゃーん」

二枚の会員証の裏に、ヨレヨレの文字で〝AFK〟と書かれていた。シンジもミナもエージも、狩屋親子まで黙っていると、エージは「鈍いなぁ。〝永久不滅カード〟だよ！」と叫んだ。

鈍いどころかどこをどういうふうに間違えているのかまで手に取るように分かったのだが、面倒臭いのでシンジは黙っていた。ミナとアツヤと狩屋父も、恐らく同じ理由で黙っていた。狩屋息子は、ただただ怯えたような目でエージを見ていた。

「あの、これは、どういうサービスを？」

「ん〜、来店ごとにドリンク一本……それじゃあショボいな……うどん一杯……これもたかだかって感じか……え〜い面倒臭ぇ！　フードコート食べ放題でどうだ！」

「いえいえ、それはさすがに」

「遠慮すんなよ。おっさ……じゃない、狩屋さんがいなけりゃ、このバッセンはないんだからさ。なぁケントくん、お前のお父さんはスゲーんだぞ。道を訊いただけで、バッセン一つ作っちゃうんだから」

「いや、作ってないです」

そんなやり取りが、十分近く続いた。

ミナとアツヤは、その様子をクスクス笑いながら眺めていた。

「元通りを通り越して、馬鹿に拍車が掛かってる」

「ホント。一瞬とはいえ、心配して損した気分」

病院に見舞って以来初めてエージと会う二人から同意を求められ、シンジは「そうだな」と答えた。

ミナとアツヤは別々にエージを見舞った。そのどちらにもシンジは同行していない。エージの怪我の経緯をシンジから聞いていたミナは「お灸を据える意味でも警察沙汰にすべきだよ」と主張し、アツヤは「二人とも捜し出して詫びを入れさせてやる」と息巻いたという。

エージはその両方を『めんどい』と平仮名四文字で却下したらしい。

それでも二人は、エージに内緒でユキチカとルリを捜している。目的は一言詫びを入れさせる、出来れば治療費を一部でも負担させるためだ。二人に協力を求められたシンジは「情報があれば伝える」と答えたものの、実際にはなにもやっていない。

「よし決まった。おいシンジ、ケント少年が来たらバッティング以外、建家内の飲食は全部タダな。一緒に連れて来たツレもだ。ダイガクにも言っといてくれよ」

狩屋父の方が折れる格好で、AFKの天下御免的な効用は決まったらしい。

狩屋親子はペコペコしながら時速九十キロのバッティングケージに向かい、大きなヘルメットを冠ったケント少年がプレイを始めた。バットの持ち方を見ただけで下手くそだと分かった。父コウヘイは、金網の外からあれこれと指示を出していた。

最終的にこのオープン初日は、日が暮れてから再度二時間ほど忙しい時間が続き、午後九時に閉店した際にはプレイ数は三百を超えた。ホットサンドは売り切れ、飲み物も水とスポーツドリンク系はすべて売り切れた。

ダイガクは実家住まいの大学生で、原付を持っている。つまりこの先、長期休暇でも帰省せず、駅から離れた場所への通勤も苦ではない。更には、毎週土曜と日曜、都合が合えば祝日も、八時間から十時間も働いてくれる。こういうアルバイトは希少だ。

オープン初日のスタッフ不足を踏まえ、友人に似たような環境の人間がいたら紹介してくれと言ったのだが、ダイガク曰く「探してみますけど、バッセンにもレトロゲームにも興味なければ難しいっすね。居酒屋とかコンビニで、もっと好条件のバイトありますし」と、もっともな意見で返された。

そして新たなスタッフが見付からないまま、オープンから一ヵ月が過ぎた。

その一ヵ月、エージとシンジは一日も休まず、朝十時から夜九時までの営業時間はもちろん、掃除、メンテナンス、チラシ配りなどのために早朝から日付が変わる頃まで働き続けている。

最低でもあと二人ほどスタッフを増やさなければ、身体が壊れてしまいそうだ。バッセンが出来ればすぐにでも家業に戻るつもりだったが、このままではそれも無理だ。

「第一、経営状態の方もこれじゃあな」

五度目の日曜の営業を終えた午後九時半、シンジは中二階で事務処理を行なっていた。

「結果的には、急いでアルバイトを増やさなくて良かったたって感じ」

パソコンのディスプレイを見詰めて自嘲気味に呟いてみたが、余計に空しくなるばかりだった。

フードコートは開店日以降も連日大盛況で、ミニミニスーパーは客からの要望もあり品数と量を大幅に増やした。それにより急いで買物をする必要がなくなり、団地の老人の多くがフードコートを集いの場として利用するようになった。その数が増えるに従い、たこ焼きや今川焼きの売上げも順調に伸びていった。

フードコートから久保寺バッティング工場に入る収入は、車一台につき月極駐車場の相場、月額二万円プラス売上げの一〇パーセントという契約になっている。但しミニミニスーパーだけは複数の店舗が絡んでいてややこしいので、どれだけ売上げがあっても車四台で月額十万円。水道とコンセントが使い放題にしては、かなり格安の設定だ。

トータルで月額二十数万円から三十万円が見込まれる。決して小さな額ではないものの、シンジは「こんなに繁盛するなら、もうちょっと乗っけるんだったな」と軽く後悔していた。

と言うのも、肝心のバッセンの方が週末以外はさっぱりなのだ。

オープン初日、アツヤに言い掛けた「もっと大きな問題」とはそのことで、あのときの予感は完全に当たっていた。

久保寺は「わざわざ来てくれる」という言葉を良い意味で使ったようだが、要するにその逆だ。ここは、ついでに立ち寄るような場所ではない。三日に一度くらい、ランニングの途中に汗だくで立ち寄って一打席だけ打って帰るストイックな野球少年が一人いるが、ついでと呼べそうなのは彼くらいだ。

平日の昼間に来るのは、近隣で働く工員か外回りの会社員くらい。自転車に乗った小中学生もたまに来たが、それも春休みが終わってパッタリ途絶えた。狩屋親子は母親も一緒に自販機とレトロゲームが目的の客も、週末に集中している。久保寺は平日もちょくちょく来るようになったが、日曜だけだ。久保寺は平日もちょくちょく来ては小一時間も遊んでくれるものの、それで売上げが劇的に良くなるわけでもない。

この一ヵ月、月曜から金曜の平均来客数は十人。最もひどい日はストイック少年と久保寺を含め五人しかいなかった。目安である一日に二十三人という数字は、週末に貯めた貯金を平日に吐き出している感じで、なんとかクリア出来ている状態だ。

「SNSの口コミも、パッとしねぇか……」

なにかを解析するでも善後策を検討するでもなく、シンジはディスプレイを見詰めながら溜息を吐いた。

このまま数ヵ月も経てば、週末の繁盛も落ち着いて赤字に転落する。マーケティング調査だけでもプロに任せていればと後悔したところで、もう遅い。

「ようセンム様、お疲れ。床用洗剤のストックはあったっけ？」

モップの柄にもたれ掛かるように、エージが事務所の入口に立っていた。唇の腫れは引いたが、その顔にはさすがに疲れの色が浮かんでいる。

事務所奥の備品倉庫で洗剤を探しながら、エージは「掃除終わったら、久々に呑みに行こうや」とシンジを誘った。

「俺は車だ。それに、掃除が終わる頃には十一時近くになってるだろう。明日も早いんだから缶ビールくらいで我慢しろ」

エージはオープン一週間後に犬塚土建の寮を出て、事務所で寝起きするようになった。食事は自販機とフードコートで済ませ、たまにコンビニで酒と煙草を買い溜めし、風呂は近所の工場のシャワー室を借りている。

「機嫌悪《わり》ぃな。代行呼べばいいじゃねぇか。それに俺は、どんだけ寝不足でも二日酔いでも、無遅刻無欠勤だろ？」

それは確かにそうだった。この一ヵ月、エージの働きぶりには正直なところ驚かされている。

シンジは話の矛先を変え、「これを見ろ」とエージをパソコンの近くに呼んだ。そこには、プレイ数の日毎の推移が折線グラフで表示されていた。縦軸のプレイ数は百までしかない。月曜から金曜までは三十前後で横這いを続け、土曜と日曜と祝日だけグラフにおさまらず飛び出している。

「あはは、スゲー不整脈。土日の売上げ、半端ねーな」

「本当にそう思うか？」

「なんだよ、怒るなよ」

「じゃあ次は、これを見ろ」

シンジはマウスとキーボードを操作し、縦軸の数値を最大四百に設定した。すると平日の横這いは横軸と並ぶ直線のようになり、週末の山の頂点も見えるようになった。

オープン初日の日曜日が三百十二と突出して高く、二百八十六、二百十三……と、祝日を含み六つある山の頂点が確実に低くなっていく。この土曜と日曜は二百を切っていた。

「意地の悪い見せ方をするもんだね。土日の集客がちょっとずつ減ってることは分かってるよ、働いてんだから」

「いや、分かってない。分かってたら、呑みに行こうなんて発想はないはずだ」

「だから怒るなって、シンジ。お前、ここがオープンしてからちょっと変だぞ」

「別に怒ってねぇよ」

ここがオープンしてからではない。シンジが自分でも自分がおかしくなったと感じるのは、オープン二週間前のあの夜以降だ。

両親を見付け出してエージに詫びを入れさせたいというミナとアツヤの思いは、とても健全であるとシンジは思う。だがミナとアツヤは、エージの涙も丸めた背中も、シンジとのLINEのやり取りも見ていない。

だからその健全さは、きっとエージをいまよりも苦しめる。

退院以来、エージがふざければふざけるほど、冗談を言えば言うほど、シンジはそれらが酷く空回りしているように感じている。無理をして、以前と変わらない兼石エージを演じているように思われるのだ。

だがすぐに、エージ自身はなんら変わらず、変わったのは彼のおふざけや冗談を受け取るシンジ側だと気付いた。

そしてその思いは、中学一年生のときに出会ってからずっとそうだったのかもしれない、という疑念に繋がった。

兼石エージは昔からふざけてばかりいて、授業などまともに受けず、友達を利用して、ときには裏切り、約束を簡単に破り、借りた金を返さず、それほど強くないくせに喧嘩っ早く、どんな仕事をやっても長続きせず、女にだらしがない。

それらすべてが、芝居だったような気すらする。自分を無頼漢に見せるために。同情されることを避けるために。

「お前と兼石くんの関係が、これまでとは変わってしまう」

祖父のそんな言葉が、思い起こされる。あれは雇用関係になることで人間関係が変わるという意味で、涙とか背中とかLINEは関係ない。だが結果的には、祖父の言う通りになっているような気もする。

その原因もまた、シンジの感じ方によるものだ。

「なぁ、シンジ」

長いモップの柄に身体を預け、エージが改めてという感じで言った。

「大丈夫。頑張ってりゃ、なんとかなる。なにもかもな」

以前なら「へー、そんなもんかねぇ」と笑って聞いていられた、いかにもエージが言いそうな台詞だ。

だがいまは、なんの根拠もなくそんなことを言うエージに、無性に腹が立つ。近くに駅が出来るとか、大学の新キャンパスが誘致されるとか、そんなことでも起こらない限り「なんとかなる」ことなどあり得ない。

「頑張ってる奴なら、なんとかなる。そんな世の中じゃねぇんだよ、いまは。馬鹿野郎が」

「ご機嫌斜めだねぇ」

エージは唇を尖らせ、スマホを取り出した。

「アツヤがせっかく誘ってくれたのにな。お前はセンズリこきたいから欠席って連絡しとくよ」

「え！　アツヤから誘いがあったのか？」

「おぅ。きっと遅ればせながらの開店祝いで、スゲーいい店でおごってくれるんじゃねえか。しょーがないから、シンジの分までご馳走になって来てやるよ」

「ちょ、ちょっと待て」

「なんだよ、センズリ中止か？」

「いや、違う。お前も行くな」

スマホを操作する親指を止め、エージは「はぁ？」と半笑いでシンジを見た。

金の相談で再会した一年ほど前から、アツヤから『ちょっと呑もうや』とメールやLINEで誘われることは度々あった。だがそういうのはいつも、シンジを通じて『エージにも声掛けてくれ』というパターンだった。

直接エージに誘いが来たということは、恐らくユキチカとルリが見付かったということだ。

「なんで俺も行っちゃ駄目なんだよ。アツヤも忙しいし、朝まで呑むようなことはねぇよ」

「いや、それは分かってるけど」

ミナとアツヤでは、あの両親の所在を突き止めるのは無理だとシンジは高を括っていた。建築土木関係に携わっていれば、ユキチカの携帯番号を知っている人間と会う機会もあるだろうが、信用金庫とメンズクラブでは、そっちの世界の人間と交わることなどないはずだと。

「なんなんだよ。やたらと機嫌悪いと思ったら、呑みに行くのまで止めやがって。そりゃ俺は、お前んチにはさんざん世話になってるよ。けどなぁ、仕事のあとの時間をどう使うかまで、あれこれ言われる筋合いはねぇぞ」

「すまん、そういう意味じゃないんだ。つまり……うん、よし、分かった、俺も行こう」

「行きてぇんじゃん！　素直じゃねぇなぁ。じゃ、二人でとっとと掃除を済ませようぜ」

エージが一階フロアに降りようとしたそのとき、駐車場に車が入って来る音が聞こえた。

「あれ、アツヤの車の音だな。迎えに来てくれたんかな？」

シンジは思わず階段を駆け下りるエージを止めようとしたが、いまここで止めたところで無駄だと気付いてやめた。

階下から、アツヤとエージの会話が微かに聞こえる。

「悪ぃな、迎えに来てもらって」

「いや、こっちこそ悪い」

「へ？　なにが？」

「ちょっとトラブッてな、ここまで連れて来ることにしたんだ」

「トラブッて連れて来たって、あぁ、ミナか。また喧嘩でもしたのか？　別にいたって構わねぇよ、俺は。あいつは怒ってる状態がノーマルだろ？」

「いや、そうじゃなくてだな……」

永遠に噛み合いそうにない会話が、そこから急に小声になった。

会話の続きが気になると同時に、隠れているも同然の自分の状態がいたたまれなくなり、シンジは事務所を出た。一階フロアに繋がる階段から見下ろすと、エージが出入口の方を黙って見詰めていた。

その視線の先には、ミナに促されて出入口前に立つユキチカとルリがいた。

「この二人……ご両親が、お前に言いたいことがあるそうだ」

アツヤはエージにそう言うと、ノールックでシンジに手招きした。早く下りて来いということらしい。

「取り敢えず、俺達は出ていよう」

そう言われ、シンジは黙って従った。

エージの横を通り過ぎるとき「ったく、余計なことを……」という消え入りそうな声が聞こえた。

ユキチカとルリの脇を通るときには、前回と違い酒の匂いがしないことに気付いた。外に出てガラス張りの扉を閉めると、アツヤは「悪かったな。お前に言うと反対されそうだったから」と早口で言った。

この一ヵ月余り、ミナとアツヤはユキチカたちの所在を捜し回ったが、手掛かりすら摑めなかった。ところが数日前、意外なところからルリの連絡先が分かった。

アツヤが常連客と会話する中で、兼石ルリという名前が出たのだ。いくらか立て替えてやっているのだが、何年もシカトされ続けているという話だった。詳しく聞くと、ルリは数年前までホストクラブにハマっていたとのことだった。

アツヤが教えてもらった番号に電話して「この着信履歴を見せて頂ければ、初回入店のお客様は二千円で無制限飲み放題です」と留守電を残すと、その翌日にルリはストレイキャッツにやって来た。

さんざん呑ませたあとで、ルリに気に入られたスタッフに「兼石ルリさんって、ひょっとしてユキチカさんの奥さんですか？　俺、若い頃に飯場でユキチカさんに世話になったんですよ。連絡先、教えてもらえませんか」と訊かせ、すんなりユキチカの携帯番号も手に入れた。

「それで今日、二人を同時に呼び出して会ったんだが、ちょっと気が抜けちまった」

夕方、繁華街の喫茶店で会ったユキチカとルリは、アツヤがイメージしていたキャラクターとは真逆と言っていいほど大人しく、息子と同世代のアツヤにペコペコする、人畜無害な社会的弱者に見えた。

それが酒が抜けているせいだと気付くまで、それほど時間は掛からなかった。聞けば二人とも、面倒を見てもらっていた愛人や知人の家を追い出され、いまは知り合いに借りたままになっている車検の切れた軽自動車の中で寝起きをしているという。ほとんどホームレスだ。

アツヤが「酒以外なら、ここはおごります」と言うと、ルリは飲み物のほかにカレーライスとサンドウィッチを注文した。ユキチカはコーヒーしか頼まなかったが、やたらと水をお代わりして飲み続けていた。

「治療費は無理だとしても、一言でいいからエージに詫びを入れてくれませんか」

アツヤが自分とエージの関係を明かしそう言うと、二人は揃って「そりゃあ、もちろん」と答えた。

「それで夜になって、駅の近くの小料理屋に個室を借りてエージを呼び出したんだが、一滴も酒を呑まずに待ってたら急に〝やっぱり嫌だ〟〝合わせる顔がない〟なんて言い始めてな。しょうがなく、店はキャンセルしてここまで引っ張って来たんだ」

アツヤの話にシンジがなにも答えられずにいると、

「間違ってた?」

ミナが言った。

そうだな、とシンジは思った。二人の行為が間違っていると思ったわけではない。

自分ばかりがエージの詳しい事情を知っているわけではない。たぶんミナもアツヤも、エージの涙や丸めた背中を見たことがあるのだ。ただそれぞれ、それを見る角度とタイミングが違っただけだ。

「私達、間違ってた?」

もう一度ミナに訊かれ、シンジは「いや、そんなことはないよ」と答えた。

ガラスの向こうで、兼石親子が向かい合っていた。

ルリは軽く頭を下げ、ユキチカは普通の父と息子のようにエージの肩を叩いた。二人とも、この間のことなどなかったかのように薄く笑みを浮かべていた。

その直後、ユキチカの口が「ところで」と動いたようにシンジには見えた。嫌な笑みだった。ユキチカの横顔は、はっきりと笑顔になっている。エージの眼前に広げられた五本の指が、三本に、続いて一本になった。言葉は聞こえないが、治療費の話でないことは明らかだ。逆に、金を要求している。

「クソが」

アツヤが吐き捨てるように言い、扉に手を掛けようとしたが、シンジはその手首を摑んだ。

エージは気だるそうに、モップの柄にもたれるように立っていた。その表情も、暗く沈んで見える。

ユキチカの顔からは笑みが消えていた。ルリはまだ、微かに笑っている。

どう出る、エージ。

息を呑み、成り行きを見守っていると、エージがモップを杖のようにつきながら受付カウンターへ向かった。

「まさか、店のお金を？」

ミナが訊ねたが、シンジはなにも答えられなかった。

カウンターの向こう側にレジがあるが、そこにたいした金は入っていない。売上げのほとんどがコイン交換機とICカード販売機によるもので、そこから取り出した紙幣と硬貨は帆布の巾着袋に詰められ足下の金庫に収められている。

あれに手をつけようとするなら、止めなければならない。

今回だけは、好きにさせればいい。

異なる二つの思いが、シンジの脳裏を過る。

だがエージはレジと金庫の横を素通りし、カウンターの更に奥、シンジ達からは死角になる方へと向かった。突き当たりには、スタッフの私物を入れるロッカーと掃除道具入れが並んでいる。

乱暴に扉を開ける音がして、姿を現したエージの手には二本のモップと掃除用のバケツがあった。

両親の前に戻ると、エージは無言でモップの一本を父親に、バケツを母親に差し出した。

二人は躊躇っていたが、胸に押し付けられると渋々受け取った。

それからエージはフロアのあちこちを指差してなにやら説明し、二人をトイレに連れて行った。

「悪いな、シンジ。掃除させるから時給千円ずつ渡してやってくれるか?」

一人で外に出て来たエージは、困ったような笑顔を見せて言った。

シンジが返事に窮していると、エージは続いてアツヤに向かって言った。

「飯、喰わせてもらったらしいな。いつか返すわ」

アツヤがなんとか「いや、たいした額じゃないし」と答えている途中で、エージは店内へ戻ってしまった。

それから小一時間、シンジとミナとアツヤはガラス越しに兼石親子が掃除するのを見詰めていた。

「エージの人生には家族が足りない」

まごまごするユキチカとルリに指示を出すエージを見ていると、ふと、以前アツヤが言った言葉が思い起こされた。

——そんなことはないのかもしれない。

続いてそんな思いが頭を過ったが、シンジはすぐに、馬鹿かと自分を否定した。

どんな形であれ家族は家族、親子は親子。そんな考え方は確かにあるのかもしれないが、あの両親を人の親として認めては駄目だ。

だがなぜか、そんなことはないのかもしれないという思いは消えない。

エージが大人になってしまい、いまさら警察や児童相談所に駆け込んだところでどうにもならないからか。過去は忘れ、これから始まるなにかに期待すべきだということか……。

「間違ってたかな」

あれこれ考えるシンジの隣で、アツヤが呟いた。

「かもね」

ミナも、ガラスの向こうを見詰めたまま言った。

こんなろくでもない親なのだから、別れを悲しむ必要などない。むしろ怒れ。怒りをぶつけろ。お前には、それをやる権利がある。

そんなふうに思うことは、間違っている。他者に怒りを強要する権利など、誰にもない。

会話は交わさずとも、ミナとアツヤがそういうことを言っているのだとシンジには分かった。

泣くことと笑うことは教わらなくても赤ん坊の頃から出来るが、怒りの感情はコントロールすることを覚えながら身に付けなければならない、と誰かが言っていたような気がする。

それが出来ずに大人になったのが、ユキチカとルリだ。

思い通りにならない現状に怒り、弱者を力で従わせようとし、善意は利用し尽くす。

残念ながらその資質は、幼いエージにも受け継がれていた。

だがエージは他者との交わりの中で、怒りをコントロールする術を身に付けようと努力し始めた。そしていまや、ミナやアツヤやシンジよりもずっと、その術に長《た》けているのだ。たぶん。

ミナとアツヤに強く同意しながら、しかしシンジは敢えて言った。

「いや、ナイスおせっかいだと思うよ、俺は」

ミナとアツヤから、返事はなかった。

掃除が終わり、シンジはポケットマネーから一万円ずつをユキチカとルリに渡した。

エージは千円でいいと言ったが、今日を含み一週間、閉店後の掃除に来る日当と交通費の前払いだと説明した。

ユキチカは、前回「土建屋のガキ」と呼んだシンジにペコペコ頭を下げた。その背後でルリは、ニコニコ笑っていた。

まだ電車は走っているからと、二人は歩いて駅へ向かった。シンジも改めて呑みに行く気分でもなく、アツヤはミナを連れて車で帰って行った。

「じゃ」と久保寺バッティング工場を後にした。

エージはいつものテンションに戻り、「お疲れさ～ん」と手を振っていた。

小さなきっかけで人生とか親子関係が劇的に好転するなどということは、非常に稀《まれ》だ。稀だからこそ、フィクションの世界で描かれがちなのだ。

そんなことを痛切に実感させられながら、シンジはその後の四ヵ月を過ごした。

ユキチカとルリが一週間も掃除に通わないことは分かっていたし、事実、翌日から二人とも来なくなった。

一ヵ月ほど経ってルリが一人で「また掃除させて」とやって来たが、エージは掃除させた上で千円だけ渡して帰らせた。

その数日後、今度は酔っ払ったユキチカが「儲けの半分をよこせ」とやって来たが、これはシンジが追い返した。

そして、二人とも姿を見せなくなった。

スタッフ不足の件は、ダイガクが二人の若者を紹介してくれたおかげでかなり改善された。二人ともフリーターというのが大きかった。ダイガクが出勤出来ない平日に日替わりで来てもらい、週末も入ってもらえる。

これにより平日は二人から三人、週末と祝日は四人から五人体制を敷くことが可能となり、エージとシンジは週に一日は休めるようになった。

二人のフリーターは、アゴヒゲとメガネと命名された。もちろん名付け親はエージだ。

フードコートは相変わらず連日の大盛況。スムージー屋だけが振るわず、代わってどら焼きが好評だった笹の屋が商品を充実させて出店した。店主の息子が考案したという、白玉、栗、イチゴ、生クリームなどを入れたどら焼きも大好評で、これらを久保寺バッティング工場フードコート限定商品としたことで、タウン誌にも取り上げられた。

バッセンの方は、オープン一ヵ月でシンジが予測した通り週末の集客が減り続けている。その一方で、意外にも平日の集客は少しずつ増えていた。

週末の減り方を補うほどの数ではないものの、自転車でやって来る子供達、日が暮れてからランニングの途中で立ち寄るストイック少年達が目に見えて増えているのだ。

『ガラの悪いスタッフのおっさん、たまにうどんおごってくれる』

『名札見た。Kさんね。でもたまにスゲー機嫌悪い（笑）』

『小学生の中に、自販機のもの全部タダってヤツがいるらしいよ』

『AFKってのが超レアな会員証らしいぞ』

ネット上にも、そんな書き込みが散見されるようになった。

「どら焼きとかレアな会員証とかばっか。もうちょっと、バッセンとして素晴らしいみたいな意見はないもんかね」

パソコンを見ながらそんな文句が口を突いて出るシンジだったが、その口元は自然に綻《ほころ》んでいた。


「一人でサボってんじゃねぇぞ、シンジ」

店のロゴ入りポロシャツのボタンを全開にし、汗を拭きながらエージが中二階の事務所にやって来た。

季節は八月になっていた。

小中学生の客が増えたのは、恐らくエージの手柄だ。

エージは小中学生を見掛けると、よほど忙しいときを除いて必ずと言っていいほど「腹、減ってないか?」「友達も連れて来い」「一ゲームくらいサービスしてやるよ」などと話し掛ける。

小さなことだが、これがオープン半年足らずで効果を表わし始めているのだ。

「別にサボってねぇよ。夏休みつっても平日だし、どうせ下は暇だろ？」

「ところがそうじゃねぇ。新たな問題が発生した」

エージが言うには、記録的な猛暑続きもあり、フードコートでお喋りをしていた団地の老人達が、涼を求めて建家内に入って来るようになったという。

「自販機コーナーもゲームコーナーも、ゾンビに占拠されてんだよ」

「恐っ」

「笑いごとじゃねぇよ。打ちに来てる客は休めねぇし、自販機とゲーム目当てに来る客も取りこぼしちゃうだろうが」

それはそうだが、追い出すわけにもいかない。フードコートで倒れる人が出る方が恐い。

「兼石のおじさーん！　ホームラン当たったー！」

自動的に流れるファンファーレと同時に、甲高い子供の声が階下《した》から聞こえた。エージはもう多くの子供達に名前と顔を覚えられ、慕われている。

「うっせぇな！　いま下りるから待ってろ！」

慕われている兼石おじさんは、ちっとも喜んでいる素振りを見せずに「面倒臭ぇ～」と言いながら階段を下りていく。

自分の居場所が欲しいだけ、とミナは言った。

かつての自分のような子供達のため、とアツヤは言った。

あの頃の仲間に戻って来て欲しいから、とシンジは思っていた。

エージがバッセン立ち上げにこだわる理由について、その三つの考えは少しずつ外れていて、けれども同時に、すべてが当たっていたのかもしれない。

すべてを欲しがる。

なんとなく、エージらしいとシンジは思う。

数日前、スマホを操作しながらエージは言った。「一応、あいつにも場所だけ教えといてやるか」と。

あいつとは、バッセン立ち上げへの協力を断わった葛城ダイキのことだった。

「お前、ダイキのこと大嫌いなんじゃねぇのかよ」

シンジのその問いに、エージはスマホを見詰めたまま「あぁ、大嫌いだよ」と即答した。

「それでも、あいつもツレだってことには変わりねぇ」

会社員として安定した人生を選ぶ。それを守るために、この時代にバッセンを立ち上げるなどという与太話に乗らない。確かに気に入らないが、そういう生き方を否定はしない。

エージはそういったことを「なんつーか」とか「よく分かんねーけど」といった言葉

を大量に織り交ぜながら、シンジに説明した。

どうやら彼が欲しがるすべてには、大嫌いな人間も含まれているらしい。

その意味について考えながら、シンジは「スゲーこと考えてんな、お前」と言うしかなかった。

オープン二週間前のあの夜、シンジは自分のエージに対する思いが変わってしまったと思い込んでいた。だがこの半年弱で、いつの間にか元に戻っている。

近くに駅が出来るとか、大学の新キャンパスが出来るとか、そんな劇的なことはたぶん起こらない。

けれどこのバッセン、と言うか、このバッセンを取り囲む、エージの言う「ゴチャッとした空間」は、守っていこう……。

「えー！　マジか、おっさん！」

なんとなく感慨にふけっていると、階下からエージの大声が聞こえた。

誰か倒れでもしたのかと思い、シンジは慌てて事務所から出た。だが、そんな様子はない。エージは受付カウンターの中で腕組みをして「マジか〜」と唸っている。

「どうした、エージ」

シンジが階段を駆け下りてカウンターに入ると、正面に久保寺がいた。流れ落ちる汗を拭おうともせず、驚いたような顔をしている。

「兄ちゃん、知らなかったのか？」

久保寺はシンジに目礼してから、改めてエージに訊ねた。

「くそ〜、巨大資本め。俺達の成功を見て、乗っかって来やがったな」

「いやいや、悔しがるとこじゃねぇだろ。だいたい、ここは成功してねぇ」

二人は会話を続けるが、シンジはなんのことやら分からない。

ケージが空くのを待っていた小中学生も、巨体の男と兼石おじさんを交互に見ている。

「なんのことですか？」

シンジが訊ねると、久保寺は「こっちの兄ちゃんも知らないのか？」と呆れた表情で言った。

「だから、なんの話ですか？」

「アウトレットモールだよ！」

「え？」

久保寺は興奮していて話がまとまらなかったが、どうやら旧財閥系の不動産会社がこの近辺の廃工場と空き倉庫をまとめて買い取り、一年後にアウトレットモールをオープンさせることが決定したと言う。

「マジっすか」

「おう、マジだ。スットコだかドッコイだか、あれも凄いがアウトレットモールとなると規模が違う。日本最大のところだと、年間三千万人以上の集客力がある」

「三千万？」

最大規模の店舗は千葉や静岡にあり、都心に近いここでは恐らく半分ほどの規模になる。しかし少なく見積もっても年間一千万人以上の集客は見込まれる。久保寺はそんなふうにまくし立てた。

「考えてみな。一千万人だぞ。お、バッセンだ。ちょっと寄ってみようって人間が五パーセントでもいてみろ。え～と、五十万人か」

「五パーで、年間五十万人……」

新たな人の流れが生まれる。しかも、駅や新キャンパスどころではないかもしれない。

「マジか」

再度呟くシンジの隣で、エージはまだ「くそ～、巨大資本め～」と筋違いの恨み節を唸っている。

「大丈夫。頑張ってりゃ、なんとかなる。なにもかもな」

以前、全否定したエージの言葉がよみがえる。

「引き強《つえ》ぇなぁ……」

悔しがるエージを見て、シンジは以前、祖父が言ったのと同じ感想を抱いた。

これから一年、現状を維持しつつアウトレットモールのオープンに備えなければならない。スタッフを大幅に増員し、どこかに駐車場も確保しなければならないだろう。家業に戻るのは、少し先の話になりそうだ。

「なぁ、ホントは裏でこの話が進んでたの、知ってたんじゃねぇのか?」

久保寺の問い掛けを無視して、エージはバッティングケージの方へ向かった。

そこには、狩屋ケントがいた。彼は日曜日以外でも、たまに友達を連れて来るようになっている。

「こら、ケント。オータニの真似なんかするな。お前の打ち方でいいんだよ。どれだけ笑われたっていいから、自分の打ち方をモノにしろ」

ケントは「え~」と言いつつも、以前のままのへっぴり腰フォームに戻った。どちらにしても、空振りばかりなのだが。

「ん~、いいね~。いいぞ、ケント。どんどん空振れ!」

そうだな、エージ。

両手で金網を掴んで食い入るようにケントのバッティングを見詰めるエージの背中を見て、シンジはそう思った。

本作品は二〇二一年六月、小社より刊行されました。
作中に登場する人物、団体名はすべて架空のものです。

双葉文庫

み-25-03

俺達《おれたち》の日常《にちじょう》にはバッセンが足《た》りない

2023年6月17日　第1刷発行

【著者】
三羽省吾《みつばしょうご》

【発行者】
箕浦克史
【発行所】
株式会社双葉社
〒162-8540 東京都新宿区東五軒町3番28号
［電話］03-5261-4818(営業部)　03-5261-4831(編集部)
www.futabasha.co.jp（双葉社の書籍・コミックが買えます）
【印刷所】
大日本印刷株式会社
【製本所】
大日本印刷株式会社
【カバー印刷】
株式会社久栄社
【DTP】
株式会社ビーワークス

【フォーマット・デザイン】
日下潤一

ISBN978-4-575-52671-4 C0193
Printed in Japan